JO KYUNG RAN
Feine Kost

JO KYUNG RAN

Feine Kost

ROMAN

*Aus dem Koreanischen von
Kyong-Hae Flügel und Angelika Winkler*

Luchterhand Literaturverlag

Die koreanische Originalausgabe erschien 2007 unter dem Titel
Hyeo bei Munhakdongne Publishing.

FSC
Mix
Produktgruppe aus vorbildlich
bewirtschafteten Wäldern und
anderen kontrollierten Herkünften

Zert.-Nr. GFA-COC-001223
www.fsc.org
© 1996 Forest Stewardship Council

Verlagsgruppe Random House FSC-DEU-0100
Das für dieses Buch verwendete
FSC-zertifizierte Papier *Munken Pocket*
liefert Arctic Paper Munkedals AB, Schweden

1. Auflage
Deutsche Erstveröffentlichung
Copyright © 2007 by Jo Kyung Ran
Copyright © für die deutschsprachige Ausgabe 2010
by Luchterhand Literaturverlag, München,
in der Verlagsgruppe Random House GmbH
Satz: Greiner & Reichel, Köln
Druck und Einband: CPI – Clausen & Bosse, Leck
Printed in Germany
ISBN 978-3-630-62185-2

www.luchterhand-literaturverlag.de
Besuchen Sie unseren LiteraturBlog www.transatlantik.de!

JANUAR

Das Brett, auf dem die Arbeit ausgeführt wird — eine Arbeitsplatte aus Marmor wäre noch besser —, die Küchengeräte, die Zutaten und Ihre Finger sollten beim Kochen die ganze Zeit über möglichst kühl sein.

The Joy of Cooking

I

Meine Pupillen, umgeben von einer schwarz-hellbraunen Iris, sind geweitet. Früher haben diese Augen willensstark gefunkelt und waren voller erotischer Ausstrahlung. Aber jetzt. Feuchte Augen, die sich im Boden des Kupfertopfes spiegeln und ihr Gegenüber erwartungsvoll anschauen, im vollen Bewusstsein einer möglichen Enttäuschung – diese Augen hasse ich. *Nur nicht weinen, bitte!* Ich schließe die Augen und öffne sie wieder. Schon besser. Ich drehe den Topf wieder um und hänge ihn zurück an seinen Platz. Zum Glück sind die Augen jetzt nicht mehr feucht. Ich hole mit der linken Hand die Flasche mit dem nativen Olivenöl aus dem Drehregal, in dem verschiedene Ölflaschen stehen. Dann wende ich mich langsam den neun Teilnehmern zu, die sich in Freizeitkleidung zum 19-Uhr-Kurs eingefunden haben.

WON'S KOCHSTUDIO: Keramik-Pizzaofen, Kühlschrank, Spülmaschine, Kaffeemaschine, Kaffeemühle, Knetmaschine, Zerkleinerer, Reiskocher, Gasherd. Ein paar Dutzend Kupfertöpfe und Edelstahlpfannen hängen nach Größe geordnet in einer Reihe. Gläser, Lüftungsanlage, Biomüllkompressor, elektrischer Grill, Anrichte, Abzugshaube, Kochplatten, die Kücheninsel, die Barhocker und ein Topf heftig kochendes Wasser.

In der Küche meiner Großmutter stand ein einfacher rechteckiger Holztisch, der an einen Schreibtisch erinnerte. An diesem Tisch pflegte die Familie sich allabendlich zu versammeln. Großmutter stellte immer einen mit Obst oder Gemüse gefüllten Bambuskorb darauf, auch nachdem wir in die Stadt gezogen waren. Jeder Blick auf die gut sichtbar positionierten Zutaten sollte sie bei der Zubereitung des Essens inspirieren können. Manchmal lagen dort frisch gekochte, noch dampfende Kartoffeln oder Süßkartoffeln. Großmutter konnte von allen Menschen, die ich kannte, am besten kochen. Bei Süßkartoffeln, Kartoffeln oder Kürbis beschränkte sie sich allein auf das Dämpfen und Backen. Sie hätte Käse darauf streuen können, solange sie noch heiß waren, Püree oder mit Fleischbrühe eine Suppe zubereiten können, aber sie tat es nicht. Diese Gemüse muss man pur essen, dann schmeckt man die Erde, pflegte sie zu sagen. Als ich erkannte, dass das symbolisch für ihr in Bescheidenheit gelebtes Leben stand, existierte sie nicht mehr. Jeden Morgen fielen Sonnenstrahlen durch die blühenden Birnen- und Apfelbäume in die Fenster, die nach Osten ausgerichtet waren. Großmutter saß in der Küche, schlürfte ihre Suppe und hielt sich die Hand über die Augen, um sie vor der Sonne zu schützen.

Mit einem Piepton meldet sich der Timer des Backofens.

Den Teig habe ich mit getrockneten Tomaten, dicken

Champignonscheiben, Mozzarella und Basilikum belegt, zwei Esslöffel Olivenöl darübergeträufelt und dann alles in den vorgeheizten Ofen geschoben. Nun muss das heutige Gericht, die »Champignonpizza mit getrockneten Tomaten«, ungefähr fünfzehn Minuten gebacken werden, bis der Käse geschmolzen ist. In der Zwischenzeit können wir nicht wie sonst über das Wetter reden oder einfach herzustellende Kleinigkeiten zubereiten, um sie gemeinsam zu essen. Stattdessen erkläre ich, wie man mit dem Backofen zu Hause frische Tomaten trocknen kann. Getrocknete Tomaten haben mehr Geschmack und Aroma, aber im Laden sind sie sehr teuer. Es bleiben immer noch zehn Minuten. Ich greife in den Korb vor mir und hole das Erstbeste heraus: einen Apfel.

»Beim Kochen sind Vielfalt und Spontaneität besonders wichtig.«

Alle schauen auf den Apfel, den ich in Augenhöhe halte. Für die mittelalterlichen Mönche verkörperte er den göttlichen Willen und geheimnisvollen Geschmack der Natur, der die Formen der Wolken und das Geräusch des Windes in den Blättern enthält. Aber wegen der Süße, die schon beim ersten Bissen den ganzen Mund ausfüllt, war ihnen sein Verzehr verboten. Sie hielten die Süße für eine Versuchung, die sie von den Worten Gottes abhalten könnte. Auf die Süße folgt ein säuerlich-bitterer Geschmack, den sie für ein Gift hielten und mit dem Teufel in Verbindung brachten. Denn der süßsaure Geschmack des Apfels war es gewesen, der Eva in Versuchung gebracht hatte.

»Wenn Sie Champignons nicht mögen, können Sie stattdessen auch Äpfel verwenden, in etwa fünf Millimeter dicke Scheiben geschnitten. Im Unterschied zu den milden und weniger intensiv schmeckenden Champignons bekommt das Ganze eine süßlich-frische Note und mehr Biss.«

Ich wünschte, ich hätte nach einer Aubergine gegriffen. Bisher hatte ich noch nie Äpfel an Stelle von Champignons bei einer Pizza verwendet. Alles Lüge. Ob ich vielleicht auch eine Lüge von ihm gewollt hätte? Auf die honigsüßen Worte der Schlange folgte der erste süße Geschmackseindruck des Apfels. Der bittere Nachgeschmack brachte die Vertreibung aus dem Paradies. Im Unterschied zu anderem Obst, das mit dem Reifeprozess weich wird, sollten Äpfel fest sein. Ich ziehe das an der Spitze gebogene Obstmesser aus dem Messerblock, wo es auf kleinster Fläche mit zwölf anderen Messern steckt. Statt den Apfel einmal durchzuschneiden, schneide ich eine Spalte heraus und stecke sie in den Mund.

Mein erstes Kochstudio.

Am Anfang war einfach alles perfekt, wie in der Küche meiner Großmutter: Sonnenschein, Blumentöpfe, eine Uhr, Zeitungen, Post, Obst, Gemüse, Milch, Käse, Brot, Butter, Obstschnaps in großen Glasballons, Gewürze in kleinen Gläschen, Geruch von garendem Reis und Kräutern. Und zwei Menschen.

Als ich mit ihm Räume für eine größere Küche suchte, um ein Kochstudio zu eröffnen, bestand ich auf große Fenster. Selbst wenn der Raum groß und günstig wäre, ein Kellerstudio wollte ich auf keinen Fall. Das liegt sicher daran, dass ich in der Küche meiner Großmutter aufgewachsen bin. Ich habe gelernt, dass die Küche ein Ort ist, der für alle Dinge des Lebens offen ist. Deshalb braucht man vor allem ein großes Fenster, durch das der Sonnenschein hineinströmen kann. In fremden Städten gehe ich auch immer in Restaurants, die ihre Fenster zur Straße haben. Er war es gewesen, der das zweigeschossige Gebäude mit den großen Fenstern entdeckt hatte. Ich war wahnsinnig aufgeregt, noch ehe das Kochstudio überhaupt fertig war. Das ist nur drei Jahre her.

Meine Großmutter hatte recht. Perfekte Kochutensilien verbessern weder den Geschmack des Essens, noch stimmen sie den Koch fröhlich. In einer Küche ist nicht ein vorzüglich schmeckendes Essen das Wichtigste, es sind die Momente des Glücks, die man dort erlebt. Man sollte die Küche immer glücklich verlassen. Wenn ich nach Hause kam, rannte ich wie zu Kinderzeiten zuerst in meine Küche. Jetzt treibt es mich eher hinaus.

Der erneute Piepton des Timers lässt mich zusammenfahren, so dass mir der Apfel aus der Hand fällt. Milchiger Saft spritzt mir an die Waden. Ich stehe wie angewurzelt da. Die herausgeschnittene Spalte sieht in der roten Schale wie ein weißer Fleck aus, dem selbst mit dem schärfsten Fleckenentferner nicht beizukommen ist. Polly, die bis dahin brav unter dem Tisch gelegen hatte, schnappt sich den Apfel und trottet aus der Küche. Schneidet man einen Apfel quer, liegen die fünf Kerne ungeordnet, wie in einem Stern. Wie ein Zeichen, das nur ich zu deuten weiß.

Vielleicht halte auch ich den Apfel für eine Versuchung des Bösen? Ich hole die knusprig gebackene Pizza aus dem Ofen und merke, wie weit es mit mir gekommen ist. Zu weit. Ich schließe die Augen, öffne sie wieder und sage:

»Das ist heute unser letzter Kurs.«

Viele Bücher, die ich gelesen habe, beginnen damit, dass ein Mann und eine Frau sich kennenlernen und ineinander verlieben. Meine Geschichte beginnt damit, dass eine Liebe vergangen ist. Früher las ich gerne Hemingway, weil er Gourmet war. Aber er irrte in der Annahme, dass nur Männer durch physischen Schmerz zur Selbsterkenntnis gelangen.

2

Kurze Tage. Kälte. Heftiger Schneefall und Wind. Früher, als dies den Januar für mich ausmachte, erlebte ich das Wetter jedoch nicht wirklich am eigenen Leib. Meist stand ich hinter der großen Fensterscheibe, in den Händen eine Tasse heißen Kaffee oder heiße Schokolade mit einem Schuss Cognac. Dort beobachtete ich am späten Nachmittag den heftigen Schneefall und aß ein frisch aufgebackenes und mit reichlich Butter bestrichenes Baguette und tunkte es in die heiße Schokolade. Beiläufig kommentierte ich dann: Sieh mal, es schneit ja recht heftig. Mehr passierte nicht. Heiß und süß, das war meine ganze Erinnerung an den Januar.

Jetzt verliere ich langsam die Fähigkeit, diesen Geschmack wahrzunehmen. Mein ganzer Körper ist angespannt wie bei einem ersten Kuss. Weder die bittere, schwere französische Valrhona-Schokolade mit fünfundsiebzig Prozent Kakao noch den vollen Geschmack des Cognacs empfinde ich. Ein Schluck der frisch gekochten heißen Schokolade rinnt meine Kehle hinunter. Ich sehe alles ganz genau: Der Schneefall lässt langsam nach, und zwischen den dunklen Wolken bahnen sich hellere Strahlen den Weg. Aber mein Mund fühlt nichts. Ist die Schokolade heiß oder kalt? Die Frage erscheint mir sinnlos und hätte auch an mich selbst gerichtet sein können: Bist du jetzt heiß oder kalt? Weder noch. Damit habe ich mich meiner Wut und meiner Angst einen weiteren Schritt angenähert.

Nur vier Gene sind für die Sehkraft verantwortlich, bei den Geruchs- und Geschmacksempfindungen sind es mehr als tausend. Aber die Geruchs- und Geschmacksempfindungen können schneller schwinden als die Sehkraft. Das Studio und der süße, heiße Geschmack, beides habe ich bereits verloren. Vielleicht werde ich alles verlieren, aber auf zwei Dinge möchte ich nicht verzichten. Es überrascht mich nicht, dass er nicht dazuzählt. Ich kenne Menschen, die den Tod dem Verlust des Geschmackssinns vorgezogen haben. Wenn es mein Kochstudio nicht mehr sein kann, dann brauche ich eben eine andere Möglichkeit zu kochen. Ich muss arbeiten, unbedingt.

Ich stelle die inzwischen kalt gewordene Schokolade auf den Tisch und schiebe sie weit von mir weg. Ich muss mir allmählich Gedanken darüber machen, wie es weitergehen soll. Wie ich aus diesem Loch wieder herauskomme. Bei dem Gedanken an frische Möhren und knackigen Rettich, wie man sie nur im Winter bekommt, läuft mir das Wasser im Mund zusammen. Manche lieben das Gefühl von weichem Essen im Mund, andere wenn etwas im Mund geradezu explodiert. Wieder andere lieben Saft, der zwischen den Zähnen langsam herunterläuft. Und es gibt Menschen, die am liebsten frisches, knackiges Gemüse essen. Mir zum Beispiel läuft bei dem Gedanken an den

Geschmack eines Möhren-Rohkostsalats das Wasser im Mund zusammen. Dafür verwendet man frische Möhren, schneidet sie in dünne Streifen und legt sie zusammen mit gehacktem Knoblauch, Zitronensaft, Salz und frisch gemahlenem Pfeffer in Olivenöl ein. Das Ganze stellt man für ungefähr vier Stunden in den Kühlschrank und streut kurz vor dem Essen gehackte Petersilie darüber. Er mochte am liebsten saftiges Steak mit heißen Ofenkartoffeln. Das Fleisch muss dafür nur kurz angebraten werden, so dass die Oberfläche gerade nicht mehr rot ist. Dieses Gericht war auch das erste, das ich für ihn gekocht hatte. Der Möhrensalat ist eiskalt und süß, erfrischend, als würde man einen Eiswürfel zerkauen ... Ja, vorerst ist alles okay.

Restaurant Nove. Nove heißt auf Italienisch neun. Es ist das einzige Restaurant, in dem ich bisher als Köchin gearbeitet habe.

Dieser Ort. Ich hätte nicht gedacht, dass ich wieder hierher zurückkommen würde. Als ich mit zwanzig hier anfing zu arbeiten, habe ich den Kakibaum vor dem zweistöckigen Gebäude »Kaper« getauft. Die Kakifrüchte, die im Herbst reichlich an den Ästen hingen, sahen aus wie Kapernknospen kurz vor dem Aufspringen. Ich gehe langsam die Treppe hinauf und schaue durch die große Fensterscheibe des Restaurants. Irgendetwas musste sich doch verändert haben. Aber es schien alles gleich geblieben zu sein: Das Lokal ist um diese Zeit leer, weil man sich auf den Abend vorbereitet. In der Zeit zwischen September und Februar liegen auf den Tischen hellgraue statt weißer

Leinentischdecken. An einem der Fensterplätze sitzt wie immer der Küchenchef, schaut gedankenverloren aus dem Fenster und senkt ab und zu den Kopf, um mit einem Kugelschreiber seine Ideen für neue Menüs zu notieren. Ich stelle mir vor, wie ich ihn durch die Glastür frage: Wäre ich ein glücklicher Mensch, wenn ich durch diese Tür gehen könnte, als wäre nichts geschehen?

Der Küchenchef ist athletisch wie ein Kendo-Kämpfer, er hat sehr kräftige Schultern und einen leicht gekrümmten, breiten Rücken. Wäre er ein Tier, würde er wohl ein Stier sein, mit dem durchdringenden Blick und dem vor Kraft strotzenden Körper. Ein Stier geht keine Kompromisse ein und bewegt sich entschlossen und kühn. Als Fisch wäre er ein stacheliger Zackenbarsch, der mit seinem dicken Leib mehr als vierzig Kilo wiegen kann. Darüber hinaus ist dieser Fisch ein fleischfressender Einzelgänger. Als ich den Küchenchef zum ersten Mal sah, saß er genau wie jetzt an einem weiß gedeckten Tisch. Dabei rauchte er genüsslich eine Zigarre, als ob er nicht der Küchenchef, sondern der Inhaber des Restaurants wäre. Damals trug er einen Pferdeschwanz. Jetzt sind die Haare kurz geschnitten wie bei einem Soldaten und zeigen einen ersten grauen Schimmer. Ich bin erleichtert – nicht nur für Kinder ist es beruhigend, von vertrauten Dingen umgeben zu sein. Ich öffne die schwere Glastür, als wäre ich eine korrekt in Weiß gekleidete Köchin, die nach einer kurzen Pause nach dem Mittagsdienst nun für die Vorbereitung der Abendgerichte zurückkehrt, und betrete entschlossen das Restaurant.

Überrascht blickt der Küchenchef auf.

»Ich hätte auch gern so einen.«

Ich nehme Platz und nicke in Richtung der großen weißen Porzellantasse, die vor ihm steht. Er benutzt sie für seinen Café au Lait. Für mich wäre es leichter, wenn er jetzt einfach fragen würde, warum ich gekommen bin, aber er bleibt stumm.

»Ich bin nur gekommen, um etwas zu trinken. Einfach so.«

»Was ist los?«

»Wie bitte?«

»Was ist es, was du mir sagen willst?«

Ich schweige.

»Ich muss mich bald um die Vorbereitung der Abendmenüs kümmern.«

»Ich möchte wieder arbeiten.«

»Wo?«

»Hier.«

»Du hast doch gesagt, dass nichts Besonderes vorgefallen ist.«

»Es ist auch nichts Besonderes vorgefallen.«

Der Küchenchef kennt mich seit dreizehn Jahren. Es ist einfach unmöglich, vor ihm zu sitzen, ihn anzuschauen und nicht die Wahrheit zu sagen.

»Also, was ist passiert? Was ist mit deinen Kochkursen?«

»Ich werde damit aufhören.«

Er steht unvermittelt auf, leicht gereizt, und geht in die Küche. Niemand darf dort einfach so hineingehen, auch ich nicht. Die schmale Theke, über die das Essen gereicht wird, trennt die Küche vom Speisesaal, zwei völlig verschiedene Bereiche mit unterschiedlicher Funktion. Auf Essen warten, Essen kochen, bedient werden und bedienen. Ich warte nicht, ich koche nicht, ich werde nicht bedient und bediene nicht. Zwischen seinem Platz in der Küche und meinem liegen Welten. Mir ist warm, auch wenn der Schnee draußen zu überfrieren beginnt. Ich schaue mich um, jemand Außenstehendes könnte meinen, ich sei gelangweilt.

Vor drei Jahren hat man die Trennwand zwischen Speisesaal und Küche entfernt, wodurch alles offener wurde. Als ich noch hier arbeitete, war die Küche ein wahrer Backofen. Selbst im Hochsommer wurden die Fenster geschlossen gehalten, damit das Essen nicht abkühlt. Nach fünf Stunden Arbeit im Stehen fühlte sich die Kleidung an, als hätten sich die Fäden verflüssigt und würden auf der Haut kleben. Niemand sagte, dass es zu heiß wäre. Selbst in großen Restaurants ist nie genug Platz für eine geräumige Küche, weil man immer Platz für möglichst viele Tische haben will.

Wenn sich wirklich nichts verändert hat, kann ich noch jedes Detail nennen, sogar die genaue Anzahl der Gläser. Aber im Gegensatz zu früher darf ich dem Küchenchef jetzt nicht einfach in die Küche folgen. Und noch etwas ist anders geworden: Die Küche ist für mich nicht mehr nur der Ort, wo köstliches Essen gemacht wird.

Der Küchenchef stellt eine große Porzellantasse vor mich hin und setzt sich wieder. Ich puste ein wenig und lege meine Lippen an den Tassenrand. Der Tee schmeckt leicht bitter und nussig, herb und streng im Nachgeschmack. Als ich noch hier arbeitete, trank ich immer genau um diese Zeit meinen Tee.

»Ich weiß nicht, wie ich es dir sagen soll«, begann er.

»Sagen Sie es nur.«

»Diese Obsession ...«

Ich möchte nicht hören, dass meine Liebe obsessiv ist.

»So etwas ist immer schwierig.«

Es ist schwierig, über so etwas zu reden, vor allem mit älteren Menschen. Seine Stimme klingt wie die eines Menschen, der sein ganzes Leben lang in Übereinstimmung mit seinen Überzeugungen gelebt hat. Eine große Hand scheint sich um meinen Hals zu legen und mich durchrütteln zu wollen.

»Ich kann doch wieder hier anfangen, oder?«, bringe ich schließlich heraus.

Ich bin nur gekommen, um eine Arbeit zu finden. Niemand darf sagen, dass meine Beziehung in die Brüche gegangen ist, noch nicht. Ich unterdrücke das in mir aufkommende Verlangen, still und leise durch die Hintertür zu verschwinden. Stattdessen schaue ich ihn nur an. *Wissen Sie, schlimmer als die Trennung von ihm ist die Tatsache, dass ich auch nach der Trennung nicht von ihm loskomme. Um sagen zu können, dass man jemanden wirklich kennt, muss man vorher vielleicht eine Trennung von ihm durchgemacht haben. Einmal, vielleicht nur einmal, meinen Sie nicht? Stellen Sie mir jetzt bitte keine Fragen.*

»Du hast immer noch die Gewohnheit, andere anzustarren«, bemerkt er.

»Ich habe mich nicht verändert.«

»Doch, da ist etwas an dir, das sich verändert hat.«

Keine Antwort.

»Wenn du jetzt einen Schlussstrich ziehen kannst, zögere es bitte nicht hinaus. Mit ein bisschen mehr Abstand wird dir das alles nicht mehr so schlimm vorkommen.«

»Wenn die Umberfischsaison beginnt, geht es mir bestimmt schon viel besser.«

Sommer. Am zwanzigsten Januar. Im tiefsten Winter, Mitwinter nach dem chinesischen Kalender und vermutlich einer der kältesten Tage des Jahres, um fünf nach fünf spreche ich über den in weiter Ferne liegenden Sommer. Der Küchenchef richtet sich schnaufend auf. Es ist nach fünf. Um diese Zeit beginnt üblicherweise die Arbeit in der Küche.

»Du kannst noch etwas hier essen, bevor du gehst.«

»Sind die Tische nicht alle reserviert?«

»Du kannst auch gehen.«

»Nein, ich habe Hunger. Was können Sie heute empfehlen?«

»Seebarsch.«

»Ja, dann bitte einmal Seebarsch.«

3

Wenn ich nachts erleuchtete Fenster sehe, stelle ich mir folgende Szenen vor: Zwei Menschen sitzen sich im Schein dezent duftender Kerzen bei einem Glas Wein gegenüber. Oder: Zwei Menschen liefern sich ein nicht enden wollendes Wortgefecht. Eigentlich streiten sich Menschen im Dunkeln nicht. Eher lieben oder unterhalten sie sich. Noch besser ist es, sich beim Essen zu unterhalten. Brennt in einer Wohnung spätnachts noch Licht, ist das immer ein schlechtes Zeichen. Bei mir ist im Augenblick weder an Liebe noch an Kochen, noch an Reden zu denken. Am liebsten würde ich barfuß durch das ganze Haus laufen und nach und nach alle Lichter löschen. Normalerweise würde ich um diese Zeit entweder im Schlafzimmer sein oder in der Küche bei gedimmtem Licht eine Kleinigkeit essen. Jetzt tue ich nichts dergleichen. Es ist ein Uhr in der Nacht, und das ganze Haus ist hell erleuchtet wie eine Brutmaschine. Eine Katastrophe. Ich stehe hinter ihm und schaue zu, wie er durch die Wohnung läuft und ohne Eile seine Sachen packt.

In der Nacht sollte man auf dem Sofa sitzen und sich an das schönste Erlebnis des Tages erinnern. Dann kann man gemütlich aufstehen, ein Licht nach dem anderen löschen und friedlich zu Bett gehen. Und leise die Tür schließen. Beim Zurückschlagen der Decke entströmt dem Kissen der Duft getrockneten Lavendels. Es ist wichtig, dass du immer neben mir liegst, hatte er einst gesagt.

Meine Freundin Mun-ju hat mir irgendwann einmal erklärt: Sich verlieben ist, als würdest du Schriftzeichen in deinen Handrücken einbrennen. Selbst wenn du versuchst, sie zu entfernen, bleiben immer verwaschene Spuren. Deshalb rate ich dir, eine Beziehung nicht unüberlegt einzugehen. Du musst überzeugt sein von dem, was du tust.

Obwohl diese Freundin ihm kein einziges Mal begegnet war, sprach sie öfters über ihn. Nein, ich sprach, und sie hörte mir zu. Und sicher erinnert er sich auch an alles. Du hast recht, M. Ich muss fest daran glauben, dass das nicht das Ende ist.

»Komm her, Polly«, sagt er.

Polly, die zusammengerollt zu meinen Füßen gelegen hatte, schaut kurz hoch, steht dann langsam auf und geht auf ihn zu. Polly und ich wissen, was das zu bedeuten hat. Denn in der letzten Zeit hat er sich angewöhnt, nicht mehr mich anzusprechen, sondern den Hund. Ich streiche mit einer Hand über die Arbeitsplatte und gehe in das Wohnzimmer.

»Ich werde Leute herschicken, die das Bild einpacken und mitnehmen. Ich sage ihnen, dass sie sich vorher bei dir melden sollen. Ich war bei der Bank und habe bezüglich des Kontos alles geklärt. Für dich wird es kaum noch etwas zu erledigen geben. Ich melde mich, wenn ich etwas vergessen haben sollte ... Ich habe keine Ahnung, wie ich mit der Sache umgehen soll. In einer Woche gehe ich für ungefähr zwei Wochen nach Dubai auf Dienstreise. Und den Schlüssel kann ich nicht hierlassen. Schließlich muss ich ja ab und zu nach Polly sehen.«

Plötzlich schweigt er, als wäre er verlegen. Hätten wir ein gemeinsames Kind, hätte er dann gesagt, dass er ja schließlich das Kind besuchen kommen müsse? Ich weiß auch nicht, wie ich mit dieser Situation umgehen soll. Vielleicht sollte ich jetzt schnell alles Nötige klären, so wie er? Oder sollte ich versuchen, mit Tränen die Zeit hinauszuzögern?

»Hast du auf etwas Appetit?«, frage ich und bemerke, wie schlecht er aussieht.

»Dich scheint das alles ja nicht sonderlich zu berühren«, sagt er und lacht etwas verunsichert.

Es waren nicht die passenden Worte für jemanden, der gerade die gemeinsame Wohnung verließ. Aber mir fallen keine besseren Worte ein. Der russische Autor Gogol hat immer wieder über das Essen geschrieben. In einer Novelle beschreibt er ein Ehepaar, das sich als Ausdruck gegenseitiger Liebe mit geräuchertem Stör, Fruchtgelee, Wurst, Pfannkuchen, Pilzen und Wassermelone füttert. Täglich werden auf diese Weise elf reichhaltige Mahlzeiten verzehrt. Selbst als die Ehefrau im Sterben liegt, lautet die letzte Frage ihres Mannes: »Hast du auf etwas Appetit?« Nach ihrem Tod kommen dem Ehemann beim Anblick ihrer Lieblingsgerichte immer die Tränen. Am Ende verhungert er. Ich hätte jetzt gern jemanden, der mich fragt, ob ich auf etwas Appetit habe. Vielleicht werde ich dir diese Frage auf dem Sterbebett stellen. Noch ist es nicht zu spät. Wünsch dir etwas. Ich werde es dir kochen. Wie wäre es mit einem nur kurz angebratenen Steak, wie damals?

Ich erinnere mich an den Tag, an dem er zu mir ins Restaurant kam.

Es passiert selten, dass ein Koch die Küche verlässt. Selbst der Küchenchef kommt während der Arbeitszeit nicht in den Speisesaal, außer wenn Bekannte da sind. Der Küchenchef misstraut Köchen, die sich in die Abläufe des Speisesaals einmischen wollen. Auch mir wurde es streng untersagt. An jenem Abend aber war ich zum ersten Mal in Gegenwart anderer Gäste im Speisesaal. Maître Park, elegant gekleidet mit schwarzer Weste und weißem Hemd, übermittelte mir, dass ein Gast mit meiner Visitenkarte auf ihn zugekommen wäre und um ein kurz angebratenes Steak gebeten hätte. Ob ich ihn kennen würde? Wer konnte das bloß sein? Ich musterte das Gesicht des Mannes, der gerade mit meiner Visitenkarte gekommen war und ein Steak bestellt hatte. Ich starrte ihn unverwandt an, wie damals, als ich ihn zum ersten Mal sah.

Ja. Er war es. Der Mann, den ich in der Pizzeria in Neapel kennengelernt hatte, als ich dort für zehn Tage ohne Bezahlung arbeitete, um die Kunst des Pizzabackens zu lernen. Mir schoss das Blut ins Gesicht. Ich war seit einem Monat zurück in Seoul. Nach nur einem Monat war er tatsächlich gekommen.

Ich ging zurück zum Grill, um das in Kräuter eingelegte Fleisch zu grillen und die Kartoffel im Ofen zu backen, die ich kreuzförmig eingeschnitten hatte. Der Schweiß tropfte mir von der Stirn. Am Morgen war mir ein Tiramisu gelungen, und am Nachmittag hatte ich ein halbstündiges Nickerchen machen dürfen. Und jetzt am Abend war er da. Wie eine Zauberformel sagte ich zu mir selbst: Wenn ich heute Abend schlafen gehe, werde ich vielleicht noch bessere Laune haben. Auf keinen Fall durften traurige Gedanken oder Stress aufkommen, denn so etwas kann in das Essen einfließen. Ich lachte laut auf und wendete das Fleisch. Das wird wirklich gut werden, sagte ich so laut, dass selbst die Kartoffel es hören konnte. Den kreuzförmigen Schnitt in der Kartoffel füllte ich mit Sauerrahm. Dann nahm ich das Fleisch mit dem Messer auf, legte es in die Mitte des Tellers und garnierte das Ganze mit Senfsoße. Im Unterschied zu sonst gab ich noch etwas gebratenen grünen Spargel dazu. So war es gut. Ich stellte den Teller auf die Theke. Welchen Wein hat er bestellt?, fragte ich Maître Park. Einen Barolo Zonchera. Eine gute Wahl. Park nahm den Teller mit eleganter Bewegung und ging zu dem Tisch des Gastes. Ich stellte mich in eine Ecke der Küche, stützte mich mit beiden Armen auf die Theke und reckte meinen Oberkörper nach vorn. Ich beobachtete, wie er die Baumwollserviette auf seine Hose legte und langsam nach Messer und Gabel griff.

Er schien das Steak zuerst einmal mit dem Messer in der Mitte kurz anzustechen. Ich war angespannt. Ein zufriedenes Lächeln machte sich auf seinem Gesicht breit. Das Fleisch war gerade richtig durch, so dass man beim

Schneiden einen leichten Widerstand spürte, die Klinge des Messers jedoch sanft eindringen konnte. Schnell, nimm ein Stück, murmelte ich. Er schnitt ein Stück ab und kaute. Dann nickte er beifällig, wie um zu sagen: Gar nicht schlecht. Er fuhr mit dem Essen fort. Ich ließ ihn keine Sekunde aus den Augen, bis er seinen Teller leer gegessen hatte. Ich konnte sehen, wie seine Lippen rosig anschwollen. Beim Essen schießt das Blut in die Lippen, sie werden dann voll und rot, wie die Geschlechtsorgane beim Liebesakt. Lippen und Geschlechtsorgane gehören mit der Zunge zu den besonders erogenen Zonen. Sie bestehen aus Schleimhaut, in der besonders viele Nervenenden zusammenlaufen. Die Zunge ist am empfindlichsten, wenn sie mit Essen in Berührung kommt.

Er trank erst Wasser und dann einen Schluck Wein. Er schnitt das Steak und kaute voller Genuss. Das ist jemand, der einen gesunden Appetit hat, dachte ich. Mein Onkel hatte einmal gesagt, dass die Beziehung zu einer Frau, die keinen Appetit hat, nicht lange bestehen kann, auch wenn man sie sehr liebt. Ein gesunder Appetit bedeutet Offenheit. Er begann wieder kraftvoll das Steak zu bearbeiten und genüsslich zu essen. Ich ließ mir keine Sekunde von diesem Schauspiel entgehen. Ich spürte alles so intensiv, als würde ich gerade selbst gegessen werden. Als würde er Stückchen von mir abschneiden und mich kauen. Ich fühlte meine Lippen anschwellen wie reife Tomaten.

Das nächstes Mal werde ich ein Gericht mit Trüffeln für ihn kochen, murmelte ich und strich mit dem Handrücken über meine Lippen.

Trüffel und Spargel. Diese beiden Zutaten mag ich besonders. Beides keimt tief in der Erde. Ich hatte mir immer vorgestellt, dass auch die Liebe so entstehen müsse.

»Es ist zu spät, um etwas zu essen.«

Seine Stimme klingt weder kompromissbereit noch reumütig. Ich nicke zustimmend. Wir können uns weder lieben noch gemeinsam essen, denn für beides braucht es Wärme.

Er hält die Klinke der Wohnungstür fest umklammert.

»Wir sehen uns.«

Dabei schaut er Polly an. Polly kommt langsam auf mich zu und drückt ihren Kopf sanft in meine Kniekehle. *Versuch doch zu lächeln, sei es auch gezwungen, so wie damals, als du mich zum ersten Mal gesehen hast.* Ich schaue zu, wie er mit großen Schritten zur Tür hinausgeht, und wende mich ab. Glichen wir früher zwei übereinanderliegenden Linien, verlaufen wir jetzt parallel nebeneinander. Parallel verlaufende Linien treffen sich irgendwann im Unendlichen. Das ist für mich so klar wie die Tatsache, dass Wasser immer nach unten fließt. Nur deshalb kann ich ihn jetzt gehen lassen. Es wird nur seine Zeit brauchen.

Es wird besser, wenn ich etwas Süßes esse, Polly. Ist gerade kein Kuchen da, kann man auch auf Alkohol ausweichen. Ich werde ein Glas bis zum Rand füllen und es in mich hineinschütten, ohne auch nur ein einziges Mal abzusetzen. Polly bellt. Ich höre die Tür ins Schloss fallen. Aus, Polly! Ich öffne beide Kühlschranktüren so weit wie möglich, als wolle ich Fensterläden aufklappen. Kälte strömt mir entgegen.

4

Könnte man Gefühle wie Einsamkeit, Trauer oder Freude mit Kochzutaten ausdrücken, so stünde Basilikum für Einsamkeit. Es ist nicht gut für den Magen und trübt Augen und Geist. Legt man einen Stein auf zerstoßenes Basilikum, zieht es Skorpione an. Die Freude gleicht dem Safran, der zur Familie der Krokusse gehört. Der Krokus als Frühblüher hat einen kräftigen Geschmack, selbst wenn man nur ganz wenig davon verwendet, und sein Aroma hält lange an. Der Krokus wächst überall, ist aber nicht zu jeder Jahreszeit leicht zu bekommen. Er ist gut für das Herz, und legt man ihn in Wein ein, wird man von dem starken Aroma sehr schnell betrunken. Safran bester Qualität zerfällt bei der kleinsten Berührung, macht dabei ein knisterndes Geräusch und verströmt sofort sein Aroma. Traurigkeit gleicht einer rauen, aromatischen Gurke. Sie ist von grober Struktur, schwer zu verdauen und kann Fieber verursachen. Dank ihrer Zellstruktur nimmt sie jegliche Art von Gewürz gut auf und lässt sich gut konservieren. Das Beste, was man aus einer Gurke machen kann, ist, sie sauer einzulegen. Dafür erhitzt man starken Essig, gießt ihn heiß auf die Gurken und würzt mit Salz und Pfeffer. Dann müssen die abgekochten Gläser fest verschlossen und dunkel und trocken gelagert werden.

WON'S KOCHSTUDIO. Ich nehme das Schild ab, das am Eingang hängt. Er hatte das Schild selbst entworfen und dann im Siebdruck auf eine Edelstahlplatte bringen lassen. An dem Tag, an dem die Eröffnungsfeier für meine Kochkurse stattfinden sollte, hatte er es mir früh am Morgen gegeben, damit ich es aufhängen konnte.

Ich wollte einen außergewöhnlichen Namen, hatte er gesagt. Bei seinem breiten Lächeln blitzten seine weißen Zähne. Und Chong Ji-won schien mir der außergewöhnlichste Name der Welt.

Er rief noch einmal meinen Namen: Ji-won. Wie die Inuit, die glauben, dass erst mit dem Namen die Seele eingehaucht wird, lief er durch die Wohnung und rief dabei zum Spaß immer wieder meinen Namen. Währenddessen bereitete ich Spiegeleier zu und streute geriebenen Emmentaler, Salz und Pfeffer auf das Eigelb. Vorsichtig, damit es nicht platzte. Dann deckte ich ein Teetischchen mit einer weißen Tischdecke, die ich in der Sonne getrocknet hatte, und stellte darauf die frisch gebratenen Spiegeleier, ungesalzene Butter, Heidelbeermarmelade und ein frisch aufgebackenes Baguette. Das war unser Lieblingsfrühstück, einfach, warm und süß. Er tunkte sein mit Butter und Marmelade dick bestrichenes Baguette in den Kaffee, und ich steckte einen Teelöffel mit etwas Marmelade in die Tasse und wartete darauf, dass sich die Marmelade in dem heißen, starken Kaffee auflöste.

Ich erinnere mich noch immer an die Süße, die bis

zum letzten Schluck in der Kaffeetasse blieb, und daran, wie weich und feucht sich das Brot an meinem Gaumen anfühlte. Und an seine Worte, dass er ein Haus entwerfen wolle, in dem meine Kochkurse, sein Büro und unser Schlafzimmer Platz hätten. Statt zu antworten, steckte ich ein Radieschen in den Mund, an dem noch die Wasserperlen zu sehen waren, als ich das Salz draufstreute. Aus meinem Mund kam ein knackendes Geräusch. Ich kaute geräuschvoll weiter, in der Hoffnung, dass sich dieses Geräusch wie ein »Ja, irgendwann« anhören würde. Vielleicht kommt es daher, dass für mich frische, rote Radieschen, die wie kleine Äpfel aussehen, den Geschmack der Liebe verkörpern. Wenn man sie durchschneidet, findet man jedoch keine sternförmig angeordneten Kerne.

Nachdem ich das Schild abgehängt habe, ist mir, als wäre mein Name für immer ausgelöscht und als hätte ich in dieser Welt nichts mehr verloren.

Nachdem er mit seinen gepackten Sachen das Haus verlassen hat, kauere ich mich auf der Wohnzimmercouch zusammen und rühre mich nicht mehr. Ich liege da und fühle den Wind, draußen geht die Sonne unter und wieder auf, ich friere und bekomme langsam Halsschmerzen. Ich bereite weder Spiegelei zu, noch backe ich Brot auf. Ab und zu richte ich mich auf, um einen Schluck Wasser zu trinken. Wenn sich mein Kopf anfühlt, als würde sich ein trockenes Baguette hineinbohren, verziehe ich nur das Gesicht und koche mir einen Kaffee. Aus diesem Haus kommen nur noch Wasser, Kaffee und Luft in meinen Mund, das ist alles. Nach drei Tagen höre ich auf, die Tage zu zählen. Schulter und Arme, Kopf und Hals fühlen sich an, als würden sie sich allmählich voneinander ablösen. Als ich merke, dass schon wieder Nacht geworden ist, fühle ich mich so benommen, als hätte ich meinen müden Körper in eine riesige, heiße Pfanne gelegt. Werde ich allmählich zu einem kleinen Punkt schrumpfen und verschwinden, ohne dass es jemand bemerkt? Gerade will ich mich ein wenig aufrichten, um meine Finger und meine Zehen zu berühren, die wegzuschmelzen scheinen, als ich feststellen muss, dass ich kaum in der Lage bin, mich zu rühren. Hilf mir aufzustehen, flüstere ich in der tiefen, schwarzgrünen Dunkelheit der Nacht. Komm raus da, höre ich meinen Onkel sagen. Die Traurigkeit darf nicht Raum greifen. Steh auf!

Etwas Großes, Heißes und Nasses streift meine Wange.
Ich öffne die Augen.

Polly leckt mit ihrer Zunge immer wieder über mein Gesicht. Ihre weit geöffneten Pupillen sind starr und ruhig auf mich gerichtet.

Ist da jemand?, frage ich Polly und richte mich auf.
Polly bellt einmal laut auf.

Dann legt sie sich ruhig auf den Bauch, schüttelt zweimal den Kopf, so dass die Ohren, die wie zusammengefaltet an ihrem Kopf hängen, nach vorne schlappen. Sie hat Hunger. Ich streichle ihr seidiges, glattes Fell. Sie stupst mit der Schnauze sanft gegen mein Knie. Du wirst dich um mich kümmern, oder? Ja. Statt dieser Antwort streichle ich zweimal über den Kopf dieses Hundes, der so voller Herzenswärme ist, einen starken Selbständigkeitsdrang und ein schwaches Orientierungsvermögen hat. Sie bellt noch einmal leise. Möchtest du mich auch verlassen?, frage ich sie. Sie legt sich auf den Bauch und den Kopf auf die beiden Vorderpfoten, als wolle sie damit sagen, dass sie sich hier noch etwas ausruhen möchte. Polly ist sein Hund.

Er hatte das Hundetraining mit den Worten begonnen, dass man Polly das Sprechen beibringen könne, weil sie ja auch auf ihren Namen reagiere. Sitz! Steh auf! Zurück! Komm! Bei Fuß! Aus! Platz! Nein! Halt! Er wollte mit Polly jedoch nicht in diesen typischen Befehlen reden. Stattdessen wollte er ihr Wörter beibringen, auf die sie reagieren konnte: Hast du Hunger? Wollen wir Gassi gehen? Kennst du diesen Menschen? Wir konzentrierten uns auf die Tonhöhe, Länge und Häufigkeit der Hundelaute und stellten fest, dass wir uns in einem gewissen Rahmen verständigen konnten. Aber unsere Verständigung hatte auch ihre Grenzen, genauso wie die Welt in den Augen eines Hundes nur in den Farben Grau, Grün und Dunkelbraun erscheint. Er war mit dem zufrieden, was möglich war. Diesen Hund, den er schon seit fünfzehn Jahren, also lange bevor wir uns kannten, gehalten und trainiert hatte, ließ er bei mir. Und verließ ihn damit. Seit dem Entschluss zur Trennung haben wir vieles penibel aufgeteilt, aber die Frage, wer Polly nehmen sollte, war schnell geklärt. Der Grund dafür war, dass sie keine Hunde mochte.

Du und ich, wir sind beide verlassen.

Ich möchte mich hinknien und Polly sanft mit meiner Nase anstupsen. Von jetzt an wirst du dich um mich kümmern, oder? Mir steckt ein Kloß im Hals. Ich reibe mir mit dem Handrücken über das Gesicht und berühre dann aufmerksam Finger, Füße und Nase, wie jemand, der die Orientierung verloren hat. Beim menschlichen Körper sind es die äußeren Extremitäten, aus denen das Leben am schnellsten schwindet. Noch kann ich alles spüren, noch ist alles da, wenn auch nicht perfekt, und die Finger und Zehen sind beweglich. Wenn ich jetzt einfach loslasse und mich ganz meinem Leid hingebe, dann würde ich erzittern in lebendigem Schmerz, als wäre heißes Wachs auf meinen Körper getropft, erzittern unter der Lust, zu der ich mich nach meinem ersten offenbarenden Erlebnis so stark hingezogen fühlte.

Das unerwartete Gefühl des Verlassenseins bringt mich zu der überraschenden Erkenntnis, dass ich mich von jetzt an mit dem Schmerz vertraut machen muss, auch mit seiner Ursache. Ich betrachte mein Spiegelbild in der Fensterscheibe des Wohnzimmers und bin mir sicher, dass meine Augen wieder leuchten, meine Haut wieder prall und meine Muskeln wieder fest werden, wenn ich nur etwas Schönes und Leckeres koche. Dann steige ich sicher, leicht wie ein Weinkorken, wieder zur Oberfläche empor. Um die Angst loszuwerden, die mich mit jeder Sekunde mehr einschnürt, sage ich unangemessen laut zu Polly: Wollen wir Gassi gehen?

FEBRUAR

Auf Gold kann man verzichten, nicht aber auf Salz.
Es macht jede Mahlzeit schmackhafter.

Cassiodorus

5

Gestern, am letzten Tag der Neujahrsfeiertage, fror ich auf dem Heimweg von einem Spaziergang so sehr, dass ich mir schließlich eine hellgrüne Daunenjacke kaufen musste. Bei jeder Bewegung schienen die Knochen in meinem Körper zu klappern wie Knochen in einer Blechbüchse. Heute gehe ich mit dieser Jacke den ersten Tag zur Arbeit ins Nove. Die sieben Holzstufen, die zum Restaurant führen, sind an den Rändern noch vereist. Ich nehme die Stufen fast im Sprung, so wie ich es sechs Jahre lang täglich getan habe. Bis ich kündigte, um mich mit meinen Kochkursen selbstständig zu machen. Ich würde gern sagen, dass ich jetzt, mit zweiunddreißig Jahren, nach einer kurzen Zeit an einem unbekannten Ort, nach Hause zurückgekehrt bin. Stattdessen fühle ich mich auch unter der dicken Kleidung, als wäre mein Köper voller Flecken, so wie die größeren und kleineren Narben an meinen Armen, die vom Wenden der Pfannen und vom spritzenden Öl stammen. Ich greife mit beiden Händen nach dem eiskalten Griff an der Glastür. Vor Kälte bleiben die Handflächen an der Oberfläche kleben. Von diesem Augenblick an bin ich wieder eine von sieben Köchen.

Die Tür quietscht mit kaltherziger Zuvorkommenheit, öffnet sich jedoch sanft. Ich atme tief ein. In der Küche backt schon jemand Brot.

Ich gehe zu den anderen in die Küche, wo das Fleisch eingelegt wird, das Brot und die Kuchen für den Tag gebacken, wo Rucolablätter gewaschen werden und wo allmählich hektische Betriebsamkeit aufkommt. Wenn ich an meinen Arbeitsplatz zurückkehre, habe ich manchmal das Gefühl, dass in meiner Abwesenheit über mich geredet wird. Ich stelle mir dann vor, ich sei eine Fremde. Vielleicht mit dem Namen K., K. war Schülerin des Küchenchefs und wurde unmittelbar nach Beendigung ihrer Ausbildung an der italienischen Kochschule Appennino in diesem Restaurant eingestellt. Als beste Schülerin war sie sechs Jahre lang die rechte Hand des Chefs. Sie war kaum ein Jahr Souschef, als sie sich mit einer eigenen Küche selbstständig machte. Ein Teil der Stammkunden des Nove ging von da an in WON'S KOCHSTUDIO essen oder beauftragte K. mit dem Catering von Partys. Zu der Zeit, als das Kochstudio in der Gangnam-Gegend bekannter wurde, trennte sich K. von dem jungen Architekten, mit dem sie sieben Jahre lang zusammengelebt hatte. Er verliebte sich in O., die fast jeder kennt. K. wurde mit einem Hund zurückgelassen, schloss ihr Kochstudio und kehrte ins Nove zurück ... So könnte man K.s Leben in ein paar Sätzen zusammenfassen. Ich muss zugeben, dass selbst ich hinter ihrem Rücken über K. getuschelt hätte, und bin irgendwie erleichtert, denn K. scheint zumindest ein Leben geführt zu haben, das Gesprächsstoff bietet.

Meine jetzige Stelle ist unter der von Park, der zum Zeitpunkt meiner Kündigung der jüngste Koch war. Ich muss weder das Gemüse putzen noch Garnelen oder Hähnchen für die Zubereitung fertig machen. Es macht mir nichts aus, mit den anderen sechs Köchen, die nicht alles aus K.s Leben wissen, in der kleinen Küche zu arbeiten, mit ihnen zu braten, zu kochen, zu dämpfen, zu rösten, zu frittieren, anzumachen und zu schmoren. Jemand, der gerne über andere redet, hätte vielleicht noch hinzugefügt, dass K. zu Anfang großen Respekt vor den älteren Köchen hatte, gleichzeitig jedoch von der Küche Besitz ergriff und damit zeigte, dass das Kochen ihre einzige Leidenschaft war. Das erneute Erscheinen von K. in dieser Küche wird also von keinem offen kommentiert, aber doch von jedem aufmerksam beobachtet. Ich schweige, als wüsste ich nichts von K., denn man kann über einen Schnitt im Finger oder drückende Schuhe reden, aber in der Regel nicht darüber, was in einem selbst vorgeht. Als ich nach der arbeitsreichen Mittagszeit die gebügelten grauen Tischdecken auf die Tische lege, steigt plötzlich eine Frage in mir auf: Von welchem Zeitpunkt an begann in K.s Leben alles falsch zu laufen?

Es ist immer noch so, dass zwischen fünfzehn und siebzehn Uhr keine Gäste empfangen werden. In dieser Zeit wird alles für den Abend vorbereitet. Einer der Köche bereitet eine kleine Zwischenmahlzeit zu, wie etwa Sushi mit Avocado oder Fischrogen, oder ein paar Nudeln, die mit drei Stäbchengriffen aufgegessen sind. Früher liebte ich es, Omelett mit Zucker oder Obstsalat aus dem übriggebliebenen Obst mit frisch gepresstem Orangensaft oder Honig abzuschmecken. Eine Zwischenmahlzeit muss entweder salzig oder süß sein.

Ich stehe an der Außentreppe aus Metall, die hinter den Toiletten am Ende des Gangs beginnt und an der Rückseite des Gebäudes nach unten führt, als ich jemanden mit großen Schritten kommen höre. Ich kann es mir noch nicht erlauben, einfach allein herumzustehen, also wische ich mir die Hände ab und wende mich um, als wäre ich gerade auf dem Weg zurück in die Küche. Vom anderen Ende des Korridors kommt der Küchenchef mit einem dicken, halben Baguette in der Hand. Er scheint verärgert zu sein und hat mich auch schon im nächsten Augenblick dazu gebracht, das Baguette in den Mund zu stecken, ohne dass ich Zeit gehabt hätte, etwas dagegen vorzubringen.

»Kein Mensch braucht einen Koch, der nichts isst.«

Er hat mich kalt erwischt.

»Hast du vergessen, dass man gute körperliche Kondition haben muss? Sag schon, dass du es essen wirst.«

Da ich den Mund voll Baguette habe, kann ich nicht antworten. Schon während meiner Ausbildungszeit warf ich immer heimliche Blicke auf seine Gerichte. Ich bin stets ganz Ohr, wenn er ein paar flüchtige Worte fallen lässt, und in seiner Abwesenheit rieche und koste ich, statt zu fragen. Das tue ich auch jetzt wieder. Aber wie hat er gemerkt, dass ich nicht esse? Ich arbeite erst seit drei Tagen wieder hier.

Nachdem ich so lange krank gewesen war, stelle ich fest, dass ich das Essen als meditative Übung betrachte. Maßvoll, wenig und langsam. Genau so, wie ich es bisher immer vermieden hatte. Wie ein Tänzer, der leidenschaftslos tanzt. Auf diese Weise kann man die Geschmackssinne nicht aufwecken. Vielleicht gibt es noch etwas, das K. verloren hat: gute Rezeptideen und ihre Leidenschaft, schmackhafte Gerichte zuzubereiten und zu essen. Der Küchenchef hat recht. Niemand braucht einen Koch, der nichts isst. Denn Koch ist man nicht nur mit dem Messer in der Hand, sondern auch außerhalb der Küche.

Ich habe das Gefühl, dass das Baguette bis zum Gaumenzäpfchen drückt. Ich nicke. Während der Küchenchef zurück ins Restaurant geht, schlinge ich das Baguette Stück für Stück in mich hinein und denke: Ah, mit Pilzsalat und Rindfleisch haben Sie es belegt, dazu saure Gurke, Zwiebel und Tomate. Camembert ist auch drin. Und bestrichen mit körnigem Senf! Für sich selbst macht sich der Küchenchef selten eine Zwischenmahlzeit, normalerweise begnügt er sich mit einer Banane oder einer Orange, zusammen mit einer Tasse Kaffee. Sie haben sich aber auch gar nicht verändert, murmle ich, während ich weiter an dem Baguette kaue.

Nicht übel, dieses große Ding ... Richtig lecker!

6

Ich sehe Mun-ju in einem lauchgrünen Mantel die Treppe hochlaufen. Es ist das erste Mal, dass ich sie sehe, nachdem sie mich im letzten Monat mit Reisbrei bekocht hat. Ich bin froh, dass sie es ist. Seitdem ich wieder hier arbeite, kommen immer wieder überraschend Bekannte zum Essen. Sie holen mich nach dem Essen an ihren Tisch und spendieren mir ein Glas Wein. WON'S KOCHSTUDIO muss mehr Popularität genossen haben, als ich angenommen hatte. Ihre Blicke scheinen sagen zu wollen: Na, wie ist es hier? Ganz schön anstrengend, oder? Ich versuche den Blickkontakt mit ihnen zu vermeiden. Vorsichtig leere ich dann mein Glas und lasse ihnen als Revanche zum Dessert ein Eis mit schwarzem Reis oder ein Zitronensorbet servieren. Lässt ein Koch ein unbestelltes Dessert servieren, kann das zweierlei bedeuten: probieren und staunen Sie. Das wird Ihnen sicher schmecken. Oder: Bitte verlassen Sie in absehbarer Zeit das Lokal. Zurzeit fühle ich mich eher bedrängt. Ein Sprichwort sagt: Einem kranken Menschen soll man nicht auch noch saures Obst servieren.

Mun-ju hält die Speisekarte wie ein Buch und bestellt

Zwiebelsuppe und Abalone-Risotto. Ihr Tonfall signalisiert, dass sie eigentlich keinen Appetit hat, sich aber verpflichtet fühlt, etwas zu bestellen. Dann schiebt sie die Speisekarte weit von sich. Sie weicht meinem Blick aus.

»Es ist schon nach halb zehn. Wir nehmen keine Bestellung mehr an.«

»Umso besser. Wenn ich dich so sehe, vergeht mir der Appetit.«

»Warum?«

»Was ist bloß los? Du siehst total ausgezehrt aus.«

Ich kann mir ein stilles Lachen nicht verkneifen. Selbst wenn ich abgenommen habe, so schlimm kann es nicht sein. Ich gehe zurück in die Küche, bitte Choi, unsere jüngste Beiköchin, Mun-jus Bestellung zu übernehmen und komme mit einem Korb am Morgen gebackener Kräuter- und Knoblauchbrote zurück. Mun-ju zieht das Brot dem eigentlichen Gericht vor und trinkt am liebsten alkoholfreie Getränke wie Tee, Kaffee oder Kakao. In meinem Kochstudio hatte sie nur an dem Kurs »Brot und Kochen« teilgenommen, der ausschließlich an den Wochenenden stattfand. Für hungrige, unzufriedene oder auch für traurige Menschen ist ein Korb mit frisch aufgebackenem Brot das Beste. Wir vermeiden es, uns anzusehen, spielen stattdessen mit der Brotrinde und kehren mit den Händen die Krümel vom Teller. Es wäre schön, wenn ich ihr sagen könnte, dass alles vorbei ist. Und dass sie an all dem keine Schuld trägt. Denn es ist wirklich nicht ihre Schuld.

An jenem Tag wollte jemand von einer großen Kochzeitschrift zum Fotoshooting kommen. Spinat war das

Thema des Monats, und die Herausgeber wollten jeweils ein Spinatgericht aus einem französischen, italienischen und koreanischen Restaurant vorstellen. Eines der bekannten Menüs im Nove war das vom Küchenchef kreierte Gericht »Gebratenes Entenbrustfilet mit Wurzeln von jungem Spinat«. Ich war gerade dabei, die Austern für das Abendmenü zu öffnen, als plötzlich der Küchenchef hereinkam und mich aufforderte, die Zubereitung des Menüs für das Fotoshooting zu übernehmen. Dann ging er wieder. Bis zu dem Fototermin blieb noch eine Stunde. Kein spezieller Gast würde das Essen kosten. Man würde es nur einmal fotografieren. Trotzdem war ich aufgeregt, denn vielleicht betrachtete es der Küchenchef, bei dem ich alles von der Pike auf gelernt hatte, als eine Art Prüfung. Für mich war es die Gelegenheit, meinem Lehrer zu beweisen, dass ich nicht nur sein Rezept, sondern auch sein Geschmacksempfinden verstanden hatte. Mein Mund fühlte sich plötzlich ganz heiß an, so sehr gelüstete es mich, das »Gebratene Entenbrustfilet mit Wurzeln von jungem Spinat« zu kochen. Ich wusch mir kurz die Hände und schob mir eine der glitschigen Austern in den Mund.

Spinat passt wegen seiner kräftigen Farbe und seinem milden Aroma gut zu anderen Gemüsen. Aber gerade wegen der Farbe verwendet man ihn auch gerne für Fleischgerichte. Ich kenne bisher nur zwei Menschen, die von der Spinatpflanze auch die Wurzeln verwendet haben: meine Großmutter und den Küchenchef. Wenn ich den Spinat im gesalzenen Wasser kurz blanchierte, das Wasser abtropfen ließ, in Butter bei schwacher Hitze anbriet und dann Salz, Pfeffer und Rosinen hinzugab, pflegte meine Großmutter zu sagen: Na, jetzt hast du es mir ja wieder einmal gezeigt! Trotzdem aß sie es gern. Am schmackhaftesten ist es jedoch, wie meine Großmutter den Spinat in gesalzenem Wasser zu blanchieren und mit der Hand gehackten Knoblauch, Salz und Sesamöl unterzuarbeiten. Der Küchenchef entfernt üblicherweise nur das äußerste Blatt, sortiert zu grobe Wurzeln aus und legt das Ganze ungeschnitten kurz in einen Dampftopf. Darauf streut er dann nur ein paar Körner grobes Meersalz. Trotz der einfachen Würze schmeckt man die Frische der Blätter und den bitteren Geschmack der Wurzeln. Der knackige Geschmack passt gut zu dem Entenbrustfilet, das vorher in Spinatsaft eingelegt und auf dem Steakgrill bei starker Flamme kurz gebraten wurde. Der Nachgeschmack ist kein massiver Fleischgeschmack, sondern der herbe Geschmack der knackigen Wurzeln des jungen Spinats. Wer eher an süßes Essen gewöhnt ist, wird es schwer haben, den besonderen Geschmack des Spinats zu genießen.

Ich hielt den großen, ovalen weißen Teller, auf dem ich das Entenbrustfilet angerichtet hatte, vorsichtig wie einen kostbaren Pokal und stellte ihn auf den Tisch, an dem eine Journalistin und ein Fotograf saßen. Die Journalistin trug ihr Haar halblang mit geradem Pony, dazu große goldene Ohrringe. Der Fenstertisch, an dem sie saßen, hatte für die Aufnahmen das beste Licht. Nur mit natürlichem Licht würde man eine gelungene Aufnahme von dem braun gebratenen Entenfleisch und dem hellgrünen Spinat hinbekommen.

Ich ging zum hinteren Ausgang und lehnte mich dort an die Korridorwand, um das Ende der Aufnahmen abzuwarten. Die Glastür öffnete sich eher als erwartet, und die Journalistin und der Fotograf gingen die Treppe hinunter. Was war passiert? Ich betrat das Restaurant. Der Teller stand unberührt wie ein Stillleben auf dem Tisch. Ich drehte mich um und rannte ihnen über die Treppe hinterher.

»Moment mal!«

Ich schlug mit der Handfläche an die Tür ihres Autos, das noch nicht abgefahren war. Neben der Heckklappe erschien der Kopf des Fotografen, der gerade seine Fotoausrüstung in den Kofferraum einlud.

»Hören Sie!«

Die Journalistin auf dem Beifahrersitz ließ die Fensterscheibe herunter und schaute mich fragend an.

»Sie können doch nicht fotografieren und dann einfach so gehen.«

»Wie bitte?«

»Wie können Sie einen Artikel schreiben, ohne das Essen probiert zu haben?« Wahrscheinlich sah ich so aus, als würde ich gleich die Autotür öffnen und sie bei den Armen herauszerren.

Die Journalistin stieg unwillig aus und fragte: »Ist das Ihr Ernst? Muss ich das jetzt tatsächlich essen?«

Ich antwortete nicht. Es war nicht so, dass ich mich um jeden Preis durchsetzen wollte. Aber ich fühlte mich irgendwie missachtet, nachdem ich mir beim Kochen solche Mühe gegeben hatte. Dass ich diese Frau zum ersten

Mal gesehen hatte, machte die Sache nur noch schlimmer. Ich kam mir schäbig vor und wandte mich zum Gehen.

»Na so was. Sie scheinen es wirklich ernst zu meinen.« Die Journalistin fasste mich am Arm und schaute mir direkt ins Gesicht. Dann brach sie in lautes Lachen aus.

Das war Yeo Mun-ju, meine Freundin, die mir jetzt gegenübersitzt. Die erste Zeitschrift, in der ein von mir gekochtes Menü vorgestellt wurde, war *Cooking &Wine*, für die Mun-ju damals arbeitete. Mun-ju war es auch, die mir nach einiger Zeit empfahl, ein eigenes Kochstudio aufzumachen.

»Und, bist du mit der nächsten Ausgabe fertig?«

»Nein, es wird wohl erst morgen klappen, denke ich.«

»Du musst müde sein. Greif zu.«

Mun-ju tunkt das Brot zögerlich in etwas Öl und steckt es in den Mund. Ich hatte vergessen, dass sie kurz vor Redaktionsschluss immer am meisten zu tun hat. Das Gebäude, in dem sich auch ihr Büro befindet, ist nur fünf Minuten Fußweg von hier entfernt. Seit den Aufnahmen von dem »Gebratenen Entenbrustfilet mit Wurzeln von jungem Spinat« kam sie jeden Monat in den Tagen vor Redaktionsschluss ins Restaurant, brachte ihre zahlreichen Kollegen mit und bestellte auch nach Küchenschluss Pasta oder kalte, scharf gewürzte Fadennudeln. Ich kochte für sie und spendierte ihr und ihren Kollegen eine Flasche Wein. In jenen Zeiten waren wir noch nicht befreundet, unser Verhältnis war jedoch von großer Neugierde und gegenseitigem Interesse geprägt. Damals waren wir noch nicht einmal dreißig.

Ich fühle, dass Mun-ju mich anstarrt.

»Ich sagte doch, dass du dich ausruhen und erst im Frühling zu arbeiten anfangen sollst. Wie du aussiehst!«

Als ich ihr erzählte, dass ich wieder im Nove arbeiten wolle, war Mun-ju nicht begeistert. Stattdessen schlug sie mir eine gemeinsame Reise vor, einfach irgendwas, nicht allzu weit weg, aber dazu hatte ich keine Lust. Ich wollte nirgendwo hin. Ich fühle mich zurzeit am wohlsten in der Küche. Und was ich jetzt brauche, ist nicht Ruhe, sondern körperliche Arbeit.

»Früher ernteten sich die Gemüse wie Rettich oder Möhren selbst. Am frühen Morgen gingen sie zum Haus des Bauern, der den Acker bestellt hatte, und warteten in einer langen Reihe darauf, dass sich der Bauer selbst aussuchte, was er brauchte. Eines Tages war der Bauer so betrunken, dass er am Morgen nicht aufstehen konnte. Da bat er das Gemüse, am nächsten Tag wiederzukommen. Als sich das mehrmals wiederholte, war das Gemüse so verärgert, dass es dem Bauern verkündete: ›Ab heute werden wir in der Erde bleiben. Wenn du etwas brauchst, dann komm selbst und ernte.‹«

»Ich finde das nicht sonderlich witzig.«

»Aber so soll körperliche Arbeit entstanden sein.«

»Dann weißt du sicher auch, wie die Erholung entstanden ist, oder?«

Mun-ju scheint nicht zum Lachen zumute zu sein.

»Jedes Ding zu seiner Zeit. Jetzt ist jetzt, und im Frühling werde ich tun, was im Frühling anfällt«, versetze ich und strecke die Arme mit verschränkten Händen nach oben. Wahrscheinlich sehe ich unternehmungslustig aus wie jemand, der vorhat, in die Berge zu gehen, um wilden Schnittlauch, Astern und die essbaren Triebe der Aralien zu pflücken, die nur im Frühling blühen.

»Vergiss ihn doch endlich! Was kannst du jetzt noch daran ändern? Sei froh, dass ihr nicht verheiratet wart. Zudem zeugt es doch von seinem schlechten Gewissen, dass er dir das Haus so bereitwillig überlassen hat.«

So bereitwillig war es nun auch wieder nicht gewesen. Mun-ju hat ja recht, dass wir unverheiratet zusammengelebt haben. Aber da ist noch etwas, was ich nicht so leicht aufgeben kann. Und das betrifft weder das Haus noch das Konto.

»Mun-ju.«

»Ja?«

»Mir geht es gut.«

»Verstehe.«

»Wirklich.«

»Ja, ich weiß. Dir geht es gut.«

Ich habe Hunger, obwohl es schon nach elf Uhr abends ist. Ich habe Lust, ein nur mit Pfeffer und Salz gewürztes Steak anzuschneiden.

Einmal, als meine Kollegen schon gegangen waren, saß ich noch mit Mun-ju in dem schwach beleuchteten Restaurant. Als ich aufstand und darauf hinwies, dass wir bald aufbrechen sollten, fragte mich Mun-ju, als wäre ihr diese Frage gerade erst eingefallen:

»Warum wolltest du eigentlich Köchin werden?«

7

Das Letzte, was mir mein Onkel kurz vor seiner Einlieferung in die Klinik gab, war ein halb transparenter Stein, so groß wie eine Männerfaust. Ich betrachtete ihn aufmerksam und entdeckte auf seiner Oberfläche unscharfe, zackige Linien wie bei Rosenquarz. Er fühlte sich fremdartig und hart an, wie ein Meteorit oder wie ein Felsstück von einem fernen, unbekannten Kontinent, das in meine Hand gefallen war. Je nach Lichteinfall leuchtete der Stein in geheimnisvollem Grün, Rosa oder milchigem Weiß, als wolle er mit den Farben in einer neuen Sprache sprechen.

Mein Onkel hatte den Stein in Katalonien in einem Dorf gekauft, das in der Nähe eines Bergwerks lag. Er erklärte mir, dass dieser Stein kein Felsgestein sei, sondern ein Salzkristall aus einer Salzmine. Da ich nicht glauben konnte, dass dieser große Stein, fest und schön wie ein Diamant, Salz sein sollte, berührte ich ihn mit der Zungenspitze. Ein salziger Geschmack breitete sich langsam in meinem ganzen Mund aus. Es fühlte sich an, als hätte ich ein Korn Meersalz auf meine Zunge gelegt, das in einem langwierigen Verdunstungsprozess durch Sonnenkraft gewonnen worden war, es stimmte einen froh. Ich legte den

Kristall auf eine Untertasse und stellte diese auf das Fensterbrett neben die Kräutertöpfe mit Basilikum, Lavendel, Thymian und Rosmarin. Er schien zu leben, bei Sonnenschein strahlte er ein blendendes Licht aus, während sich bei Regenwetter eine weiße Kruste auf seiner Oberfläche bildete. Mit dem nächsten Sonnenschein verdunstete die Feuchtigkeit wieder und die an ein weißes Pulver erinnernden Kristalle blieben zurück. Der Stein schien zu atmen wie ein empfindsames kleines Lebewesen.

An dem Tag, an dem mein Onkel mir den Salzkristall gab, erzählte er mir ein französisches Märchen, in dem eine Prinzessin zu ihrem Vater sagte: »Ich habe dich so lieb wie das Salz.« Der König fühlte sich dadurch beleidigt und verwies sie des Landes. Später erkannte er den Wert des Salzes und damit die tiefe Liebe seiner Tochter zu ihm. Ich lächelte bitter. Kam das Gefühl der Leere in mir vielleicht daher, dass ich als erwachsener Mensch mit meinem Onkel immer noch über Märchen redete? Vielleicht aber auch daher, dass ich eigentlich schon wusste, was er mir damit sagen wollte? Damals fragte ich ihn: »Heißt das, dass ich mich selbst so liebe wie das Salz?« Ich hatte ihn damit zum Lachen bringen wollen, aber er lachte nicht. Mit versteinerten Gesichtern dachten wir beide an dieselbe Person. In solchen Situationen hätte ich gern die Taschen voller lustiger Geschichten. Stattdessen habe ich nur Messer bei mir.

Den Kristall, den mein Onkel auf seiner zweimonatigen Hochzeitsreise in Spanien gekauft hatte, schenkte er mir nun einen Tag vor seiner Einlieferung in die Klinik in Incheon. Er hatte diesen Schritt selbst beschlossen, jedoch erst nach langer Überlegung. Er fürchtete, dass er sich eines Tages nicht einmal mehr an den Namen der Frau würde erinnern können, die meine Tante gewesen war. Und manchmal wusste er ihn tatsächlich nicht. Er leidet am Korsakow-Syndrom, verursacht durch Alkoholmissbrauch.

Der Salzkristall scheint nicht kleiner zu werden.

Am Morgen nach einer langen Regennacht betrachte ich wieder die weißen Kristalle auf der Oberfläche. Ich habe einen Tag freigenommen und kann mit dem Bus nach Incheon zu meinem Onkel fahren. Er mag es nicht, dass ich ihn besuche, aber ich bin quasi dazu verpflichtet, da ich als Pflegevormund eingetragen bin. Wenn ich ihm recht geben und sagen würde, dass es kein totes Salz gibt – würde er sich dann getröstet fühlen? Während der Bus sich auf den Jungbu-Expressway einfädelt, beobachte ich die Rinnsale, die ein Graupelschauer auf die Fensterscheiben malt.

Mein Onkel war es, der mir beibrachte, dass Salz nicht einfach ein Mineral ist. Aber der Küchenchef lehrte mich die Vielfalt seiner Möglichkeiten: Beim Kochen von Gemüse bleibt durch das Salz die Farbe besser erhalten. Es mildert den Geschmack von Bitterstoffen. Salz erleichtert die Herstellung von Eis und das Abkühlen von kochendem Wasser. Mit Salz kann man Schnittblumen frisch halten, Flecken in der Kleidung entfernen und Seife herstellen. Selbst bei Halsschmerzen hilft es. Am kostbarsten ist das Salz beim Haltbarmachen von Fisch und Fleisch, die sonst schnell verderben würden. Zu einer Unterrichtsstunde mit dem Thema »Konservierung mit Salz« brachte der Küchenchef fette kleine Heringe mit. Man wäscht die Heringe, schneidet den Bauch auf und entfernt die Innereien. Dann wäscht man sie erneut und streut eine Handvoll Salz darauf. Sobald Wasser austritt, nimmt man den Fisch bei der Schwanzflosse, schleudert ihn einmal durch die Luft und bestreut ihn noch einmal mit Salz. Gleich, wie viele Heringe verarbeitet werden müssen, dieses Einpökeln muss immer möglichst schnell geschehen. Anders als andere Fischsorten, wie zum Beispiel Kabeljau, muss man Heringe wegen ihres Fettgehalts nach dem Fang innerhalb von zwei Tagen einpökeln, um die Frische zu erhalten. Da sie ja noch den Vertrieb durchlaufen, müssen die Heringe vor allen anderen Fischen verarbeitet werden. Salz soll Segen bringen und das Böse vertreiben, wie bei der Zeremonie, bei der man Salz auf die Zunge eines Babys legt. Sind Köche gezwungen, weniger gute Lebensmittel zu verarbeiten, konservieren sie diese zuerst einmal mit Salz.

Als ich noch in meinem Kochstudio arbeitete, bereitete ich auch Gerichte für Fotoaufnahmen zu. Außerdem gab ich einige Interviews für Zeitungen und Zeitschriften. Wenn ich gefragt wurde, welche Lebensmittel ich besonders schätzen würde, öffnete ich den Weinkühlschrank neben meinem extra großen Kühlschrank. Bei der Konzeption der Küche hatte uns die Arbeitsplatte am meisten am Herzen gelegen. Sie sollte U-förmig und aus Marmor sein, mit einem Loch in der Mitte, in dem man beim

Kochen ohne große Umstände den Biomüll sammeln und entfernen konnte. Am sorgfältigsten ausgewählt habe ich jedoch den Kühlschrank und den Weinkühlschrank. Dafür habe ich lange Wege und hohe Kosten auf mich genommen. Im Weinkühlschrank bewahre ich das Salz auf.

Für meine Großmutter waren beim Kochen die Hände am wichtigsten, weil sie den Geschmack kreieren. Der Geschmack wird umso besser, je mehr man mit dem Herzen bei der Sache ist. Meiner Meinung nach kommt er von der richtigen Dosis Salz. Bei Trockenheit verliert Salz wichtige Mineralien und verändert sich in Geschmack und Aroma. Wie bei Wein ist es deshalb wichtig, die optimale Temperatur und Feuchtigkeit aufrechtzuerhalten. Hätte ich mich unter allen Gewürzen für eines zu entscheiden, so wäre es ohne jeden Zweifel das Salz.

Aber die Zeiten, in denen alles mit einer Prise Salz gekocht wurde, sind wohl vorbei. Der Küchenchef erzählte mir, dass diese Entwicklung schon einsetzte, als er am Anfang seiner Kochkarriere stand. Beim Essen gibt es Trends, so wie überall. Würde man die Köche von heute in zwei Gruppen einteilen, gäbe es ganz klar die Salzverwender und die Salzverweigerer. Der Küchenchef gehört zu den Ersteren. Eines der Spezialmenüs im Nove ist »Seeigel mit Kaviar«. Dieses Menü wird auf einem milchig blauen, tiefen Teller serviert, der so groß wie eine Salatschüssel ist. Auf diesen Teller wird zuerst reichlich grobkörniges Meersalz gestreut, darauf werden dann die Seeigel in ihrer Schale arrangiert. Dabei dient das Salz nicht nur dekorativen Zwecken, sondern es liegt in der

Absicht des Küchenchefs, dass die Seeigel mit dem Salz gegessen werden. Da die Gäste glauben, dass salziges Essen gesundheitsschädlich ist, wird das Salz nie mitgegessen. Aber ohne Salz würden Seeigel genauso wenig schmecken wie Sardellenpaste ohne Salz. Salziges übt seit eh und je eine magische Anziehungskraft auf die Menschen aus, die sich instinktiv vor Salzmangel schützen. Ich weiß nicht, ob es noch eine andere Bedeutung gibt, wie bei dem Geschenk meines Onkels, jedenfalls brachte mir der Küchenchef einen Tag vor der Eröffnungsfeier meines Kochstudios als Geschenk einen Krug mit durchsichtigem, ebenmäßig leuchtendem Salz und drei Brote, die mit Oliven, Hefe und Salz gebacken waren.

Ich betrete das Krankenhaus. Weil im Frühling und Herbst die Kornelkirsche, das Tränende Herz und die Ahornbäume in voller Farbenpracht stehen, fühlt man sich hier eher wie an einem Erholungsort und nicht wie in einer Klinik. Wahrscheinlich ist mein Onkel nicht hier, um eine Krankheit behandeln zu lassen, sondern weil er einen Ort braucht, an dem er sich ausruhen kann. Nun, wo ich allein lebe, könnte mein Onkel auch bei mir wohnen. Dann könnte er Polly ausführen, die ihren täglichen Auslauf braucht, und ich müsste nicht nur ein Frühstücksei kochen. Aber ich weiß, dass ich dafür noch nicht bereit bin. Bis heute geht mir die schreckliche Szene nicht aus dem Sinn, wie er mein alkoholhaltiges Gesichtswasser trank, als wäre es Limonade. Er meinte, er würde nur aus Liebe trinken. Mir war klar, dass er den Selbstmord seiner Frau nicht verwinden konnte. Heute weiß ich, dass es mir vielleicht nicht sehr viel anders ergehen wird als ihm.

Ich sollte ihm noch ein wenig Zeit lassen. Jeder macht Fehler, und solange man das noch erkennen kann, ist nicht alles unwiederbringlich verloren. Also werde ich den nächsten Frühling abwarten. Seitdem ich mir diese Frist gesetzt habe, spüre ich, wie meine Kräfte wieder wachsen. Es ist unvorstellbar, in einer Welt ohne Salz zu leben. Jeder braucht es. Ich leide jetzt nicht, weil ich verlassen wurde, sondern weil ich ihm nicht mehr sagen kann, dass ich ihn liebe. Wenn ich schon nicht neu anfangen kann, werde ich eben das Ende neu gestalten. Mit großen Schritten gehe ich zur Rezeption, in der Hand eine Thermoskanne mit der pikanten Meeresfrüchtesuppe mit Tomate und Basilikum, wie sie mein Onkel mag.

8

Die Frage, warum ich Köchin geworden bin, kann ich eigentlich nicht beantworten. Es ist so, als würde man fragen, warum man sich ausgerechnet in einen bestimmten Menschen verliebt hat. Darauf gibt es keine eindeutige Antwort. So wie man es dem Menschen, in den man sich verliebt hat, nicht erklären kann. Nehmen wir ein anderes Beispiel. Nehmen wir an, man ist die Sonne. Sie verdunstet den reinsten und leichtesten Teil des Meerwassers. Bedingt durch ihr Gewicht bleibt eine salzhaltige Lauge zurück, und schließlich kann durch Verdunstung Salz entstehen. Das funktioniert nur, wenn bei der Verdunstung so etwas wie die Leidenschaft oder der Wille der Sonne beteiligt ist. Durch Verdunstung Salz entstehen zu lassen ist das unausweichliche Schicksal der Sonne. Dass die Sonne in der Welt der Gourmets eine wichtige Rolle spielt, ist in erheblichem Maße dem Salz zuzuschreiben. Jede menschliche Tätigkeit ist am Anfang nichts anderes als ein Traum. Der Traum erscheint mal als Schicksal, mal als Zufall. Und wird manchmal wie durch ein Wunder Wirklichkeit. In meinem Fall stand am Anfang von allem ein Fasan.

Ich war neunzehn Jahre alt und saß verträumt in einem

Hörsaal für Geschichte, das Kinn in die Hand gestützt. Ich hatte noch keine Ahnung, was ich werden wollte. Dieses Alter ist wie eine Ananas: Das obere Ende ähnelt einer Krone, um jedoch an das Fruchtfleisch heranzukommen, muss man die Blätter mit einem Messer abschneiden, statt die ganze Frucht einfach zu schälen wie anderes Obst. In diesem Alter ist reichlich saftiges Fruchtfleisch vorhanden, aber der essbare Teil ist fest in kurze, spitze Blätter gehüllt, und im Inneren gibt es weder Kern noch Kerngehäuse.

Mein damaliges Problem war, dass ich noch nichts gefunden hatte, was mich mit Leidenschaft hätte erfüllen können. Hinzu kommt, dass der Frühling für manche bedeutet, sich von den Nachbeben des mit letzter Kraft überstandenen Winters immer noch nicht erholt zu haben und immer noch mit einem Fuß im Winter zu stehen, während er für andere bedeutet, dass man wieder mehr Lebensenergie hat. Alles, wozu ich mich aufraffen konnte, war, gelangweilt aus dem Fenster auf die Wolken zu schauen, die vom Wind langsam vorangetrieben wurden, und meine Nase von dem leichten und hauchzarten Frühlingswind umwehen zu lassen. Als ich an jenem Apriltag am Fenster des Hörsaals saß, während draußen die Sonne unterging, stellte ich mir vor, dass Neunzehnjährige vielleicht doch nicht einer Ananas, sondern eher dem leichten, frischen Frühlingswind gleichen. Während ich so dasaß und mir dieses Bild ausmalte, kam plötzlich lärmend ein prächtiges Huhn in den Hörsaal geflogen. Ich brauchte eine Weile, bis ich an den kürzeren Beinen und den längeren Schwanzfedern erkannte, dass es gar kein Huhn war, sondern ein Fasan.

Im nächsten Augenblick verwandelte sich der Hörsaal in ein furchtbares Durcheinander.

Ich starrte mit verkrampften und vor Aufregung zitternden Händen auf den hart und glatt aussehenden Fasan, seinen weißen Schnabel, seine schwarz leuchtenden, rotumränderten Augen, den lila-blau melierten Hals und die goldene Brust. Vom Kopf bis zum Schwanz maß er sicher achtzig Zentimeter. Der Geschichtsprofessor und etliche Studenten schafften es schließlich, das wie verrückt zappelnde Tier bei den Flügeln zu packen und aus dem Fenster zu werfen. Dadurch war das Chaos im Hörsaal zwar erst einmal beseitigt, an der Vorlesung zeigte jedoch niemand mehr Interesse. Stattdessen tuschelten alle über den so unvermutet aufgetauchten Fasan. Man hätte ihn nicht aus dem Fenster werfen, sondern korrekterweise zum Pförtner bringen sollen. Und das wäre ja gar kein männlicher Fasan, sondern ein einfaches, gelbbraunes Weibchen gewesen. Vielleicht war es ja auch ein weißer Fasan – den es angeblich gar nicht geben soll –, oder war es gar kein Fasan gewesen, sondern ein Huhn? Solche und ähnliche Annahmen schwebten leicht wie die Federn durch den Raum, die als einziger Beweis zurückgeblieben waren.

Als ich klein war, hielt meine Großmutter einmal etwas Rotes und Rundes in der Hand und brachte mir bei, dass dies ein Apfel sei. Apfel. Ich merkte mir das Wort. Meine Großmutter erlaubte mir, ihn zu berühren, und fragte, wie er sich anfühle. So lernte ich, dass sich dieses Ding, genannt Apfel, fest, kalt und sehr glatt anfühlt. Meine Großmutter ließ mich riechen und hineinbeißen. Dann musste ich ihr meine Empfindungen beschreiben, ob es aromatisch oder süß-säuerlich wäre. Ich wuchs damit auf, dass ich meiner Großmutter durch den Obstgarten folgte und beobachtete, wie an den Apfel- und Birnbäumen erst weiße Blütenwolken aufblühten und später die Früchte reiften und herunterfielen. Wenn ich einen sehr ausgeprägten Geschmackssinn habe, dann ist das ausschließlich der besonderen Erziehung meiner Großmutter zuzuschreiben, die in ihrem Obstgarten und ihrer Küche stattfand. Aber wie das gemeinhin bei Menschen mit stark ausgeprägten Sinneswahrnehmungen ist, bin ich kein logisch denkender Mensch geworden. In jedem Fall war es der Apfel, der mich in die Welt des Sehens, Riechens, Fühlens und Schmeckens einführte. Als ich älter wurde, lehrte mich meine Großmutter, wie man über die verschiedenen Geschmackszonen der Zunge die richtigen Zutaten und Gewürze für das Essen erkennen und bewerten konnte.

Ich begann wieder verträumt aus dem Fenster zu schauen. Plötzlich war mir, als würde ich ein schillerndes Traumbild sehen. Ich stand unvermittelt auf. Was ich brauchte, war keine sterbenslangweilige Geschichtsvorlesung, sondern etwas, was alle meine Sinne ansprach. Meine Augen schauten durch den Körper des Fasans hindurch. Du bist schön, aber dein festes Fleisch, das Messer und Feuer berührt hat, wird sanft die Kehle hinuntergleiten. Das waren meine Worte an den Fasan und gleichzeitig der Augenblick, in dem ich zum ersten Mal begriff, dass der Genuss einer Delikatesse nicht einfach nur eine Empfindung, sondern eine klare, logische Entscheidung ist. Diese neue Erkenntnis flüsterte mir zu, dass ich mich in meinem Leben für etwas entscheiden solle, was mir Freude macht. Seit diesem Tag bekomme ich bei Dingen, zu denen ich mich stark hingezogen fühle, instinktiv Lust, sie im Ganzen hinunterzuschlingen.

Am darauffolgenden Tag exmatrikulierte ich mich und bewarb mich an einer italienischen Kochschule, die als erste professionelle Kochschule in Korea gegründet worden war. Ich war zwar immer noch genauso alt, aber jetzt hatte ich etwas, was am Tag zuvor noch nicht da gewesen war. Ein Licht, das nur Augen sehen können, die die Dunkelheit gewohnt sind, hatte mich in seinen Bann gezogen.

Die Frage, warum ich Köchin geworden bin, ist nicht wichtig. Um noch einmal das Beispiel mit der Sonne zu zitieren: Die Sonne muss ins Innerste, muss bis zum Kern vordringen, um den Punkt zu erreichen, an dem Salz entstehen kann. Für jemanden, den man liebt, darf die brennende Neugierde nie verloren gehen, und man muss sich immer wieder aneinander reiben. Bleiben nur noch die Frage – und der Zweifel: Ist das dann echte Liebe? Die Frage, ob du mich liebst. Und diese Frage wird als Einzige unbeantwortet bleiben.

9

In der Gastronomie gilt der Februar im Allgemeinen als Nebensaison, weil es keine besonderen Feiertage gibt und der Monat sehr kurz ist. Dennoch bedeutet die Besucherzahl nicht, dass man weniger Arbeit hat oder eher Feierabend machen kann. Für das Nove ist der Februar ein Monat, in dem neue Menüs erarbeitet werden, so dass die psychische Anspannung höher als in den übrigen Monaten ist. In dieser Zeit wird über die Menüs entschieden, die ab Juli, mit Beginn der sommerlichen Hochsaison, vorgestellt werden sollen.

Wie so vieles, das sich im Nove nicht sonderlich verändert hat, ist auch das Prinzip des Küchenchefs geblieben, zweimal im Jahr das Menü zu wechseln. Und zweimal im Jahr, im Januar und im Juli, schickt er je zwei Köche zur Weiterbildung nach Italien. Die beiden können gemeinsam reisen und in einer Region von einem Restaurant zum nächsten pilgern, oder jeder wählt eine andere Gegend und reist dort allein. Die Entscheidung liegt bei den jeweiligen Köchen. Sie dürfen vierzehn Tage in Italien herumreisen und essen und trinken so viel sie wollen. Die gesamten Reisekosten übernimmt das Nove. Die einzige Auflage besteht darin, nach der Rückkehr einen Bericht über dasjenige Essen zu schreiben, das einen am meisten beeindruckt hat und das sich als neues Gericht anbieten würde. Auf der Grundlage dieser Berichte wird dann ein neues Menü entworfen. Einige Köche bringen ein vollständiges Rezept mit oder erschließen es sich über die Mitarbeit in einer Küche. Vollständige Rezepte sind jedoch eher selten. Je bekannter die Restaurants sind, desto strenger werden die Rezepte geheim gehalten. Daher liegen den Aufzeichnungen in den meisten Fällen die eigenen Geschmackserfahrungen zugrunde, nach denen dann herausgefunden werden kann, welche Zutaten einen bestimmten Geschmack hervorgebracht haben. Die Verpflichtung, einen kurzen Bericht zu verfassen, stellt zwar eine Belastung dar, aber die Gelegenheiten für eine zweiwöchige kulinarische Rundreise in einer selbstgewählten Region sind rar. Vielleicht ist das einer der Gründe dafür, dass im Nove im Vergleich zu anderen Restaurants die Fluktuation unter den Mitarbeitern sehr gering ist.

In den sechs Jahren, in denen ich im Nove tätig war, reiste ich fünfmal nach Italien. Als ich in der Toskana unterwegs war, lernte ich, wie man Foie gras mit Bratapfel kocht, in Bologna war es die Herstellung von fettreduziertem Eis. In Neapel arbeitete ich zehn Tage unentgeltlich in der Küche einer Pizzeria, einem der meistbesuchten Restaurants der Stadt. Dort lernte ich eine Pizza Margherita zuzubereiten, die in der Pizzeria angeblich viertausendmal pro Tag verkauft wird. Wer von einem Leben träumt, das sich auf drei Mahlzeiten am Tag, Trinken und Schlafen beschränkt, für den gibt es keinen besseren Ort als Italien. Genauso, wie man als Reisender ständig Hunger hat, überkommt einen in Italien zwangsläufig der Hunger, sobald man nichts im Mund hat. Überdies habe ich von dort noch mehr mitgebracht, nicht nur Rezepte.

Wenn alle Gäste gegangen sind, scharen sich die Gourmetreisenden zusammen mit den Kollegen, die neue Rezeptideen haben, um den Küchenchef und bleiben bis spät in die Nacht auf, um zu kochen, zu essen und Bewertungen abzugeben. Wer schon einmal täglich elf Stunden in der Küche gearbeitet hat, weiß, dass selbst das leckerste Essen nicht immer schmecken kann. Aber der Februar ist ein besonderer Monat. Ich bin morgens ab zehn bei der Arbeit und koche, esse und trinke jeden Tag bis nach Mitternacht. Könnte man Essen verschiedenen Typen zuordnen, dann gehört das Essen in solch einem Fall nicht zum geselligen Essen oder zum Versöhnungsessen, sondern zum Essen des Zwists, das den Magen eher verschließt. Ich muss unbedingt ein paar Kilo zulegen, das ist mir auch ohne Mun-jus Bemerkungen klar. Und eine Köchin, die nicht isst, möchte ich nicht werden. Seit die neuen Menüvorschläge sehr vorangetrieben werden, konzentriere ich mich wieder mehr auf mein eigenes Essen. Während die anderen sich damit begnügen, einen Happen zu kosten, leere ich einen ganzen Teller. Ein Gericht nach einem einzigen Bissen zu bewerten ist – selbst für jemanden mit feinen Geschmacksnerven – nichts anderes, als über einen Unbekannten zu reden, als wüsste man alles über ihn. Essensverweigerung. Das war das Erste, wovor ich mich nach der Trennung von ihm fürchtete. Das ist eine schreckliche Krankheit, die Beziehungsunfähigkeit gleichgesetzt werden kann und unter Umständen zur absoluten Zerstörung der menschlichen Beziehungen führt. Ich esse jetzt den ganzen Tag bis zum Umfallen, so wie Mun-ju vor zehn Jahren. Was mich am meisten anstrengt, ist jedoch nicht der Vorgang des Essens, sondern der Geruch. In der engen Küche herrscht in Wahrheit nicht der strenge, peinlich genaue Küchenchef, sondern der durchdringende Geruch des Essens. Genauer gesagt: Man wird davon einfach gefangen genommen.

Die Ursache meines ersten Konflikts mit Polly waren Gerüche.

Englische Setter sind kräftig und elegant. Sie verfügen über ein vielfältiges Mienenspiel. Sie sind bekannt dafür, dass sie nicht bellen, wenn sie ein Jagdobjekt ausfindig gemacht haben. Stattdessen legen sie sich still vor ihrem Herrchen auf den Bauch und zeigen ihm dann den Fundort der Beute. Heutzutage werden sie jedoch nur noch selten als Jagdhunde eingesetzt. Ihr langes, seidig glänzendes, gelbbraunes Fell, das bei ihrem eleganten Gang sanft mitschwingt, zieht den Betrachter gleich beim ersten Anblick in Bann. Bis ich bei meiner Großmutter auszog, konnte ich mir nicht vorstellen, dass ich eines Tages einen Hund halten würde. Als ich zum ersten Mal bei Sok-ju war, sah ich mitten im sonnendurchfluteten Hof vor dem Haus etwas Großes, Flaches liegen, das braun leuchtete. Das ist Polly, sagte er, als würde er sich selbst vorstellen. Das war das erste Mal in meinem Leben, dass ich jemanden einen

Hundenamen so liebevoll aussprechen hörte. Ich würde sogar so weit gehen zu sagen, dass ich mich in ihn verliebt habe, aufgrund seiner Stimme, mit der er Polly rief. Wenn er einen Hundenamen so zärtlich rufen konnte, mit welcher Stimme würde er erst meinen Namen rufen? Bei diesem Gedanken erfasste mich ein Schwindelgefühl wie von süßem, warmem Schnaps. Ich bemerkte scherzhaft, dass ich den liegenden Hund für einen Bären gehalten hatte, weil er mir selbst im Liegen so groß vorgekommen war. Er musste laut lachen und sagte: »Na, Polly, steh auf und begrüße unseren Gast.« Der große Hund stand tatsächlich langsam auf, kam auf mich zu und drückte seine viereckige, an den Seiten abgerundete Nase behutsam gegen mein Knie. Diese Bewegung entwickelte sich später zu unserem Begrüßungsritual und bedeutete so viel wie: »Na, alles in Ordnung bei dir?«

Jetzt waren wir beide – Polly und ich – mutterseelenallein, aber ich hatte nicht das Gefühl, dass es zwischen uns irgendwelche Probleme geben würde. Ich hatte auch keine Muße, über so etwas nachzudenken. Polly konnte wahrscheinlich nur schwer verstehen, dass ich manchmal freiwillig hungerte oder keine Lust hatte, mit ihr spazieren zu gehen. Ebenso wie ich manchmal vergaß, dass Polly ihren täglichen Auslauf brauchte und die Möglichkeit zu bellen. Nicht als Bedrohung, sondern als artgemäße Äußerung. Darüber hinaus hatte ich völlig vergessen, dass ihre Rasse aufgrund ihrer besonders ausgeprägten Treue nur schwer einen ganzen Tag ohne das Herrchen ertragen kann und für die Wohnungshaltung wirklich nicht geeignet ist.

Seit Mitte Februar komme ich immer sehr spät nach Hause, und die Wohnung ist ein Chaos aus Büchern, Kissen und Kleidern, die Polly überall verstreut. Ich sehe ein, dass ein Mensch und ein Hund nicht alles gemeinsam haben können, auch wenn sie eine enge emotionale Bindung zueinander haben. Und dazu gehört der Geruch. Gerüche, die man mag oder nicht mag. Polly und ich haben extrem unterschiedliche Geruchsvorlieben. Polly mag mein Parfum nicht, und ich hasse den Geruch ihrer Ausscheidungen, der dem Teppich und sämtlichen Kissen anhaftet. Polly ist wirklich gut erzogen, aber seitdem er uns verlassen hat, macht sie in alle Ecken der Wohnung. Das erscheint mir nur verständlich. Polly muss außerdem damit zurechtkommen, dass ich manchmal sehr lange schlafe oder in ihren Trinknapf aus Versehen Orangensaft statt Wasser fülle. Es ist nicht leicht, spät in der Nacht nach Hause zu kommen und eine Wohnung aufräumen zu müssen, in der alles völlig auf den Kopf gestellt ist. Allen Gegenständen haftet der Gestank von Pollys Ausscheidungen an, wie der Geruch von faulen Eiern. Es ist so unerträglich, dass ich mir am liebsten immer die Nase zuhalten würde. Aber bisher hat nichts geholfen. Polly macht es immer und immer wieder.

Innerhalb einer Rasse unterscheiden sich die Hunde wie die Menschen. Und manche Hunde sind etwas Besonderes.

Auf dem Weg nach Hause nehme ich mir immer vor, mit Polly Gassi zu gehen, aber zu Hause gehe ich zuerst ins Bad, um zu duschen und mir den Essensgeruch aus den

Haaren zu waschen. Danach habe ich nur noch Lust, ins Bett zu fallen und zu schlafen. Obwohl ich viel esse, bin ich kraftlos. Der Frühling kommt bald, flüstere ich Polly innerlich unbeteiligt zu, während ich auf der Couch liege und ihren Nacken kraule. Als Polly sich schüttelt und den Kopf hebt, rieche ich plötzlich etwas. Ich atme tief ein und nehme Witterung auf. Was hast du denn gemacht, Polly? Polly schüttelt sich noch einmal, ihre Haare fliegen. Ich halte die Handfläche, mit der ich Polly gerade den Nacken gekrault habe, an meine Nase. ... Den Geruch kenne ich gut. Er verbreitet sich allmählich in der Luft. Ich kraule Polly wieder am Nacken, zum Zeichen ihres Einverständnisses krümmt sie leicht den Rücken. Es riecht wie Blauschimmelkäse. Wie gut abgehangenes Lammfleisch. Der üble, säuerliche Geruch, der von der Achsel eines schweißnassen Hemdes kommen könnte. Neben Pollys Gestank verbreitet sich noch ein anderer Geruch, herb und kräftig. Ein greifbarer, sinnlicher Geruch. Der Geruch eines Mannes. Sein Geruch.

Hunde können sich anhand von Fußabdrücken und dem Geruch von Händen an Menschen erinnern.

Das ist ein Geruch, den wir beide mögen.

Polly schüttelt sich noch einmal. Ich schließe meine Augen. Irgendwo in dieser Couch könnte noch sein Geruch hängen. Winzige Partikel. Er verfliegt nun allmählich aus diesem Haus und aus Pollys Nacken. Aber ich kann mich an mehr als nur an seinen Geruch erinnern. Dir geht es genauso, Polly. Nicht wahr?

Dienstags und donnerstags, wenn ich meine Kochkurse

gab, ging ich auf dem Kyongdong-Markt und in einem größeren Supermarkt wie Costco Lebensmittel einkaufen. Manchmal, wenn es sein Terminkalender erlaubte, zogen wir gemeinsam los, sonst fuhr ich allein mit dem Auto. Als ich sechs vollgepackte Plastiktüten gleich hinter der Wohnungstür abstellte und die Hausschuhe anzog, stand Polly auf. Sie hatte vor der Schiebetür aus Milchglas gelegen, die den Eingangsbereich vom Wohnbereich trennt. Sie stupste mit ihrer Schnauze kräftig gegen meine Knie. Die ungewohnte Heftigkeit zwang mich ein paar Schritte rückwärts und verstimmte mich fast.

Was ist los, Polly?

Macht ein Hund so unerwartete Bewegungen, sollte man dem zuerst einmal nachgeben. Beim Spazierengehen etwa darf man einen Hund nicht an der Leine in die gewünschte Richtung ziehen, sondern muss ihm zuerst folgen, um dann sanft die Richtung zu ändern. Je mehr an der Leine gezogen wird, desto mehr streben die Hunde in die entgegengesetzte Richtung. Ich hatte von ihm schon einiges über Hunde gelernt. Ich ging also rückwärts und stoppte Polly, die mit mir spazieren gehen wollte, sanft und ruhig ab. Es hörte sich so an, als wäre jemand hinter der Schiebetür ... Es war auch seltsam, dass Polly allein vor der Schiebetür lag, obwohl er schon im Wohnbereich sein musste.

Ist da jemand, Polly?

Wie in Zeitlupe drückte Polly ihre Vorderpfoten auf meine Füße und legte sich auf den Bauch. Damit gab sie mir zu verstehen, dass ich stehen bleiben sollte.

Ist da jemand, den du kennst, Polly?

Sie gab ein tiefes, seufzendes Geräusch von sich. Als ich versucht hatte, ihr bestimmte Wörter beizubringen, hatte ich beobachtet, dass Hunde zwar nur über begrenzte Ausdrucksmöglichkeiten verfügen, dafür aber immer die Wahrheit sagen.

Geh aus dem Weg, Polly.

Meine Stimme klang tief und entschlossen. Pollys Miene schien ernst zu werden. Sie war unruhig und stupste gegen mein Schienbein.

Ist ja schon gut, Polly. Mach Platz. Aber jetzt!

Unwillig schob sich Polly langsam hinter mich. Ich näherte mich langsam der Schiebetür. Als ich sie mit der Handfläche berührte, öffnete sie sich sanft.

Ich hatte nur für einen kurzen Augenblick mit Polly vor der Schiebetür gestanden. Aber dieser kurze Moment hatte gereicht, um mir ausmalen zu können, was hinter der Tür vor sich ging. Der Moment, in dem ein Mann und eine Frau sich ausziehen, ist nichts Besonderes. Es ist genauso selbstverständlich wie das Vermischen verschiedener Geschmäcker in einem Essen. Die Frau trug das aprikosenfarbene Chiffonkleid, das sie Anfang letzten Herbstes unter einem Trenchcoat getragen hatte. Das Kleid hatte ihr so gut gestanden, dass ich es gemeinsam mit den anderen Kursteilnehmern bewundert und sogar berührt hatte. Ich stand in der Tür und dachte mir, dass dieses Chiffonkleid zwar schön, aber für November zu dünn sei. Sie hatte den Rock bis zum Rücken hochgerollt und hielt ihn mit beiden Händen. Er saß auf der Arbeitsplatte, und sie saugte gerade an seinem Hoden, der faltig war wie eine getrocknete Pflaume. Er hatte seine Hände tief in ihre Haare vergraben, die ihr ins Gesicht hingen, und bewegte ihren Kopf sanft vor und zurück.

Als ich noch ein Mädchen war, erzählte mir meine Großmutter eine Geschichte: Es war zu der Zeit, als es noch nicht so viele Menschen gab und die Dinosaurier über den Himmel flogen. Ein Mann war auf einem Baum eingeschlafen und sah so aus, als wolle er überhaupt nicht mehr aufwachen. Eines Tages erwachte er. Leichte Federwolken zogen über den Himmel, und der Wind duftete nach Gras. Dann entdeckte der Mann, dass der Duft nicht von dem Gras, sondern von einer Blume kam, die unter seinem Baum erblüht war. Er sprang von dem Baum herunter. In dem Kelch der tellergroßen Blüte hatte sich Regenwasser gesammelt. Der Mann schaute ruhig auf das Wasser, beugte sich herab und trank es langsam aus.

Genauso wie bei den beiden muss das ausgesehen haben, dachte ich.

Sie hatte sich inzwischen ganz ausgezogen und saß kerzengerade auf dem Sofa. Er kniete vor ihr und schaute regungslos auf ihr Geschlecht, das sich wie eine reife Feige geöffnet haben musste. Er sah aus, als wäre er gerade aus einem langen Schlaf erwacht und würde zum ersten Mal in einem Kelch gesammeltes Regenwasser sehen. Er wandte mir den Rücken zu, ich wusste jedoch, welchen Blick er hatte. Ich hatte immer gedacht, dass nur ich diesen Blick kannte. Er begann mit seinen Fingern sorgfältig und rhythmisch ihr Geschlecht zu massieren. Sie spreizte ihre Beine weiter auf, um seine Finger noch tiefer eindringen zu lassen. Dabei schaute sie auf ihn herunter, und ihr Gesichtsausdruck schien zu sagen: Na, schau mal, wie perfekt das aussieht. Dann schloss sie ihre Augen und stöhnte. Sie beeilten sich nicht. Sie fürchteten sich nicht. Das war also nicht das erste Mal für sie. Wie beim gemeinsamen Pilzesammeln gingen sie besonnen und konzentriert vor. In dieser gespannten Stille vereinten sie sich ungestüm, zogen und drängten und zogen und spannten sich, wie zwei riesige, ineinander verschlungene, nass glänzende rosa Zungen. Sie schienen die Gänge für ihr Festmahl nicht wegen der Speisen, sondern wegen der Art des Essens – Kauen, Lutschen und Erkunden mit der Zunge – gewählt zu haben. Sie gingen völlig darin auf. Er nahm ihren Hintern, rund und rosig wie ein in Wein eingelegter Pfirsich, auf seinen Schoß, hielt ihre Taille von hinten mit beiden Händen und begann seinen Körper rhythmisch zu bewegen. Dann hörte ich ihn ihren Namen herausschreien. Ich zitterte, als wären meine Augen auch eine erogene Zone. Ich hatte Lust hinzugehen und zu fragen, ob es ihm geschmeckt habe. In Wein eingelegte Pfirsiche muss man mit einer sehr spitzen Gabel essen, damit sie gut schmecken.

MÄRZ

Ich reiche dir das Essen. Deshalb musst du mir meinen Wunsch erfüllen.
Tibetisches Sprichwort

10

Der Winter kam und ging, wie ein Fisch, der sich in den Fluten verloren hat. Er war lang und kalt und schien nie enden zu wollen. Zum Glück habe ich ihn überlebt, murmelte ich vor mich hin, so wie ich es in letzter Zeit häufiger tat. Als ich dann aber beobachtete, wie sich die gelben Blüten der Narzissen durch die hart gefrorene Erde ans Licht drängten, besserte sich meine Stimmung. Der Frühling ist eine wunderbare Jahreszeit für Köche. Es liegt ein Zischen in der Luft, dem Geräusch einer frisch geöffneten Heringsdose vergleichbar, das durch das Herausschießen des nach frischem Fisch riechenden Salzwassers hervorgerufen wird. Auch in den Bergen, am Meer und auf den Feldern kann man das Sprießen förmlich hören. Das Beste von all dem ist das Geräusch, das der japanische Zwergtintenfisch macht, wenn er sich aus der Meerestiefe an die Oberfläche windet. Werden die kleinen Mollusken gefangen, winden sie sich vor Schreck und verspritzen schwarze Tinte, als wollten sie ein inneres Leid ausspucken, das sie den Winter über in sich getragen haben. Sie haben Biss und einen angenehm frischen Geschmack. Außerdem haben sie Rogen im Bauch, so dass der Geschmack und der Nährwert im März und April am höchsten ist. Im März ist »Pasta mit Zwergtintenfisch« auch das am häufigsten bestellte Gericht im Nove. Ich bin fertig mit der Vorbereitung der Zutaten und mache eine kurze Pause. Dann koche ich fünf oder sechs kleine Tintenfische in Salzwasser, dippe sie nicht wie üblich in süßsaure Chilipaste, sondern in Pesto. Sie fühlen sich sehr weich, aber gleichzeitig fest an und füllen meinen Mund mit dem Geruch nach Meer. Zusammen mit dem würzigen Basilikum ergibt das den wahren Geschmack von Frühling.

Ich mache jetzt Tiramisu. Das ist das bekannteste Dessert Italiens und passt zu jeder Jahreszeit. Meiner Meinung nach jedoch passt es am besten in den Frühling. Im Vergleich zu anderen Desserts ist die Herstellung etwas aufwendig und die Lagerung schwierig, so dass es nicht so oft zubereitet wird. Im Frühling wird es für die Stammkunden manchmal als Service des Hauses gereicht. Im 18. Jahrhundert waren es die Venezianer, die gern Tiramisu aßen. Übersetzt heißt es »Zieh mich hoch« und bedeutet »die Laune wird besser«. Durch den darin enthaltenen Espresso verbessert sich tatsächlich die Laune. Im Winter kann man dazu einen heißen Kaffee mit einem Schuss Cognac trinken, das verstärkt die beruhigende Wirkung. Ist es zu süß geraten, kann man sich mit etwas Salz aushelfen, so wie bei versalzenem Essen in der Regel etwas Honig hilft. Ich hoffe, dass die anderen Köche sagen können, dass bei K. endlich Struktur Einzug gehalten hat, nachdem sie ihr Tiramisu aufmerksam gekostet haben.

Unsere jüngste Beiköchin hat vergessen, Salami und Mozzarella zu ordern. Dadurch könnte es bei den Abendmenüs Probleme geben. Bei Salami ist es nicht so schlimm, fehlt jedoch Mozzarella, können wir keinen »Insalata Caprese« zubereiten, die Vorspeise des Tages. Bei Mozzarella ist die Frische das A und O, deswegen wird nie viel auf einmal bestellt. Zu alldem hat heute auch noch Herr Choi, der Vorsitzende des Gourmetclubs »Weg des Geschmacks«, einen Tisch reserviert. Herr Choi ist einer der einflussreichsten Feinschmecker der Stadt. Maître Park war der Meinung, dass wir den Küchenchef vom Fehlen der Zutaten besser nicht unterrichten sollten. Stattdessen solle ich in dem großen Supermarkt in der Nähe des Nove einkaufen gehen. Das ist ausgerechnet Costco in Yangjädong, was mich in schlechte Stimmung versetzt. Aber wenig später bin ich auch schon in einer windigen Straße unterwegs.

Mich würde wirklich interessieren, was andere machen, wenn sie durch eine Beziehung traumatisiert sind. Ich habe festgestellt, dass ich versuche, mich wie ein harmloses Tierchen möglichst klein zu machen. Ich laufe mit eingezogenen Schultern und versuche nach Möglichkeit die Orte, an denen wir oft gemeinsam waren, zu meiden. Selbstverständlich esse ich nicht mehr, was wir früher immer gemeinsam gekocht haben. Aber ich denke nicht daran umzuziehen, denn zu Hause habe ich meine Küche und den großen Kühlschrank, und beides habe ich mir mühsam erarbeitet. Man sagt ja, dass man einen geliebten Menschen nicht zu jedem Zeitpunkt lieben kann. Ich habe den Menschen, den ich am meisten liebte, in jedem Augenblick geliebt und gern angeschaut. Ich kann einfach nicht akzeptieren, dass er mich verlassen hat. Wenn einer sich verzehrt, der andere aber nicht, würde ich das als tragisch bezeichnen. Ich kenne kein zutreffenderes Wort dafür. Ich kann dieses Gefühl auch nicht in einem Gericht umsetzen. Natürlich ist dieses Gefühl etwas sehr Persönliches.

11

Was machen Frauen, die auf ihre Männer warten? Waschen sie ihre Haare, schminken sie sich, kleiden sie sich in Sachen, von denen jede Frau träumt? Legen sie ein Parfüm auf und betrachten sich zum Schluss noch einmal im Spiegel? So lange sie so etwas tun, sind sie noch in ihren Partner verliebt. Wartet eine Frau auf einen Mann, den sie noch liebt, der sich aber von ihr getrennt hat, ändert sich alles. Die ungetrübte Freude fehlt. *Liebe ist, als würde man sich Schriftzeichen in den Handrücken einbrennen.* Dem, der verlässt, fällt es auf wie ein Fluoreszieren in der Nacht, selbst wenn es für andere nicht sichtbar ist. Das muss mir für den jetzigen Zeitpunkt genügen.

Ich überlege, ob ich sauber machen oder Polly baden soll. Dann lege ich mich einfach auf die Couch. Ich versuche, mich an die Zeit zu erinnern, in der er mich noch liebte, und an die Dinge, die wir gemeinsam getan haben. Abgesehen vom Saubermachen und Polly baden. Aber mir fällt nichts ein. Es gab Zeiten, in denen wir viele Dinge gemeinsam hatten, Dinge, die uns mit Freude erfüllten, über die wir aufgeregt waren und die wir teilen wollten. Ich wälze mich auf dem Sofa hin und her. Als er wie verabredet um zwei Uhr eintrifft, schlafe ich tief. Als wir uns damals zum ersten Mal trafen, lag ich genauso wie jetzt ohne Bewusstsein auf dem Boden. Als ich die Augen öffnete, schaute er mich aus nächster Nähe an, so dass sich unsere Nasen fast berührten. Polly zieht an meinen Hausschuhen, um mir zu zeigen, dass jemand gekommen ist. Ich öffne die Augen und sehe ihn etwas unsicher hinter der Schiebetür stehen. *Komm zu mir. Wie damals. Komm näher.* Er rührt sich nicht. Ich richte mich etwas betreten auf und ordne meine Haare.

»Wie geht es dir?«

Ob diese Begrüßung an mich oder Polly gerichtet ist, bleibt unklar. Dann legt er seine Schultertasche in der Ecke vor der Schiebetür ab, wie ein Gast, der bald wieder aufbrechen will. Polly geht langsam auf ihn zu und leckt ihm die Hand. Mit der anderen Hand krault er ihren Nacken. Sein Geruch wird für eine Weile in ihrem Nackenfell haften bleiben.

Ich stehe auf. Ich hatte nicht gewollt, dass er mich beim Schlafen sieht. »Willst du noch etwas essen?«

»Nein, ich habe schon gegessen.«

Gegen zwei Uhr hatten wir nach einem späten Frühstück oft gemütlich den Tisch für das Mittagessen gedeckt.

»Warum so eilig?«

»Ich gehe jetzt mit Polly spazieren.«

Er war noch keine drei Minuten da.

»In Ordnung.«

Ich gehe in Richtung Küche. Polly dreht sich kurz nach mir um, dann zockelt sie auf sein Pfeifen hin langsam zum

Eingangsbereich. Es ist lange her, dass ich dieses Pfeifen gehört habe. Ich kriege es selbst mit viel Übung nicht hin. Dann höre ich, wie die Tür ins Schloss fällt. Welches Essen passt am besten für zwei Uhr am Nachmittag? Ich versuche sein Pfeifen nachzumachen und öffne den Kühlschrank. Dort gibt es Kartoffeln, Zucchini, Mehl, Spaghetti, diverse Soßen, unter anderem Tomatensoße, gefrorene Fische wie Flunder, Scholle und Makrele. Auch frische Sardellen und Kaviar, mit denen man einen leckeren Salat machen könnte. Aus diesen Dingen könnte ich ihm eine zwar nicht wirklich besondere, aber doch einigermaßen reichhaltige Mahlzeit zubereiten. Manchmal habe ich beim Öffnen meines Kühlschranks das Gefühl, privilegiert zu sein.

Die Hauptfigur in dem Roman »Die essbare Frau« bäckt für den Mann, der sie verändern will und sie damit beinahe zerstört, einen Kuchen in Form ihres nackten Körpers und sagt: »Du siehst köstlich aus, richtig appetitanregend. Und genau das wird dir passieren; das hat man davon, wenn man essbar ist.« Dann lädt sie den Mann zu sich ein und bietet ihm den Kuchen an. Nachdem er verlegen ihre Wohnung verlassen hat, nimmt sie eine Gabel und beginnt den Kuchen von den Füßen her aufzuessen. Vielleicht wollte sie etwas mit ihm teilen und Erfüllung verspüren. Sie sagt, dass es lediglich ein Kuchen sei. Dann sticht sie mit der Gabel in den Körperkuchen und trennt den Kopf vom Rumpf. So endet der Roman.

Die Frauen in Rom buken Pasteten in Form einer Vagina, um sie ihren Männern zu servieren, wenn sie unzufrieden mit ihnen waren. Und in einer kleinen sizilianischen Kirche gibt es ein Fresko, auf dem auf einem Teller ein runder, busenförmiger Kuchen mit süßer Vanillecreme und roten Kirschen als Brustwarzen serviert wird. Wenn Frauen ein Essen zubereiten, geht es nicht nur um Essen. Sie können Verärgerung, Unzufriedenheit, Wünsche, Traurigkeit, Begehren oder Schmerz hineinarbeiten. Natürlich ist es am besten, wenn ein Essen mit Liebe zubereitet wird.

Die Küche sollte ein Ort der Freude sein. Und man sollte beim Kochen stets an denjenigen denken, für den das Essen gedacht ist. An seinen Geschmack, seine Bestrebungen, seine Vorlieben. Was ihn zufrieden machen oder berühren könnte. Und wie man ihn dazu bringt, dass er das Essen unbedingt noch einmal haben will. Wer kocht, sollte die Essgewohnheiten des Menschen, für den er kocht, wirklich gut kennen. Denn Essgewohnheiten gehören zu dem, was ein Mensch nicht ändern kann. Selbst wer von zuhause weggeht, weit wegfährt oder gar auswandert, nimmt seine Essgewohnheiten mit. Zu Beginn meiner Kochkarriere wurde uns Lehrlingen erklärt, dass wir uns beim Kochen vorstellen sollten, wir seien unsere Mütter, die für uns das Abendessen zubereiten. Weil ich nicht bei meiner Mutter aufgewachsen bin, tauschte ich Mutter gegen Großmutter aus. Als ich in Neapel arbeitete, konnte ich mir ein stilles Lächeln nicht verkneifen, als mir der italienische Küchenchef erzählte, man solle so kochen, dass die Kundschaft das Gefühl hätte, in der Küche wären ihre Großmütter zugange. Wenn ich für

Kundschaft koche oder einen Kochkurs leite, dann ist es nicht mein Ziel, dass mein Anblick allein schon ein Hungergefühl auslöst. Koche ich jedoch für ihn, ist genau das mein einziges Ziel.

Als ich gerade den Eisbergsalat aus dem Kühlschrank holen will, drehe ich mich um und sehe den Frühlingssonnenschein von draußen durch das Fenster fallen. Ich betrachte alles, was ich habe: die Küche, in der ich für ungefähr zehn Personen einen Kochkurs halten kann, die großzügige Wohnungsaufteilung und den Innenhof, in dem genug Platz für einen Englischen Setter ist und den Mann, der hochgewachsen und kerzengerade eben den Hof durchquert. In meinem Alter ist es nicht einfach, das alles zu besitzen. Ich hingegen, ich habe es geschafft. Ich hätte Mühe, das alles einfach so aufzugeben. Es geht jetzt nicht um die Frage, ob wir uns lieben oder nicht, sondern ob es noch einmal wie früher wird oder nicht. Vielleicht sollte ich ihm das unauffällig klarmachen. *Auch wenn es nicht noch einmal wie früher wird, ist nichts umsonst. Wenn die Bruchstücke unserer Beziehung wieder an die Oberfläche kommen, werden wir unter ihnen noch viel Wertvolles finden. So lange sollten wir abwarten.* Dieser Märztag heute, an dem er zu mir gekommen ist, scheint mich in einen positiveren, lebhafteren und fröhlicheren Menschen zu verwandeln.

Ich werde ein fleischloses Sandwich mit Kräutern, Eiern und Salat zubereiten.

Für zwei Uhr nachmittags kann ich mir kein passenderes Essen vorstellen. Gab es vorher schon ein vollwertiges

Mittagessen, sollte das Baguette nur mit etwas Leichtem belegt werden. Ich stelle die Dosen mit dem kalten Hühnerfleisch und dem Räucherlachs zurück in den Kühlschrank. Das Brot bestreiche ich dünn mit Butter, dazu kommt dann reichlich Olivenöl, in dem gehackter Knoblauch und Thymian eingelegt wurden. Ohne das aromatisierte Olivenöl verliert dieses Sandwich seine besondere Note. Man könnte auch noch ein wenig Mayonnaise darüberstreichen, aber da er das nicht sonderlich mag, lasse ich sie weg. Nun muss ich das Sandwich nur noch belegen. Ich lege gut abgetropfte Salatblätter bereit, darauf in Scheiben geschnittene gekochte Eier, Tomate, Gurke und Zwiebel. Ein Baguette für uns beide müsste reichen. Mit dem Brotmesser schneide ich es schräg in drei Stücke und lege sie in den mit einem Baumwolltuch ausgelegten Brotkorb. Ein Sandwich gelingt, wenn man sich für ein gutes Brot entscheidet und die Zutaten für den Belag miteinander harmonieren. Und Kräuter wie Basilikum oder Thymian müssen immer dabei sein.

»Probier mal.«

Ich warte, dass er das Sandwich zum Mund führt, selbst wenn es nur für einen Bissen ist. Wenn man mit einem Menschen zusammen essen kann, kann man mit ihm auch Sex haben. Umgekehrt kann man mit einem Bettgefährten auch essen. Aus diesem Grund beginnt es eigentlich immer mit einem Essen. Die Neugier und Freude auf den Liebesakt erlebt man zuerst beim Essen. Es gibt allerdings auch gegenteilige Fälle. Isst man zusammen, vertieft sich die Beziehung entweder oder sie verliert wieder an Qualität. Wir waren in unserer Beziehung an gemeinsame Mahlzeiten und Sex gewöhnt und liebten auch die etwas ausgefalleneren Zärtlichkeiten.

Ich esse zwei Stück von dem Sandwich allein. Ich bin satt, aber nicht glücklich. Ich kann mich nicht mehr an die große Freude erinnern, welche teilen bereiten kann.

»Bitte nimm einen Bissen davon.«

Ist das Essen vielleicht zu gewöhnlich, um seinen Appetit anzuregen? Er schaut es nicht einmal an.

»Ich sagte doch, ich mag nicht. Warum tust du das?«

»Was glaubst du?«

»Es ist vorbei.«

»Vorbei? Was soll denn vorbei sein? Du bist vielleicht gerade etwas verwirrt. Du wirst bald zu mir zurückkommen und mich um Verzeihung bitten.«

»Das wird nicht geschehen. Und erzähle den Leuten bitte nie mehr solche Sachen über Sae-jon.«

Ich weiß nicht, wovon er spricht

»Am Anfang mochtest du sie doch. Warum tust du so etwas?«

»Ich habe nie über sie geredet.«

»Okay. Dann war es vielleicht Mun-ju.«

»Sag nicht so etwas. Du machst dir immer nur Gedanken um Sae-jon. Hast du mich, seitdem du hier bist, auch nur ein einziges Mal gefragt, wie es mir geht?«

»Du willst mir nur ein schlechtes Gewissen machen.«

Ich antworte nicht.

»Tut mir leid. Es tut mir wirklich leid, aber ich kann nicht anders.«

»Du kannst zu mir zurückkommen. Ich sagte doch, dass ich dich verstehe.«

»Der Mensch, mit dem ich jetzt zusammenleben möchte, bist nicht du, sondern Sae-jon. Wie oft soll ich dir das noch sagen?«

»Du hast einmal gesagt, dass du mich liebst. Erinnerst du dich nicht mehr? Hast du alles vergessen?«

»Ja, diese Zeiten gab es. Aber es ist vorbei.«

»Komm zurück.« Ich lege meine rechte Hand sanft auf seinen linken Ellenbogen. »Ich werde auf dich warten.«

Er schiebt meine Hand grob von sich. »Mir tut es auch leid, was aus uns geworden ist.«

»Es tut dir nicht leid. Du fühlst dich schuldig.«

Keine Reaktion.

»Stimmt das etwa nicht?«

»In Zukunft wird es wohl besser sein, wenn ich nur Polly sehe.«

Mein nächster Kuchen sollte nicht die Form meines Körpers, sondern die von Sae-jon haben. Dann könnte ich kichernd zuschauen, wie du einen Schreck bekommst, und dann werde ich mit einer Gabel zuerst die Augen aus Schokolade herausstechen und essen. Du wirst mich ganz ernst fragen, ob es mir denn geschmeckt hat. Und du wirst sehr neugierig auf den Geschmack sein, so dass wir den Kuchen gemeinsam aufessen werden, beginnend bei den Füßen. Wie findest du diese Idee?

Er ist nicht mehr zu sehen. Ich eile zur Wohnungstür. Er zieht gerade seine Schuhe an, dann dreht er sich um.

»Schau dich doch einmal im Spiegel an.« Zum ersten Mal ist in seiner Stimme so etwas wie Mitleid zu spüren.

»Du willst dich von dem Menschen trennen, der dich am meisten liebt. Überleg dir das noch einmal«, flehe ich.

»Ich kann das nicht mehr hören.«

Die Tür fällt ins Schloss.

Würde ich mich umdrehen, könnte ich ihn noch einmal sehen, wie er durch den Innenhof geht, wie er Polly zärtlich und sanft umarmt und ihr zuflüstert, dass sie sich bald wiedersehen. Wie hatte ich seinen Schatten geliebt, der mich an einen starken Baum erinnerte. Jetzt bin ich so am Ende, dass ich nichts anderes tun kann, als mich auf die Schuhe bei der Tür fallen zu lassen. Ich weiß nicht, ob es die Schwere ist, die auf meinen Schultern lastet, oder Hunger oder Kraftlosigkeit oder Polly.

Gut, für heute denn Auf Wiedersehen! Selbst wenn ich alles hätte, ohne dich ist nichts von Wert. Adieu. So sehr, wie ich hier täglich meinen Kummer nähre, wirst du einfach nicht umhinkönnen, auch an ihrer Seite an mich zu denken.

12

Wenn es einen besonderen Grund dafür gibt, dass man sich mit einem anderen Menschen anfreundet, könnte es bei Mun-ju und mir neben der Tatsache, dass wir beide gleich alt sind, daran liegen, dass ich die Ursache ihres Appetits verstand. Mun-ju begann damit, dass sie die älteste von fünf Schwestern sei. Nach diesem Einstieg bat sie mich, alle Lampen im Restaurant zu löschen.

Es war spät geworden, ihre Kollegen waren alle schon gegangen, und ich hatte ihr schon von dem Fasan erzählt — eine Geschichte, die ich bisher niemandem erzählt hatte. Ich schaltete das Licht in der Küche aus und kam zurück. Dann löschte ich auch das Licht, das direkt über Mun-jus Kopf von der Decke hing. Das Hupen der Autos, die auf der achtspurigen Straße durch die späte Nacht rasten und ihre Lichter, die sie ab und zu über die Fenster des Restaurants huschen ließen, vermittelten mir ein Gefühl der Schwerelosigkeit.

Mein Vater wollte seine Töchter streng erziehen, fuhr Mun-ju fort. Vielleicht hätte er gern einen Sohn gehabt. Es war selbstverständlich, dass er unsere Zeiten zum Schlafen, Aufstehen und Lernen festlegte. Darüber hinaus verbot er uns, Röcke oder Blusen anzuziehen. Wir wuchsen wirklich wie kleine Soldaten auf. Aber auf diese Weise werden Töchter niemals zu Söhnen, habe ich recht? Nach dem Tod unserer Mutter kam es rasch zum Zerwürfnis. Er kontrollierte, um wie viel Uhr wir nach Hause zu kommen hatten, und verbot uns strikt, Freunde zu treffen. Mich behandelte er am härtesten, vielleicht weil ich die Älteste war. Einmal begleitete mich ein Junge von der Lerngruppe nach Hause. Mein Vater hat uns gesehen. Daraufhin rührte er von mir gekochtes Essen einen Monat lang nicht an, als ob dem Essen etwas Schmutziges anhaftete. Essen war etwas, das er sich besonders anstrengte zu kontrollieren. Einmal in der Woche stellte er mich auf die Waage. Er war der Meinung, dicke Frauen seien zu nichts nütze. Es war unerträglich. Damals war ich nicht wirklich dünn, aber auch nicht dick.

Die einzige Möglichkeit, mich gegen ihn aufzulehnen, war heimlich zu essen. Ich trug immer eine Tüte braunen Zucker bei mir. Wenn ich mich nicht gut fühlte oder etwas Trauriges passiert war, ging ich sofort zum Kühlschrank. Seltsamerweise sagte mein Vater nichts, obwohl ich von Tag zu Tag augenfällig dicker geworden sein muss. Auch das fand ich unerträglich, weil es in meinen Augen nur sein Desinteresse zeigte.

In meinen Träumen sagte er, dass er mich aus Liebe aufessen wolle. Ich wurde immer dicker. Einmal träumte ich sogar, dass ich so dick wurde, dass unser Haus explodierte. Ich wollte nur noch weg von zuhause. Obwohl ich damals erst sechzehn war. Unkontrolliertes Essen unterscheidet sich eigentlich nicht vom Hungern, weil das gleiche Ziel angestrebt wird. Es ist ein ganz spezieller Triumph, sagen zu können, ich bin die Beste beim Essen oder beim Hungern. Aber das war alles, was ich hatte. Und dann traf ich dich. Und das von dir zubereitete Essen machte mir zum ersten Mal klar, welche Gefühle ein Essen hervorrufen kann. Dein gebratenes Entenbrustfilet damals, der bloße Anblick ließ mir das Wasser im Mund zusammenlaufen. Aus diesem Grund wollte ich so schnell wie möglich wieder verschwinden. Aber du bist mir bis zum Parkplatz gefolgt, um zu fragen, warum ich denn gegangen wäre, ohne zu essen. Und wie ich denn einen Artikel schreiben wolle, ohne das betreffende Gericht überhaupt probiert zu haben. Du warst wirklich lustig. Es war dir so ernst, dass ich lachen musste. An dem Tag habe ich auf dem Heimweg gedacht, dass in deinem Essen eine besondere Zutat gewesen sein muss. Denn ich konnte mich nicht daran erinnern, wann ich mich nach einem Essen jemals erleichtert gefühlt hätte. Und der Gedanke, dass ich meine besten Jahre mit einem ständigen Kampf gegen etwas so Nichtiges wie Essen zugebracht habe, ärgerte mich maßlos. Wirklich maßlos.

Ich schob den Teller mit den Servietten zu ihr hinüber. Sie weinte.

Hungrige Menschen sind unkontrollierbar, satte sind leichter zu beeinflussen. Deshalb begann ich für Mun-ju zu kochen, nachdem sie mir alles erzählt hatte. Ich reduzierte nur die Menge, um ihr dabei zu helfen, langsamer zu essen. Ich erklärte ihr immer wieder, welche Speisen sie meiden und welche sie unbedingt essen solle oder gar müsse. Wie das bei kreativen und intelligenten Menschen normalerweise der Fall ist, wusste sie, was sie wollte, und konnte sehr konsequent sein. Was wir beide unausgesprochen anstrebten, war die Überwindung der Angst vor dem Essen durch das Essen, nicht das Vermeiden von Essen.

Der Appetit ist wie das Salz im Frankreich des siebzehnten Jahrhunderts. Um die Salzsteuer zu umgehen, versteckten die Frauen das Salz vor den königlichen Salzsteuerbeamten im Dekolleté, unter dem Korsett, zwischen den Schenkeln und den Pobacken. Auf ihrer Suche nach dem Salz schreckten die Beamten vor nichts zurück, selbst wenn die Frauen vor Schmerz weinten. Wer mit Gewalt nehmen will, vor dem wird nur umso eifriger versteckt. Das Einzige, was ich für Mun-ju tun konnte, war, aufmerksam zu beobachten und abzuwarten. Wie auf den letzten Gang eines Menüs. Das ist das Mindeste, was man für eine Freundin tun kann. Mun-ju schien das jedoch als etwas Besonderes zu empfinden, und mir ging es genauso. Ich kümmerte mich um die Zubereitung, und sie aß. Ich bereitete immer weniger zu, und sie aß immer weniger.

Es brauchte ungefähr zwei Jahre, um Mun-jus äußere Erscheinung von fett in kurvig-attraktiv zu verwandeln. Inzwischen muss sie über ein Essen nicht mehr wie ausgehungert herfallen, sie kann gemächlich und doch voller Genuss essen. Hatte sie eine Verabredung und ihr Gegenüber fiel über das Essen her, traf sie sich nicht wieder mit ihm. Dann bringt sie mich zum Lachen, indem sie diese

Männer immer wieder nachmacht. Sie hat vieles loslassen können, außer der Angst, irgendwann wieder dick zu werden.

Ich habe keine Angst vor dem Dickwerden, mein Vergnügen am Essen ist stärker. Das Geschmacksempfinden gleicht einem Diamanten, der umso mehr glitzert, je mehr Facetten er hat. Wer Appetit hat, hat auch Lust zu leben. Wer keine Lust mehr zu leben hat, verliert zuerst den Geschmackssinn. Manche spüren, dass sie leben, indem sie Musik machen oder schreiben. Andere gehen shoppen. Zurzeit spüre ich beim Essen, dass ich lebe. Ich bin überall und immer bereit zu essen. Außerdem habe ich oft Appetit auf etwas Bestimmtes. Und wenn ich etwas nicht haben kann, vergrößert das nur mein Verlangen.

Der. Mensch. Den. Ich. Liebe. Ich starre auf das größte und tiefste Loch in seinem Gesicht. Seine Zunge bewegt sich geschmeidig wie eine Fisch- oder Vogelzunge, die wohlig in weichen Knorpel eingebettet ist. Sie bewegt sich ernst und aufmerksam, als würde sie etwas sehr Leckeres essen. *Das. Ist. Sae-jon.* Sagt das tiefe Loch. Die Zunge ist fest und rau wie die Zunge eines Vierbeiners. Ich betrachte diese rote Zunge. Ich würde sie gern noch einmal lecken. Sie lässt Frauen und Männer dahinschmelzen, wie Trüffel. Sie wäre leicht zu kauen und sieht eigentlich zart und weich aus. Ich trete einen Schritt näher. *Du. Hast. Mit. Diesem. Mund. Gesagt. Dass. Du. Mich. Liebst.* Ich bin der Zunge so nah, dass ich sie mit einem Bissen hinunterschlucken könnte. *Nimm. Mich. Noch. Einmal. In. Deinen. Arm.* Ich flehe ihn an. *Tu. Das. Nicht.* Er schiebt mich nachdrücklich von sich. Ich bin schon heiß wie kochendes Öl. Ich möchte seine Zunge aufessen, als wäre ich völlig ausgehungert. Meine Kehle fühlt sich geweitet an wie bei einer Stopfgans. Er schiebt meine gespitzten Lippen mit seiner Hand weg und tritt einen Schritt zurück. *Ich. Werde. Warten.* Warne ich ihn sanft. Er fährt sich mit seiner ausgedörrten Zunge über die Lippen. *So. Etwas. Wird. Nicht. Passieren.* Früher war seine Zunge nur Lobpreisung und Verherrlichung. Sie war mir vertraut und wohlgeformt und las und ertastete meinen Körper. Ich nehme sie in meinen Mund. Sie leistet Widerstand wie ein zappliger Fisch. Ich schließe meinen Mund, damit sie nicht mehr entkommt. Meine Zähne schnappen sie sich flink und zermalmen sie. Meine Zunge speichelt sie reichlich ein, dreht und wendet sie und befördert sie mit ihren starken Muskeln tief in meine Kehle, sie macht sich hart und groß, um sie noch tiefer hineinschieben zu können. Kein Stückchen, kein Tropfen entweicht meinem Mund. Sie gleitet perfekt in meinen Magen. Alle meine Sinne erbeben kaum spürbar, und schließlich atme ich aus. Zum Schluss lecke ich mir mit meiner Zunge die Lippen, um mir den Geschmack des Essens noch einmal in Erinnerung zu rufen.

In der Phantasie schmeckt Essen intensiver und konkreter als in Wirklichkeit. So wie im Traum Erlebtes im Moment des Erwachens als real erscheinen kann. Wie jemand, der zu töten gedenkt, den Mord schon im Traum verübt. Die wiederholte Vorstellung muss die Tat ersetzen.

Das schmerzt. Wie unvollendete Kunstwerke. Die Menschen wollen nichts als sinnlichen Genuss. Aber unglücklicherweise funktionieren Menschen so, dass sie viel eher Schmerzen, ein Zusammenspiel von Sinneseindrücken verspüren als Genuss.

13

Ich bin mit dem schweigenden alten Hund zurückgelassen worden. Man sagt, wenn ein Hund nicht mehr bellt oder fiept, dann hat er erkannt, dass seine Äußerungen für sein Gegenüber nicht mehr als Sprache funktionieren. Sprache existiert nur, wenn es einen Sprecher und einen Zuhörer gibt. Durch Polly ist mir klar geworden, dass das nicht nur für zwischenmenschliche Beziehungen gilt, sondern auch für die Beziehung zwischen Mensch und Hund. Für Polly bin ich ein schweigendes Gegenüber. Hätte ich bei der Trennung von ihm gewusst, dass ich wieder im Nove arbeiten würde, hätte ich Polly möglicherweise nicht behalten. Nicht, dass ich keine Zuneigung für sie empfinde, aber dann wäre auch klar gewesen, dass meine Lebenssituation für die Haltung eines Hundes nicht geeignet sein würde. Polly kommt nicht freundlich auf mich zu, sie wedelt nicht mit dem Schwanz und macht sich auch nicht mehr mit Fiepen verständlich. Sie ist auch nicht wild oder aggressiv wie die meisten gestressten Hunde, die zu lange sich selbst überlassen sind und sehr darunter leiden. Die gewaltigen Veränderungen in ihrem Umfeld lassen sie nur etwas verwirrt aussehen. Ich habe den Eindruck, dass sie diese Veränderung akzeptieren wird, selbst wenn sie dafür etwas Zeit braucht. Einen alternden Hund verwirrt oft schon die kleinste Veränderung. Polly liegt wie ein schmutzigbrauner Putzlappen auf dem Boden. Ich streichele ihr sanft über den Nacken. Wir beide leiden gleichermaßen unter Nervosität und Unruhe. Auch wenn es von außen nicht sichtbar ist, wir spüren das Gleiche. Nach langer Zeit einmal wieder leckt Polly mit ihrer rauen Zunge meine Hand, als wolle sie damit sagen, dass sie noch nicht alles vergessen habe. Sie legt den Kopf schief und schaut mich mit ihren schwarzen Augen an, als verstünde sie jedes Wort. Nur eines scheint sie nicht verstehen zu wollen: Wenn ich ihr sage, dass er uns verlassen hat. Einem Hund beizubringen, wann er springen soll und wann nicht, ist um einiges leichter.

Alles wird gut, Polly.

Polly macht ein ächzendes Geräusch, das geradewegs aus ihrem Bauch zu kommen scheint. Ich nehme sie in den Arm und wünsche mir ein Gegenüber, das mich versteht. Zum Glück ist sie noch da, aber ich spüre, dass ich bald ganz allein sein werde. Polly schmiegt sich an mich.

Polly und ich haben langsam einen neuen, gemeinsamen Rhythmus gefunden. Auch wenn ich sehr müde bin, gehe ich nach Feierabend mit ihr spazieren. Meistens gehen wir auf den Sportplatz einer nahegelegenen Grundschule. Ich hätte nicht erwartet, dass nach elf Uhr abends so viele Menschen kommen, um Sport zu treiben. Früher bin ich mit Polly nachmittags spazieren gegangen. Abends gingen er und ich kaum aus, stattdessen verging die Zeit sehr schnell mit Kochen, Essen, Musik hören, Tee trinken und beim Ballspielen mit Polly im Hof. An einem jener Abende, an denen ich bei einer Tasse Tee zuschaute, wie er mit Polly Ball spielte, wurde mir klar, dass diese abendliche Szene eine Kristallisation meines Lebens war, hart und leuchtend wie Platin. Wir hatten alles, was man sich nur wünschen konnte, und alles war auf seinem Platz. Obwohl wir noch sehr jung waren. Die Geschichte schien nur ein Ende zu kennen: Und wenn sie nicht gestorben sind, so leben sie noch heute. Ich sehe es noch wie heute, wie Polly dem Ball fröhlich hinterherjagte, auch sein wohlklingendes Pfeifen habe ich noch genau im Ohr. Geblieben sind von all dem nur Polly und der Ball in meiner Hand.

Während ich auf den Ball schaue, frage ich mich, ob wir damals einander tatsächlich liebten. Polly bellt. Ich hole weit aus und werfe. Polly versucht all meine Aufmerksamkeit auf sich zu ziehen, springt hoch und fängt den Ball. Dann kommt sie mit stolz erhobenem Kopf zu mir gelaufen und lässt ihn vor meinen Füßen auf die Erde fallen. Ich werfe wieder, und Polly rennt hinterher. So in Bewegung mit wehendem, braunem Fell sieht sie schöner aus, als wenn sie lustlos vor sich hin trottet. Wir wiederholen das Spiel immer und immer wieder. Polly scheint endlos Freude daran zu haben. Ich möchte langsam nach Hause gehen. Und ich möchte wissen, ob wir uns wirklich liebten.

Ich tue nur so, als würde ich den Ball werfen. Polly springt hoch, wedelt mit dem Schwanz und reibt sich an meinen Beinen, um mir zu signalisieren, dass ich werfen soll. *Ich bin müde. Lass uns zurückgehen, Polly.* Es scheint sie überhaupt nicht zu interessieren, was ich sage, sie konzentriert sich ausschließlich auf den Ball in meiner rechten Hand. Ihre Haltung zeigt noch mehr Aufregung als beim einfachen Werfen und Fangen. Versuchsweise strecke ich meinen Arm noch höher und tue so, als wolle ich rückwärts weglaufen. Polly springt kraftvoll hoch. Dass ich sie den Ball nicht berühren lasse, scheint sie nur noch mehr zu reizen. Sollte das bedeuten, dass das Spiel nicht im Werfen eines Balls besteht, sondern in der Freude, die das Verbot zu berühren im anderen auslöst? Ich fühle mich, als hätte ich eine Entdeckung gemacht. Ich umfasse diesen seltsamen, runden Gegenstand fester. Er ist weich, aber doch fest und real.

Als Mun-ju mir riet, ein eigenes Kochstudio zu gründen, war sie überzeugt, dass sie genügend Interessenten beibringen könnte. Sie hatte seit ihrem Studium für verschiedene Zeitschriften gearbeitet, so dass sie von uns allen den größten Bekanntenkreis hatte. Abgesehen davon gab es Heerscharen von Frauen, die kochen lernen wollten. Kochen ist kein simples Hobby mehr, das Interesse für gutes Essen ist generell gestiegen. Heutzutage kommt die Kochkunst beinahe dem Beherrschen eines Musikinstruments oder einer Fremdsprache gleich. Signifikant war die steigende Teilnehmerzahl bei den Männern. Das liegt daran, dass Männer, die gut kochen können, Frauen attraktiver erscheinen. Am angenehmsten waren die Paare, die gemeinsam kochen lernten, sie waren einfach schön anzusehen. Für mich hingegen war es besser, mit jemandem zusammenzuleben, der gar nicht kochen konnte. Ich brauchte jemanden, der auf meine Gerichte wartete und sie aß.

Eines Tages brachte Mun-ju eine neue Kursteilnehmerin mit. Sie hatte eine braune Tote-Bag bei sich, trug ein Minikleid mit Blumendruck und ein seidenes Kopftuch im Retro-Stil. Sie wäre allein durch ihre Größe überall aufgefallen. Nichts an ihrem Körper schien unbedacht geschaffen worden zu sein. Ihr Name war Lee Sae-jon. Mun-ju stellte sie mir als ehemaliges Model vor, das sie kennengelernt hatte, als sie für die inzwischen nicht mehr existierende Zeitschrift *The Fashionist* arbeitete. Ich hatte sie ein paarmal gesehen, als ich noch im Nove arbeitete. Sie gehörte zu den wenigen speziellen Gästen, die manchmal das ganze Restaurant für Partys oder andere Veranstaltungen mieten. Zuerst kam sie einmal die Woche zu dem Kurs »Brot und Kochen«. Ungefähr einen Monat später schrieb sie sich auch für den Kurs »Italienisches Kochen« ein, so dass sie zweimal die Woche ins Kochstudio kam. Jedes Mal, wenn ich sie hereinkommen sah, hatte ich das Gefühl, dass eine herausgeputzte Schaufensterpuppe mit langen Flamingobeinen dahergelaufen kam. Sie arbeitete zwar nicht mehr als Model, interessierte sich aber immer noch für Mode und genoss es, Aufmerksamkeit zu erregen. Sie schien der Typ zu sein, der unter fehlender Aufmerksamkeit wie unter starkem Durst leidet. Zudem war sie so dürr, dass man den Eindruck hatte, sie würde aus Angst vor einem richtigen Essen nur den Saft vom Obst lecken. Eigentlich war es kaum zu glauben, dass jemand wie sie kochen lernen wollte. Aber wider Erwarten aß sie gern und viel. Als ich erfuhr, dass ihr erster Weg nach Feierabend genauso wie bei mir und den anderen Kursteilnehmern zuerst in die Küche führte, schienen sich meine Vorbehalte in Luft aufzulösen. Plötzlich schien ihre Schönheit noch mehr hervorzutreten, so wie Regentropfen die Stelle hervortreten lassen, auf die sie gefallen sind. Wäre ich ein Mann, hätte ich sie mir geschnappt und wäre mit ihr auf eine einsame Insel ausgewandert, um dort mit ihr allein den Rest meines Lebens zu verbringen.

Während wir darauf warteten, dass das Essen gar wurde, tranken wir Tee oder bereiteten gemeinsam ein einfaches Abendessen vor, etwa Pasta oder koreanische Fadennudeln. War er zu Hause in seinem Arbeitszimmer in der ersten Etage, kam er herunter, um gemeinsam mit uns zu essen. Lange Zeit später fiel mir der Moment wieder ein, in dem sie ihn zum ersten Mal sah. Nach einem Augenaufschlag tat sie, als sähe sie woanders hin. Als sie sich ihm wieder zuwandte, öffnete sie betont langsam ihre Augen und lächelte. Es war ein herausforderndes, strahlendes Lächeln. Der Moment war sehr kurz, blieb jedoch erstaunlich lange in meinem Gedächtnis haften. Ihr Lächeln war so offen und selbstbewusst, dass auch ich lächeln musste. Die Zeit schien stillzustehen. Er schaute mich an, weil ich lachte, sie schaute ihn an und ich sie. Als sie an mir vorbeiging, roch ich ihr nach Majoran duftendes Parfüm. Selbst am nächsten Tag hing dieser Geruch noch in meinem Kochstudio. Das war im letzten Jahr Anfang Herbst.

Ich empfinde es als beruhigend, etwas Festes zu berühren. Ich drücke den Ball stärker. Wenn etwas kein Interesse erregt, erscheint es langweilig. *Jetzt musst du nur noch den Ball zurückholen, Polly. Fühlst du auch, wie von links die Traurigkeit und von rechts die Wut kommt?* Ich hole noch einmal weit aus und werfe den Ball so weit ich kann. Polly springt in den nächtlichen Himmel. Sie erscheint zahm, trägt jedoch in ihrem Maul eine messerscharfe Waffe. Wie die Menschen auch.

14

»Du übernimmst heute Abend bei der privaten Feier eines Gasts.«

Der Küchenchef hat die Hände in den Taschen und starrt in mein Gesicht. Seine Worte könnte ich mehrfach deuten: Entweder vertraut er meinem Können, oder er möchte prüfen, ob er mich auch in Zukunft mit dieser Aufgabe betrauen kann. Und er wird aus dem von mir zubereiteten Essen meine Kreativität und Geschicklichkeit herauslesen. Das ist das erste Mal, seitdem ich wieder im Nove arbeite. Heute scheint ein besonderer Gast zu kommen. Ich spüre die Aufregung, so wie damals, als ich in der Küche meiner Großmutter zum ersten Mal ein Messer in die Hand nahm.

»Was gibt es als Hauptgericht?«

»Das liegt in deinem Ermessen. Die Person, die reserviert hat, wünscht, dass alles deiner Entscheidung überlassen bleibt.«

So etwas kommt selten vor. Ist der Gast mit dem Koch vertraut, dann wird meistens schon direkt über den Koch reserviert.

»Wer kommt denn?«

»Der Barsch ist frisch, und die Ente ist auch gut. Mach das Beste draus. Du bist die Köchin.«

»Wenn Sie mir nicht sagen, wer der Gast ist, mache ich es nicht.«

Ich höre den Regen. An so einem Tag ist ein Entengericht besser als Barsch, und besser als Ente ist eine kräftige, heiße Kürbissuppe und ein dickes Steak. Mein Kopf arbeitet schon, aber ich gebe nicht nach. Erst muss ich wissen, wer der Auftraggeber ist. Wir stehen uns gegenüber, beide die Hände in den Hosentaschen vergraben, weil ihr Geruch stören könnte und weil es einfach sicherer ist, sie bis auf ganz wenige Ausnahmen dort zu lassen. Schließlich ist ein Koch mit seinem Messer quasi verwachsen.

»Es ist Lee Sae-jon.«

Ich bin fassungslos.

Sae-jon ist eine langjährige Stammkundin im Nove. Jedes Mal, wenn sie das ganze Restaurant mietete, dachte ich, dass sie ein Gourmet sein müsse. Wer so leicht viele Menschen versammeln kann, muss eigentlich ein Gourmet sein. Ein wahrer Gourmet ist sie allerdings nicht, denn die sind für Schönheit empfänglich, ohne zu stehlen, was anderen gehört. Es ist nicht ungewöhnlich, dass sie ins Nove zum Essen kommt. Aber mit wem kommt sie?

Diese Frage kann ich mir nicht verkneifen.

»Was hat das mit den Leuten in der Küche zu tun?«

»Wenn Sie sagen, ich soll kochen, dann hat es etwas damit zu tun.«

»Sie will mit Han Sok-ju, ihren und seinen Eltern kommen.«

Der Küchenchef antwortet schnell, als sei es ihm lästig und zieht dabei seine starken Augenbrauen zusammen.

Han Sok-ju. Fast hätte ich ihn gefragt, wer das sei.

»Also, das heißt ...«

»Ja, sie sagte, du sollst das Essen für den Tisch übernehmen.«

An Regentagen mache ich mir am liebsten ein schnelles, warmes Essen, das nicht zu einfach, aber auch nicht zu aufwendig ist, und bleibe im Bett. Läge er neben mir, würden wir uns wie die Schnecken bei Regen mit nassen Fühlern abtasten und sanft gleitend Liebe machen. An solchen Tagen gehe ich ganz sicher nicht in die Küche, um von den Gerüchen dort gefangen genommen zu werden. Noch schlimmer ist es, für die Frau zu kochen, in die sich der geliebte Mann verliebt hat. Könnte ich mein Gesicht in den Regen draußen halten, würde niemand mein Lachen hören. Auch der Küchenchef nicht, der meine Augen beobachtet und meine Reaktion zu deuten versucht. Das Blut pulsiert in meinen Schläfen.

»Ich werde nach Hause gehen.«

»Geh in die Küche.«

»Lassen Sie mich nach Hause gehen.«

»Beeil dich. Du musst das Menü festlegen.«

»Chef!«

Ich schaue ihm direkt in die Augen, als wäre er selbst Sok-ju. Soll ich klein beigeben? Auch er schaut mich scharf an. *Stell dich nicht so an.*

»Sie erwarten bestes italienisches Essen. Deswegen kommen sie zu uns. Und sie wünschen, dass du diejenige bist, die für sie kocht. Heißt das nicht, dass sie dich als beste Köchin anerkennen? An deiner Stelle würde ich sofort Lust bekommen, in die Küche zu gehen.«

»Ich bin noch nicht verrückt genug, um so denken zu können.«

»Ich mache dir einen Tee.«

»Wollen mich jetzt etwa alle zum Narren halten?«

»Es ist ganz einfach. Du sollst nur kochen.«

»Ich koche nicht für jeden.«

»Sie sind Gäste.«

»Für mich sind es nicht einfach Gäste, Chef.«

»Ja, es sind ganz besondere Gäste. Mach einfach etwas ganz Besonderes. Du kannst ja auch damit einen Salat machen.«

Er weist mit dem Kopf aus dem Fenster und lächelt verlegen, als hätte er einen Witz gemacht. Irgendwann hatte er mir mit diesem Gesichtsausdruck die Geschichte eines chinesischen Kaisers erzählt, der ein großer Gourmet war. Eines Tages veranstaltete dieser Kaiser einen Wettbewerb, um sich seinen Koch auszuwählen. Zahlreiche Köche stellten ihm alle nur erdenklichen Delikatessen vor, die seinem Geschmack jedoch nicht entsprachen, weil er schon seit Langem die erlesensten Gaumenfreuden gewohnt war. Als ihn der Mut schon verlassen wollte, servierte ein Koch ein Regentropfen-Omelett mit Salat aus Regentropfen, einen Regentropfen-Braten und Regentropfen-Eiscreme. Der Kaiser war voller Bewunderung, ließ es sich schmecken und war großzügig wie nie zuvor im Austeilen seiner Glückwünsche. Den Koch ließ er hinrichten, damit kein anderer solch ein erlesenes Essen zu kosten bekam.

»Nun geh schon in die Küche. Dort findest du sicher alles, was du brauchst.«

Was brauche ich denn?

»Es könnte sein, dass ich es nicht schaffe.«

Ich schaue mit leerem Blick aus dem Fenster. Der Küchenchef erhebt sich mit einem Seufzer. Die Straßen glänzen wie Walrücken, die Scheinwerfer der Autos gleiten darüber, und aus dem tintenfarbenen Himmel regnet es Bindfäden. Ich möchte irgendwohin gehen, weit weg. Wäre Barsch passend oder Ente? Ich würde mich am liebsten in Luft auflösen. Sae-jon mag Barsch und Sok-ju Ente. Mir ist wirklich nicht nach Kochen zumute. Selbst die leckersten Rezepte sind mir schlagartig entfallen. Haben wir uns je geliebt? Kann man sich überhaupt bei irgendetwas sicher sein? Was wäre ich jetzt ohne das Kochen? Der Regen trommelt wie Hunderte kleiner Fäuste an die Fensterscheiben und holt mich zurück.

Bis zum Beginn des Essens ist nicht mehr viel Zeit. Für einen Koch ist es wichtig, sein Metier zu beherrschen. Und er muss zeitgenau zubereiten können. Wenn schließlich das Essen gebracht wird, muss das ohne jeden Anschein von Eile geschehen. Nach dem Essen muss noch lange ein einzigartiger Geschmack auf der Zunge bleiben. Ein Geschmack, der als Erinnerung völlig unerwartet wieder auftauchen kann. Wer sich einmal von einem Geschmack verführen ließ, kommt ab einem bestimmten Zeitpunkt nicht mehr davon los.

Ich nehme meine Hände so langsam aus den Taschen, als wolle ich einen Revolver ziehen, dann hebe ich sie hoch in die Luft. Beim Verarbeiten von Fisch bewegen sich diese Hände kalt und schnell, bei Fleisch sind sie warm und leidenschaftlich. Und bei Sok-ju waren sie unendlich sanft und geheimnisvoll. Selbst wenn ihr Körper so schön und perfekt ist wie sonst nichts auf der Welt, bleiben mir immer noch meine Hände. Meine Fingerspitzen fahren sanft an der Messerklinge entlang. Sie ist noch lebendig. Das Messer muss scharf sein, um die Zellwände des Kochmaterials so wenig wie möglich zu verletzen und gleichmäßig zu schneiden. Ein stumpfes Messer ruiniert bei Fleisch- und Sushigerichten den Saft, so dass der wahre Geschmack verfehlt wird. So ist es gut. Ich packe die Ente. Enten sind kaum kleiner als Truthähne und haben einen feinen Geschmack. Ich werde sie mit Maronen füllen, mit Olivenöl einpinseln und mit Kräutern belegen und dann im Ofen backen. Ich nehme mein Messer und klopfe mit dem Griffende mehrmals sanft auf den Kopf der Ente. Ich muss kochen und lieben. Das ist zweierlei, aber doch eins. Das ist mein Schicksal. Die Ente liegt ausgebreitet vor mir auf dem Brett. Ich hebe mein Messer und lasse den Schlag genau auf das Ende ihrer Schenkel niedergehen.

Na, kommt nur. Ich werde euch ein Essen zubereiten, das euch Lust machen wird, mich zu töten.

APRIL

... allwo ein galantes Gouté von warmen und andern Speisen, gebrattenen Pasteten, Dorten etc. für selbe auf 40 Couverts zubereitet stunde, und ware anbei verschiedenes Geflügelwerck ebenfahls maschiret auf den Tisch fest gemachet, welches den Gästen preiß gegeben wurde; und ware sehr lächerlich, daß eine arme Ganß aus lauter Angst auf den Tisch ein Ei geleget.

Johann Josef Fürst Khevenhüller-Metsch

15

Die Frauen, die mein Onkel behandelte, hatten Probleme verschiedenster Art. Eine Frau reagierte so sensibel auf Gerüche, dass sie nichts essen konnte. Eine andere bekam Nervenschmerzen in Nacken und Schultern, wenn sie nur den Mund zum Essen öffnete, daher hatte sie Angst davor. Eine andere bekam Krämpfe, sobald sie das Wort Karotte hörte. Die nächste ernährte sich ausschließlich von Mandarinen. Mein Onkel war der Meinung, dass sie an verschiedenen Krankheiten litten, ich aber denke, dass es ein und dieselbe Krankheit war. Entweder haben sie nie leckeres Essen gegessen, oder sie wissen nicht, wie leckeres Essen schmeckt. Trifft keiner dieser Punkte zu, haben sie überhaupt kein Verhältnis zum Essen. Für meinen Onkel jedoch stellte sich das nicht so einfach dar, denn sein Job war es, die Probleme dieser Frauen zu lösen. Und er verliebte sich in die Patientin, die nur noch von Mandarinen lebte.

Mein Onkel meinte, nur ein unwesentlicher Teil des menschlichen Bewusstseins sei uns zugänglich, der Rest brodele unter der Oberfläche, wie bei einem Stew. Eine dicke Suppe, bei der verschiedene Zutaten – Möhren,

Kohl, Kartoffeln, Fleisch – in einer Brühe bei schwacher Hitze lange gekocht werden. Der Topf für den Stew ist aus Kupfer, hat einen dicken Boden und einen langen, stabilen Griff. Alles, was man hineintut, verliert innerhalb kürzester Zeit die Form. Beginnt der Stew zu kochen, verbreitet sich der Dampf in der Luft und trübt die Sicht. Wenn ich Stew koche, kann niemand sagen, ob ich gerade weine oder lache. Genauso wie niemand weiß, ob da Gemüse drin ist, ein Fasanenkopf, eine Schweineleber oder eine schmutzige Socke. Das weiß nur der Koch.

Der erste Eindruck, den ich von seiner Frau hatte, ließ mich irgendwie an ein Kalb denken. Sie hatte eine blasse, rosige Haut, und ihre weit aufgerissenen, schwarz glänzenden Augen wirkten ängstlich. Sie war sehr mager und trug einen festen Mundschutz, als wolle sie damit klar machen, dass sie niemals etwas essen würde. In ihren Händen hielt sie jedoch immer Messer und Gabel, als wolle sie unbedingt etwas essen. Sie war die typische neurotische Frau. Bei Freud gab es die Patientin N., die nichts essen konnte und deswegen stets hungrig war. In ihrem Unbewussten wurde sie von einer großen spitzen Gabel mit einer verbogenen Zacke gequält. Der Grund dafür war, dass sie als Kind von ihrem Vater bestraft wurde, wenn sie kaltes, fettiges Fleisch nicht essen wollte. Mein Onkel vermutete, dass es so etwas wie eine spitze Gabel mit einer verbogenen Zacke auch bei meiner Tante geben könnte. Aber er konnte nichts finden, obwohl er sich bei der Suche viel Zeit nahm, wie bei der Zubereitung eines Reisgerichts. Zu jener Zeit ging ein Strahlen von meinem

Onkel aus – und ich dachte mir, dass so alle Verliebten aussehen müssten. Durch meine Tante erkannte ich, dass es viele Frauen gibt, die nicht essen können und unter unbeschreiblichen Schmerzen leiden. Das ist etwas ganz anderes, als wenn man heißen Kakao, heiße Milch oder kalte Reissuppe nicht mag, weil sich eine Haut darauf bilden kann. Denn diese weiße Haut ruft keinen Schmerz hervor, aufgrund dessen man sich den Tod herbeisehnt.

Das Essen ist eine vollkommene, sich immer wiederholende Handlung. Dasselbe gilt für die Liebe. Hat man einmal damit angefangen, kann man nicht mehr aufhören. Deshalb ist die Unfähigkeit zu essen, obwohl man Hunger hat, eine der schlimmsten Krankheiten. Der Appetit meiner Tante wurde von Tag zu Tag weniger, und sie beging auf die dramatischste Art Selbstmord, die mir bekannt ist. Selbst nach ihrem Selbstmord hörte mein Onkel nicht auf, von ihr zu träumen. In seinen Träumen untersuchte er angeblich immer ihren Mund. Jedes Mal, wenn ich mir vorstellte, wie mein Onkel seinen Hals streckte, um ihr tief in den Rachen zu schauen, wollte das Stechen in meinem Herzen nicht mehr aufhören. Ich weiß nicht, ob es einfach nur Traurigkeit war oder eine instinktive Angst. Eins war klar: Zum ersten Mal fühlte ich gegenüber meiner Tante ein starkes Gefühl des Widerstands. Durch den Tod fordert der Verstorbene von den Hinterbliebenen noch mehr Liebe ein. Ich erwartete von meinem Onkel, dass die nächste Frau, mit der er sich treffen würde, ein klares Verhältnis zum Essen hätte. Aber mein Onkel verliebte sich nicht wieder und wurde in erstaunlichem Tempo alkoholabhängig. Das war von den verschiedenen Methoden, die ihm bekannt waren, der sicherste und schnellste Weg zum Vergessen. Aber es ist auch eine der Krankheiten, bei denen eine vollständige Heilung unmöglich ist.

Der Arzt, der meinen Onkel betreut, spricht mich auf mein indifferentes Verhalten gegenüber meinem Onkel an. Meine Unschlüssigkeit, meine stillschweigende Hinnahme seines Alkoholkonsums und mein Beschützerdrang würden ihm überhaupt nicht weiterhelfen. Im Gegenteil, es könne ihm sogar suggerieren, dass er nicht krank ist. So würde die Chance schwinden, dass der Betroffene sich ändert. Denn wer in Schutz genommen wird, kann unmöglich mit dem Trinken aufhören, sagte der Arzt mit vorwurfsvollem Blick auf die Thermoskanne in meiner Hand, als hätte er hineingesehen. Aus diesem Grund scheint er mich auch heute ins Krankenhaus bestellt zu haben. Für einen Moment weiß ich nicht, ob ich meinen Onkel oder mich selbst verteidigen soll.

Vor seiner Einlieferung ins Krankenhaus hatten wir alle ein halbes Jahr zusammengelebt. Eines Tages kam Sok-ju mit sorgenvollem Gesicht von einem Spaziergang mit meinem Onkel und Polly zurück. Er fällt oft hin, erzählte er, einfach so. Ich ließ den Weißkohl zu Boden fallen, den ich gerade in der Hand hielt. Der dumpfe Aufprall verbreitete sich in der Luft wie eine schreckliche Warnung. Plötzliches, wiederholtes Hinfallen ist das erste Symptom beim Korsakow-Syndrom. Wir sollten ihn besser nicht mehr allein lassen, sagte er. Dann kam er zu mir, fasste mich bei den Schultern und zog mich sanft zu sich heran. Nach einem halben Jahr musste mein Onkel sich eingestehen, dass die Krankheit seiner Kontrolle entglitten war. Dann hat er sich selbst ins Krankenhaus eingewiesen. Er hängte seinen Arbeitskittel an den Nagel und taumelte in eben jene Klinik, in der er selbst gearbeitet hatte.

Sie können das nur sagen, weil Sie nicht gesehen haben, wie mein Onkel immer wieder hingefallen ist, wollte ich dem Arzt sagen. Ich bin der einzige Mensch, der bei ihm geblieben ist. Und was kann ich allein denn schon für ihn tun. Diese kleine Thermoskanne ist alles, was ich tun kann. Hätte ich so etwas sagen sollen? Ich sagte nichts. Sonst halten sie uns am Ende noch alle beide für verrückt. Und mein Onkel ist schließlich der einzige Mensch, der weiß, dass zum wahren Geschmack der Liebe auch das Welke, Herbe, Überreife und Faulige gehört.

Mein Onkel sitzt in Krankenhauskleidung auf einer Bank und hat sich eine dünne kamelhaarfarbene Strickjacke um die Schultern gelegt. Er sieht nicht so aus, als würde er auf mich warten, eher wirkt er ruhig und entspannt, als hätte er gerade ein leichtes Gericht zu sich genommen und würde sich nun ein wenig ausruhen. Als er sich mir zuwendet, muss er in die Sonne blinzeln. Zum jetzigen Zeitpunkt können wir nichts anderes tun als einander zulächeln. Er ist zu dünn, aber auch das sollte ich jetzt lieber übersehen. Denn an mir wird ihm sicherlich auch einiges auffallen. Fragen stellen wird er mir jedoch nicht.

»Onkel, also ich hab mir gedacht ...«

»Was?«

»Ich meine: Schön, dass jetzt endlich Frühling ist.«

»Ja, es ist Frühling. Wir haben zwar schon April, aber im Schatten ist es noch kalt. Hier merkt man nicht so richtig, ob eine Jahreszeit gerade kommt oder geht.«
»Deswegen solltest du vielleicht doch auch von hier weggehen.«
»Warum so plötzlich?«
»Das hier ist kein Zuhause.«
»Mein Zuhause ist dort, wo ich gerade bin.«
»Ich möchte, dass du zu mir kommst. Du könntest dich um Polly kümmern.«
»Dir geht es immer noch nicht gut, oder?«
Ich antworte nicht.
»Noch fühle ich mich hier aber gut aufgehoben.«
»Wovor fürchtest du dich, Onkel?«
Er sagt nichts.
Der Arzt hatte mich darauf hingewiesen, dass es für meinen Onkel äußerst wichtig ist zu entscheiden, wann der richtige Zeitpunkt für die Beendigung der Behandlung gekommen ist. Während der Zeit im Krankenhaus sei er abwechselnd trocken und abhängig gewesen. Verzweifelt und voller Schuldgefühle habe er sich jedoch eingestehen müssen, dass der Alkohol an seinen Problemen nichts ändert. Die Aussicht, dass die Behandlung bald abgeschlossen sein wird, sei für ihn daher sehr beunruhigend.
»Du musst Vertrauen haben, Onkel.«
»Auf was soll ich vertrauen?«
»Darauf, dass du nie wieder trinken wirst.«
»Du weißt doch, dass ich das nie schaffen werde.«
»Ja.«

Ich widerspreche ihm nicht. Der Arzt, ein ehemaliger Kollege meines Onkels, wollte mich trösten. Es sei ehrenwert, einen Alkoholiker in seinen Bemühungen, vom Alkohol wegzukommen, zu unterstützen. Ich nickte zwar, wusste aber nicht, ob er damit recht hatte. Überhaupt keinen Alkohol zu trinken ist schwer umzusetzen. Ein Alkoholiker gilt nicht als geheilt, wenn er keinen Tropfen Alkohol mehr trinkt, sondern wenn er seinen Alkoholkonsum zu kontrollieren vermag. Das wusste mein Onkel. Und genau wie der Alkohol gänzlich aus seinem Leben verschwinden würde, so würden auch die Erinnerungen an seine Frau bleiben. Meiner Meinung nach sollte er sie auch nicht völlig vergessen, sondern seine Gefühle für sie in seinem Herzen verschließen. Und wenn er es nicht schafft, seinen Alkoholkonsum zu kontrollieren, war das keine Frage des Willens, sondern seine ganz persönliche Entscheidung. Aus diesem Grund können auch weder der Arzt noch ich bestimmen, wann seine Behandlung für abgeschlossen erklärt werden kann. Das kann nur er allein. Zum jetzigen Zeitpunkt können wir nur zuschauen. Vielleicht braucht mein Onkel nur Zeit, und wie der Arzt schon gesagt hatte: Im Augenblick ist das Wichtigste für meinen Onkel zu erkennen, dass er den Alkohol nicht unbedingt braucht, dass er auch ohne ihn leben kann. Als Familienmitglied kann ich nur entscheiden, ob ich selbst an der Behandlung teilnehmen will oder nicht.

»Was kann ich für dich tun, Onkel?«

»Wenn ich merke, dass ich Hilfe brauche, werde ich dich darum bitten.«

»Bitten klingt ein wenig seltsam, Onkel.«

»Wirklich? Dann werde ich eben einfach Bescheid sagen, wenn ich Hilfe brauche.«

Er lächelt. Es gibt Situationen, in denen man die Worte eines Arztes beherzigen sollte. Er rät, sich als Familienangehöriger genau zu überlegen, wann man sich in die Behandlung einmischt und wann nicht. Ein vorzeitiges Intervenieren kann leicht Abschotten und Wut verursachen. Für heute sollte ich besser gehen. Ich stehe von der Bank auf und klopfe mir den Hosenboden ab.

Als ich das Klinikgelände verlasse, wird mir eines klar: Ein Alkoholiker kann sich schwer bremsen, nach einem ersten Glas weiterzutrinken. Er nimmt gegenüber seinem Alkoholkonsum eine verteidigende Haltung ein und wird aggressiv, sobald ihn jemand daran hindern will. Er zerstört nicht nur sich selbst, sondern auch die Menschen, die er liebt. Ein Alkoholiker, also auch mein Onkel, sollte zweierlei wissen: Er kann die Menge nicht auf einen Schlag reduzieren oder gar von heute auf morgen aufhören. Und er darf auf keinen Fall aufgeben. Das Unterbewusstsein einer Frau ist kein Stew, aber tatsächlich weiß niemand genau, was darin brodelt. Ein weitverbreiteter Irrglaube unter Alkoholikern ist, dass sie glauben, einen starken Willen und die Kontrolle über sich zu haben. Seltsam: Rede ich gerade über meinen Onkel oder über mich selbst?

16

»Ich kann Zwiebeln nicht ausstehen.«

Mun-ju schaut auf die Arbeitsplatte und verzieht ihr Gesicht. Ich lache in mich hinein und achte beim Schneiden der Zwiebel darauf, dass die Ringe erhalten bleiben. Die Zwiebel ist wie die Kartoffel und der Knoblauch eine der Zutaten, die meine Großmutter sehr schätzte. An ihrem Todestag bereite ich als Erstes gebratene Zwiebeln mit gewürzter Fleischfüllung zu.

»Was ist es denn genau, was du an ihnen nicht magst?«

»Na alles. Das Glatte und Harte. Den Geruch. Und die weiße Farbe. Sie erinnern mich irgendwie an Testikel.«

»Dann magst du sicher auch keinen Knoblauch, oder?«

»He, hör auf, dich über mich lustig zu machen.«

»Es ist doch aber lustig. Du magst Knoblauch, aber keine Zwiebeln.«

»Was soll daran so lustig sein? Zwiebel ist Zwiebel, und Knoblauch ist Knoblauch.«

»Sie gehören zu einer Familie.«

»Außerdem habe ich letzte Nacht von Zwiebeln geträumt.«

Ich hätte die gefüllten Zwiebeln braten sollen, bevor

Mun-ju kam. Ich schneide die Zwiebeln schnell fertig und spüle sie einmal mit kaltem Wasser ab. Abgesehen davon, dass die Träume für Mun-ju belastend sind, haben ihre Träume eine klare Struktur und sind sehr eindringlich. Der Standpunkt des Träumenden unterscheidet sich immer von dem des Außenstehenden: Hätte ich ständig solche Träume, würde ich sie nicht als so intensiv empfinden. Ich habe auch ein paarmal von Tomaten geträumt, und jedes Mal hatte ich das Gefühl, in einen Teil meines unruhigen Unterbewusstseins hineinzuschauen wie in einen löchrigen Emmentaler.

»Was genau hast du denn geträumt?«

»Ich lag im Bett. Da ging die Tür auf, und ein Mann mit einem Tablett kam mit großen Schritten herein. Er brachte eines der Zwiebelgerichte, die ich am meisten hasse. Er versuchte es in meinem Gesicht zu verreiben und es mir in den Mund zu schieben. Ich wollte aber auf gar keinen Fall meinen Mund öffnen. Als ich aufwachte, tat mein Kiefer weh vor lauter Anspannung.«

Mun-ju wirkt unbeteiligt. Letztes Mal erzählte sie mir, dass sie im Traum vor lauter Durst eine Kokosnuss aufgeschlagen hätte. Die herausfließende Kokosmilch hätte sie vollständig durchnässt. In einem noch realistischeren Traum war ihr Körper voller Löcher, in die ihr mit Gewalt Möhren gesteckt wurden, an denen noch Erde klebte. Wie in gewaltsamen und aggressiven Kinderphantasien gibt es in Mun-jus Träumen immer Szenen, in denen es um Zähneknirschen, Hinunterschlucken, Aufessen, Gegessenwerden, Hineinbeißen und Kauen geht. Würde ich für die Analyse ihrer Träume meinen Onkel zu Rate ziehen, welche Behandlung würde er wohl empfehlen? *Die Menschen, die ich brauche, sind nicht mehr bei mir.* Möglicherweise würde Mun-ju gar nicht reden wollen, wenn mein Onkel dabei wäre. Wenn sie ihre Träume doch nur selbst deuten könnte. Zum Glück ist Mun-ju inzwischen schon so weit, dass sie nach dem Essen oder nach ihren Träumen nicht mehr zwanghaft ihren Mund ausspült.

Mittlerweile kann Mun-ju Essen wirklich genießen, aber beim Sex fällt es ihr immer noch schwer loszulassen. Die Sexualität ist ja auch stark oral geprägt. Ich finde es seltsam, dass wir nicht von oraler Unterdrückung sprechen, sondern nur von sexueller Unterdrückung. Das liegt vielleicht daran, dass Kinder vor Penis und Vagina die Zunge und den Mund wahrnehmen. Der Unterleib mit Penis und Anus fühlt Lust am Einengen und Behalten, es ist eine kontrollierbare Lust. Aber die Bedürfnisse des Mundes – saugen, lecken, beißen – wollen unmittelbar befriedigt werden. Auch wenn das Essen und die damit verbundenen Vorgänge als orgiastisch erlebt werden, können wir sie doch willentlich steuern. Und Kontrolle über das Essen ist für Menschen wie Mun-ju gleichbedeutend für die totale Kontrolle über ihren Körper und seine Bedürfnisse.

»Meine Großmutter hat auch einmal von Zwiebeln geträumt.«

»Was genau?«

»Sie fand einen Reisekoffer und öffnete ihn. Der Koffer war voller golden glänzender Zwiebeln. Es war weder

Geld noch Gold, dennoch deutete meine Großmutter es als gutes Omen. Zwiebeln, die wie Gold schimmern – und gleich ein ganzer Koffer voll? Sie dachte sich wahrscheinlich, dass sie etwas gesehen hätte, das überhaupt nicht existiert in unserer Welt. So wie es die alten Ägypter taten.«

»Ägypter?«

»Ja, schneidet man eine Zwiebel auf, entdeckt man konzentrische Kreise. Die Ägypter glaubten, dass diese dem Kosmos glichen, weswegen sie der Zwiebel und dem Knoblauch große Heilkraft zusprachen. Aus diesem Grund füllten sie auch ihre Mumien mit Zwiebeln, und wenn ein geliebter Mensch starb, drückte sich sein Partner Zwiebeln auf die Augen.«

»Das klingt aber ganz schön ekelig.«

»Heute musst du die Zwiebeln einfach mal ertragen, auch wenn es dir schwerfällt.«

»War deine Großmutter ein glücklicher Mensch?«

»Ich denke schon. Bevor ihr Sohn und ihre Schwiegertochter bei einem Autounfall ums Leben kamen.«

»Hätte ich auch so eine Großmutter gehabt wie du, wäre bei mir sicher vieles anders gekommen.«

»Was denn?«

»Na ja, bestimmt hätte ich als Kind die Küche nicht so gehasst.«

Mun-ju lächelt und zeigt dabei ihren überstehenden Schneidezahn. Sicher wäre es so gewesen. Ihre Mutter war schon gestorben, bevor sie im richtigen Alter war, um kochen zu lernen. Wer das Kochen nur als Pflicht wahrnimmt, dem fällt das Genießen dabei schwer. Aus diesem Grund kann Mun-ju auch nur schwer verstehen, dass es in der Küche gemütlich sein kann. So wie ein gemütlicher Winterabend am Ofen, hat meine Großmutter immer gesagt. Jetzt bereite ich für den Todestag meiner Großmutter das Essen vor, denke dabei jedoch nicht an das Essen für jemand Verstorbenes. Stattdessen bin ich ganz aufgeregt und fühle mich, als würde meine Großmutter in den nächsten fünf Minuten hier erscheinen, mit getrocknetem Lavendel in einer Hand und einem Korb gedämpfter Kartoffeln in der anderen. In dieser Erwartung würze ich den gedämpften Adlerfarn, koche Huhn und brate die mit Rindfleisch gefüllten Zwiebeln. Wenn ich es recht bedenke, war das erste Mal, als ich ein komplettes Menü gekocht habe, ihr erster Todestag. Die erste Mahlzeit für meine verstorbene Großmutter.

»Wenn ich es gewesen wäre, die den Koffer gefunden hätte, was wäre wohl darin gewesen?« Mun-ju scheint immer noch über die Zwiebeln nachzudenken.

»Was würdest du dir denn wünschen?«

»Hm, ich weiß nicht so recht.«

»Es muss etwas sein, was du magst.«

»Dann, so etwas wie Wasser vielleicht?«

Was sollte ich darauf antworten? Wenn die Kartoffeln gar sind und die Eier aufgeschlagen, gibt es kein Zurück mehr. *Verzeih einfach deinem Vater, Mun-ju.* Vielleicht werden ihre Träume sie sonst immer weiter quälen. Träume, bei denen ihr niemand helfen kann.

»Und was wäre wohl bei dir drin?«, fragt Mun-ju.

»Du meinst, in dem Koffer?«

»Ja.«

»Also ...«

Es wäre unpassend, wenn ich Tomaten sagen würde. Aber mir fällt nichts anderes ein. Als wir Kinder waren, fragte mich mein Onkel einmal, ob er mir etwas Lustiges zeigen solle. Dann zog er mit einem Ruck seine Pyjamahose herunter. Bei dem Ding, das zwischen seinen Beinen baumelte und wie ein kleiner Finger aussah, dachte ich mir erst einmal gar nichts. Dann schwanden mir die Sinne. Das Gleiche passierte mir noch einmal, als ich das erste Mal Sex mit Sok-ju hatte. Ähnlich muss es auch den Menschen im neunzehnten Jahrhundert gegangen sein, wenn sie zum ersten Mal blutrote Tomaten sahen und hineinbissen. Der dicke sämige Saft und die zahlreichen dunklen Kerne müssen ihnen Angst und Furcht eingejagt haben, als hätten sie etwas Verbotenes berührt. Meine bis dahin noch unbewusste orale Sexualität strömte langsam an mir herunter, wie Regenwasser an den Ästen herabläuft. Er hatte mein Geschlecht geleckt, gerochen, gestreichelt und befeuchtet wie eine kleine Frucht, die bei mangelnder Vorsicht platzen und ihren Saft verlieren könnte. Dann hatte er darauf gewartet, dass es wie eine Feige reifte und sich öffnete. Nach einem Jahr mit ihm hatte ich die Geschichte mit den Tomaten überwunden.

Ich erinnere mich daran, wie ich in einem Kochkurs ein Tomatendressing für einen Meeresfrüchtesalat zubereiten wollte. Ich erklärte, dass möglichst frisch geerntete, saftige Tomaten am besten geeignet wären, an die man in der Großstadt jedoch nur schwer herankommt. Mit gut gelagerten Tomaten würde es aber auch gehen. Einer der Kursteilnehmer konnte sich nicht zurückhalten und witzelte: Das ist doch wie bei den Frauen, oder? Damals wurde ich rot, so wie jetzt.

»Wer hat denn diesen Witz gemacht?«

»Ich weiß es nicht mehr.«

»Sae-jon?«

Ich will nicht antworten.

»Na, das ist wieder mal typisch für sie. Also wirklich.«

»Na klar, sie ist genauso schön prall und knackig wie eine Tomate.«

»Du bist auch nicht mehr zu retten. Pass nur auf, heute Nacht wirst du von Tomaten träumen.« Mun-ju wirft einen Kräuterseitling in meine Richtung.

»Könntest du dich für ungefähr drei Tage um Polly kümmern?«

»Du verreist?«

»Ja, nach Singapur.«

»Ach so, es ist ja schon April.«

»Diesmal kann ich sie nicht in die Hundepension geben. Es wäre zu schwierig, weil sie sehr gereizt ist.«

»Sag doch Sok-ju, dass er sich kümmern soll. Dann geht es Polly sicher auch gleich wieder besser.«

»*Sie* kann Polly nicht leiden.«

»Aber es wäre ja nur für drei Tage, oder? Polly gehört zu dem Mann, den sie abgöttisch liebt. Kann denn Sae-jon den Hund nicht einmal für drei Tage nehmen?«

»Du kümmerst dich, ja?«

Mun-ju sagt nichts mehr.

Eine besondere Fähigkeit der Hunde besteht darin, einen Geruch, den sie mögen und an dem sie interessiert sind, unter vielen anderen zu erkennen. Das trifft auch auf Polly zu. Seit Frühlingsbeginn ist Sok-jus Geruch aus Pollys Fell verschwunden. Sie legt die Ohren an und zieht den Schwanz ein, selbst wenn ich bei ihr bin. Das ist ihre typische Verteidigungshaltung. Auch für Polly ist es sehr schwer zu akzeptieren, dass ein Mensch, den sie braucht, nicht mehr bei ihr ist. Es wird immer problematischer, Polly allein zu lassen. Diesmal bin ich sogar drei ganze Tage weg. Nach mir und ihm sind für Polly mein Onkel und Mun-ju die nächsten Bezugspersonen.

»Schwierig. Es wird immer schwerer.«

Mun-ju seufzt.

»Was denn?«

»Na, alles. Das Leben.«

Das ist übertrieben. Es gibt auch weniger schwierige Momente. Und viele glückliche.

»Es wird alles gut, Mun-ju.«

»Was?«

»Na, alles halt.«

»Ach, du wieder!«

Ich möchte ihr sagen, dass Zwiebeln nichts Schlechtes bedeuten müssen. Und dass es besser ist zu träumen, als nicht zu träumen. Denn Träume sind der Beweis dafür, dass man noch innerste Wünsche hat. Aber warum muss das Begehren immer unterdrückt werden?

An eine Ecke der Tafel zu Ehren meiner Großmutter

habe ich einen Eisbergsalat mit Zwiebel- und Gurkenstreifen, ganz kurz frittiertem Tofu, drei verschiedenen Kräutern und orientalischem Dressing gestellt. Im April, wenn man sich schlapp fühlt und schnell müde wird, ist es gut, viel Salat zu essen. Denn Salate sind leicht verdaulich und geben Vitalität und Kraft.

Mun-ju ist eingeschlafen. Ich schließe die Wohnungstür und die Fenster, die ich eine Handbreit offen gelassen hatte, und lösche das Licht. Fast fühlt es sich an, als wäre meine Großmutter wirklich gekommen. Dann decke ich Mun-ju sanft bis zu den Schultern zu. Dabei berühre ich ihre Hand, die unter der Bettdecke hervorschaut. Beim Einschlafen schwinden die Sinne nach und nach. Erst der Geschmackssinn, dann der Sehsinn und der Geruchssinn. Das Gehör bleibt noch lange aktiv und schläft schleichend ein. Nur der Tastsinn ist bis zuletzt aktiv. Er ist dafür verantwortlich, unseren Körper vor Gefahren zu bewahren. Mun-ju ist gerade eingeschlafen. Ihre Wangen leuchten rot und sinnlich in dem schwachen Licht. Das sind erotische Signale. Wir alle schimmern beim Einschlafen auf diese sinnliche Art. Auch Sex ist vor dem Einschlafen am innigsten und intimsten. Sobald man dann eingeschlafen ist, koppeln sich alle Sinne voneinander ab. Was wird in meinem Koffer sein, wenn es nicht Zwiebeln oder Tomaten sind und auch kein Wasser?

17

Wenn im April der World Gourmet Summit stattfindet, verwandelt sich Singapur in die Gourmethauptstadt der Welt. Dieses Jahr finden innerhalb von drei Wochen siebzig Veranstaltungen in sieben Luxushotels statt, unter anderem im Conrad Hotel in der Nähe des Rathauses und in vierzehn weiteren Restaurants. Bei diesem bekannten Festival kochen berühmte Starköche aus der ganzen Welt, um selbst die anspruchsvollsten Gaumen zu befriedigen. Man kann auch an den Kursen der Sterneköche teilnehmen. So kann man sich mit den Köchen, die im Michelin-Führer vorgestellt werden, austauschen und ihre Gerichte probieren, ohne nach Europa reisen zu müssen. Wer mindestens ein halbes Jahr im Nove gearbeitet hat, darf an diesem Festival teilnehmen. Ein Jahr später darf man dann auf Gourmetreise nach Italien gehen.

Für dieses Jahr war es ursprünglich so geplant, dass Maître Park das Restaurant übernimmt, während der Küchenchef, Kim und Choi als jüngste Köchin nach Singapur reisen. Es ist außergewöhnlich, dass der Küchenchef auch mit auf Reisen geht, aber noch außergewöhnlicher ist, dass er mir vorgeschlagen hat, mitzukommen und am

Wein-Workshop teilzunehmen. Er sagte: Wer ein guter Koch sein will, muss immer dazulernen. Den Spruch kannte ich schon, aber die Worte des Chefkochs haben mich dennoch getroffen. Aus seiner Stimme konnte ich heraushören, dass er genau wusste, wie verloren ich mich in der letzten Zeit zwischen Hähnchen und Enten, Auberginen und Zwiebeln bewegt habe. Dann fügte er hinzu: Du könntest dich dort auch gut ein bisschen erholen. So kannte ich ihn gar nicht. Ich denke, ein strenger, brummiger Mensch sollte sich bis zum Sterbebett treu bleiben, dann ist man am Ende weniger traurig. Sein letzter Satz in der Angelegenheit war: Ich sage nicht, dass du dich einfach ausruhen sollst, sondern du sollst dreimal am Tag Gerichte essen, die du noch nicht kennst. Ich nickte. Denn wahrscheinlich machte er sich nicht um mich ernsthaft Sorgen, sondern um meinen sich stetig verschlechternden Geschmackssinn. Das war der Grund, warum ich mir drei Tage Ruhe gönnen sollte. Wenn Köche das Gefühl haben, ihren Geschmackssinn zu verlieren, sollten sie am besten die Küche verlassen und das Essen anderer Köche probieren. So wie Menschen mit Essstörungen am besten geheilt werden, indem sie in die Küche mitgenommen werden und dort selbst ihr Essen zubereiten. Drei Tage. Bei der Gelegenheit könnte ich prüfen, ob ich einen Tag leben kann, ohne an Han Sok-ju zu denken. Beim Einsteigen ins Flugzeug denke ich bei mir, dass es zum Glück keine ganze Woche ist.

Das Hotel, in dem wir übernachten, ist das Metropole Hotel. Es liegt sieben Minuten zu Fuß vom Raffles The

Plaza Hotel entfernt, das wiederum in der Nähe des Rathauses und der meisten Luxushotels liegt, in denen die Veranstaltungen stattfinden. Der Küchenchef und Kim haben zusammen ein Doppelzimmer, ich teile mir ein Zimmer mit Choi. Gleich nach der Ankunft im Hotel haben wir ausgemacht, dass jeder für sich selbst entscheidet, an welchen Events und kulinarischen Workshops er teilnimmt. Singapur im April ist sehr unübersichtlich, schwül und voller Menschen. Ich ziehe einen Rock aus Baumwolle, ein weißes Shirt mit Ärmeln zum Umkrempeln und dazu leichte Sneakers an. Ob er sich wohl über mich lustig gemacht hätte, wenn er bei mir gewesen wäre: Na, mal wieder ganz in Weiß? Auch wenn ich hellblaue Sachen trage, sind irgendwo weiße Punkte, und das T-Shirt ist natürlich blau-weiß gestreift. Er lachte dann immer, als hätte er etwas Außergewöhnliches entdeckt: An deinen Klamotten findet sich immer etwas Weißes, wie ein Schönheitsfleck. Ich beschließe, zuerst ein Laksa essen zu gehen. Dann zupfe ich mein T-Shirt zurecht. Ich fühle mich wohl, wenn ich auch außerhalb der Küche weiße Sachen trage.

Die Stadt platzt förmlich aus den Nähten vor Gourmets aus aller Welt. Die Frage, wer ein Gourmet ist und wer nicht, ist genauso wenig zu klären wie die, wie viel vom Entenhals zum Kopf gehört und wie viel zum Körper. Es ist auch gar nicht wichtig, ob man ein Feinschmecker ist oder nicht. Denn jeder will essen, und jeder weiß, dass man ohne Essen nicht überleben kann. Eins aber ist klar: Jeder hat seine persönliche Einstellung zum Essen. Die einen bekommen bei bestimmten Gerichten leuchtende Augen und sind ganz konzentriert bei der Sache, während andere eher unaufmerksam essen und versuchen, zwei Dinge gleichzeitig zu tun, ohne besonderes Interesse an dem, was sie gerade zu sich nehmen. Gehören Sie zur ersten Gruppe, sind Sie ein Gourmet, gehören Sie zur zweiten, sind Sie keiner. Gourmets schätzen das Schöne. Gourmets essen langsam und können einen Geschmack voll auskosten, wohingegen die Nicht-Gourmets das Essen schnell in sich hineinschaufeln, um satt zu werden und dann schnellstmöglich den Tisch zu verlassen. Diese Menschen sind nicht der Meinung, dass das Kochen zu den Künsten gehört. Glaubt man jedoch, dass mit dem Kochen eine Kunst geboren wurde, sind Gourmets durchaus Künstler. Gegenstand des Feinschmeckertums ist alles Essbare, und nur das Interesse und eine tiefe Zuneigung dafür ermöglichten die Geburt der Kochkunst. Der Geschmackssinn der meisten Tiere ist beschränkt, einige ernähren sich ausschließlich von Pflanzen, andere nur von Tieren. Menschen sind Allesfresser. Sie können alles essen. Die Liebe zu wohlschmeckendem Essen ist das erste Gefühl, das Gourmets empfinden. Und manchmal kann diese Liebe durch nichts aufgehalten werden.

Eine der beliebtesten Delikatessen ist Foie gras, jedoch war und ist der Verzehr nicht überall erlaubt. In den USA war der Import in den siebziger Jahren des 20. Jahrhunderts verboten, um das Einschleppen von Krankheitserregern zu verhindern. Aber selbst das konnte den weltbekannten Koch Jean-Louis Palladin, der damals im

Restaurant Napa in Las Vegas arbeitete, nicht zurückhalten. Er flog höchstpersönlich nach Frankreich und brachte Stopfleber in der Speiseröhre riesiger Seeteufel durch den Zoll. Ihm war klar, dass die Zöllner keine Lust haben würden, ihre Hand in die Speiseröhre eines Fisches zu stecken. Mit diesen mühsam organisierten Stopflebern kreierte er ein Essen, das nicht im Menü stand. Seine Gäste kamen daraufhin heimlich nachts in sein Restaurant und schlugen sich die Bäuche mit Foie gras an Weinjus voll.

Mit der Liebe zum guten Essen verhält es sich ähnlich wie mit der Liebe zwischen Mann und Frau. Ein Koch und ein Gourmet können ein ideales Paar sein. Für den Koch ist es seine Berufung, die Menschen mit von ihm zubereitetem Essen glücklich zu machen. Und der Gourmet denkt ständig an gutes Essen und kann sich gutem Essen voll und ganz hingeben. Wenn ich sehe, wie manche Paare sich ihrem Liebesspiel hingeben, denke ich, dass sie Gourmets sein müssen. Besonders, seitdem ich im letzten Winter durch die leicht geöffnete Schiebetür Sok-ju und Sae-jon beobachtet habe.

Ich sitze an einem alten Tisch draußen vor dem Marine Parade Laksa im Katong-Viertel und lasse mir das hausgemachte Laksa schmecken.

Die mit Kokosmilch, Reisnudeln und vielen Kräutern gekochte Suppe ist kräftig und so scharf, dass sie am Gaumen brennt. Eigentlich ist es zum Lachen, dass ich hierhergekommen bin, in dieses »Paradies des Essens«, um erst einmal Laksa für zwei Dollar zu essen, die man an jeder Straßenecke bekommt. Ich rolle die Nudeln auf und stecke sie in meinen Mund. Die dicken Reisnudeln sind wunderbar bissfest. Ich liebe diese kräftige, sämige Suppe. Sie riecht wunderbar nach Kokosnuss. Und Gewürzen. Und Kräutern. Das ist Singapur im April, so wie damals, als ich mit ihm zum ersten Mal hierherkam. Völlig ausgehungert hatten wir nach einem Spaziergang im East Coast Park in der Nähe vom Hotel diese alte Straße gefunden. Häuser in Pastellfarben und Fliesen mit Blumenmuster. Hinter dem 7-Eleven an der Ecke sehe ich ihn im Geiste vor mir wie damals, ein großer Mann in leicht gebückter Haltung. Drei Häuserblocks weiter, am Katong Antic House, stehen wir beide wie zwei Wachsfiguren, er sucht eine Bluse für mich aus und ich ihm einen Porzellanteller. Ich werde zuerst diese Schüssel leeren. Dann gehe ich noch einmal hin. Ich schlürfe die Suppe hinunter.

Ich fühle die unzähligen Geschmacksknospen auf meiner Zunge eine nach der anderen erwachen. Vor allen anderen Sinnen verschafft der Geschmackssinn dem Menschen das größte Lustgefühl. Die Lust am Essen kann das Fehlen anderer Sinnesfreuden kompensieren. Es gibt Momente, in denen nur das Essen bleibt. Zeiten, in denen nur das Essen bleibt, um zu wissen, dass man lebt. Ein Regenschauer scheint heraufzuziehen, die ersten dicken Tropfen trommeln auf den Tisch.

Essen oder nicht essen. Lieben oder nicht mehr lieben – es ist alles ist eine Frage der Sinne.

18

Erinnerungen sind wie die Flügel einer Windmühle: Sie drehen sich schmerzhaft in der Brust und stechen ins Herz. Je öfter man sich erinnert, desto schneller drehen sie sich, das Herz wird immer schwächer. Ob sich die Spitzen mit der Zeit abnutzen und das Herz weniger verletzen? Wird dieser Tag kommen? Ich bin mir nicht sicher, ob ich auf diesen Tag warten soll oder eher darauf hoffen, dass mich die Schmerzen wach halten. Eines ist klar: Was geschehen ist, wird mich für immer begleiten. Aber es wäre gut, wenigstens für drei Tage mal nicht daran denken zu müssen. Ich kneife meine Lippen fest zusammen. Was gibt es, das ich nur hier und jetzt tun kann? Ich ahne, dass sich etwas verändern wird, wenn ich nach Hause komme. Diese Vorahnung ist eher sorgenvoll als hoffnungsfroh. Hier gehe ich jeden Tag dreimal essen. Aber selbst wenn ich Kaya-Marmelade aus Kokosmilch, Ei und Zucker esse, spürt meine Zunge zu meiner Beunruhigung vor dem süßen Geschmack eher den salzigen. Aber könnte dies nicht auch ein positives Zeichen dafür sein, dass mein Unterbewusstsein noch funktioniert? Mit dieser schwachen Hoffnung bestelle ich im Killiney

Kopitiam bei der Metrostation Somerset einen Toast mit Kaya-Marmelade.

Am Nachmittag muss ich an einem Wein-Workshop im Conrad International Centennial Hotel teilnehmen. Bevor ich das Café verlasse, kaufe ich noch zwei Gläser mit hausgemachter Kaya-Marmelade und steige dann in ein Taxi, um mich nach Chinatown bringen zu lassen. Es ist heiß und schwül, und man weiß nie, wann der nächste Regenguss kommt. An einem Straßenstand kaufe ich eine grüne Mango und eine gelbe Papaya aus Hawaii. Es gibt zahlreiche bunte, tropische Früchte, darunter auch die Mangostanfrucht, so saftig und frisch, dass sie zu Recht »Königin der Früchte« genannt wird. Orangefarbene kleine Bananen. Stachelige Durian-Früchte, die so stinken, dass man sie unter keinen Umständen mit ins Hotel nehmen sollte. Aus in Streifen geschnittenen grünen und gelben Mangos, bestreut mit geriebenem Gouda, wird ein süßes, leichtes Dessert. Es würde zu einem im Ofen gebackenen Kürbis mit Honig gut passen. Obst kann man einfach so essen, aber kombiniert mit anderen Lebensmitteln werden die Vitamine besser aufgenommen. Etwas fehlt noch. Ich kaufe eine Schachtel Torteletts in einem Geschäft, das auf chinesische Kekse spezialisiert ist. Obwohl ich mir nicht sicher bin, dass er die Torteletts, mit sämig gekochter Ananas-Soße gefüllt, noch mag. Ich glaube, bei den seltenen Treffen nach unserer Trennung haben wir nie gemeinsam gegessen oder getrunken. Ich möchte nicht darüber nachdenken, dass sich seine Essgewohnheiten verändert haben könnten. Denn von allen menschlichen Sinnen verändern sich Geschmacks- und Geruchssinn am wenigsten. Ich könnte mich selbst als Torte backen und ihm servieren. Oder ich könnte eine Brezel backen, dieses harte und salzige Brot aus Deutschland, das aus Mehl und Salz zubereitet wird und in seiner Form Handschellen ähnelt. Die könnte ich ihm dann um den Arm legen. Im Moment fällt mir nichts Besseres ein, als Torteletts zu kaufen.

Vom Küchenchef, mit dem ich eigentlich am Wein-Workshop mit Michel Rolland hatte teilnehmen wollen, ist draußen vor dem Conrad International Centennial Hotel nichts zu sehen. Kim und Choi müssten mit der Gourmet-Safari unterwegs sein, bei der man am Singapur River drei Restaurants besucht. Sie hatten einige Schwierigkeiten, Karten dafür zu bekommen. Der Weinexperte Michel Rolland stellt einen Château Le Bon Pasteur vor, der das Aroma überreifer Pflaumen und getrockneter Feigen hat. Der Wein kommt aus dem Pomerol, wo Michel Rolland geboren und aufgewachsen ist. Aus diesem Grund ist dieser Wein für ihn etwas Besonderes, während er für andere sicher nur ein Wein unter vielen ist. Rolland äußert über die allgemeine Reihenfolge bei Speisen und Getränken, dass man nahrhaftes Essen vor dem leichten und leicht gewürztes vor intensiv gewürztem genießen soll, wohingegen beim Wein der schwere vor dem leichten und der vollmundige vor dem spritzigen zu trinken sei. Das muss nicht immer zutreffen. Er erklärt, dass beim Weintrinken vor allem der eigene Geschmack zählt. Wie auch beim Essen. In die Weingläser, die in einer Reihe auf dem Tisch stehen, wird jeweils nur ein Zentimeter eingeschenkt. Dann ist es an uns zu verkosten. Rolland hebt sein Weinglas wie eine Fahne und verkündet: Das sind die reinsten Wassertropfen der Welt!

Die rubinrote Flüssigkeit schimmert im Glas. Das Rot, in dem sich Sonnenschein und Wind verdichtet haben, wirkt zart und durchscheinend. Mir stellt sich eine Frage: Reines Wasser beinhaltet keine Geschmackspartikel, so dass der Geschmackssinn nichts wahrnehmen kann. Aus diesem Grund schmeckt reines Wasser nach nichts, bis andere Stoffe wie etwa Salz oder ein paar Tropfen Essig hinzugefügt werden. Und wenn: Ist dann der Wein in meinem Glas reines Wasser?

Wir hatten ausgemacht, unser letztes Abendessen in Singapur gemeinsam im East Coast Seafood Center am Strand einzunehmen. Ich habe es vorgezogen, allein im Hotel zu bleiben. In Singapur endet ein Abend mit Meeresfrüchten, so wie man in Seoul ein gemeinsames Essen üblicherweise mit Kaffee oder Eis abrundet. Heute habe ich keine Lust mitzugehen. Vielleicht liegt das an dem Wein, den ich den Nachmittag über getrunken habe, oder an der Feuchtigkeit, die wie ein nasser Stoff an meinem Körper klebt. Ich habe schon den ganzen Tag ein Hämmern im Kopf. Im chinesischen Restaurant in der vierten Etage des Hotels habe ich eine Wan-Tan-Suppe gegessen. Als ich auf mein Zimmer zurückkomme, ist es noch nicht einmal zwanzig Uhr. Ich lasse heißes Wasser in die Wanne laufen und lege mich hinein. Dann lege ich mich, nass wie ich bin, auf den Boden. Ich fühle meine Kräfte schwinden, als hätte mir jemand grobkörniges Salz auf den nackten Körper gestreut. Die Tage sind zu lang, um nur an eine Person zu denken, aber auch zu lang, um die Gedanken mit aller Kraft davon abzuhalten. Überlass dich doch deiner Traurigkeit, wenn dir danach ist, höre ich eine Stimme sagen. Ich weiß nicht, ob das Gefühl, das mich so niederdrückt, Trauer, Bedauern oder Resignation ist. Am liebsten würde ich jetzt schlafen. Ich möchte in einen langen, tiefen Schlaf versinken, von dem ich auch morgen früh nicht erwache. Bald wird Choi zurückkommen. Ich habe nicht einmal genug Kraft, um ins Bett zu gehen, und fühle mich wie ein grob gezupftes Spinatblatt, das zunehmend an Frische verliert. Ich schaffe es gerade noch, meinen Arm nach der kamelhaarfarbenen Bettdecke auszustrecken und mich zuzudecken. Ich fühle die Hitze in den Achseln, den Armbeugen und den Kniekehlen. Habe ich zu viel gegessen und getrunken? Mir ist plötzlich so kalt, Sok-ju.

Ich reibe mir die Augen. Im Zimmer steht ein stattliches weißes Pferd. Ich zwinkere. Jemand in weißem Bademantel steht mitten im Zimmer und schaut auf mich herunter. Wer ist das? Es dauert eine Weile, bis sich der schwere Nebel in meinem Kopf auflöst und ich begreife, dass es nicht Choi, sondern der Küchenchef ist. Erst will ich mich aufrichten, doch dann fällt mir ein, dass ich nackt bin und dass wir uns jetzt nicht in der Küche, sondern in einem Hotelzimmer befinden. Ich ziehe die Decke bis zu meinem Kinn. Wie spät es jetzt wohl sein mag? Sind

schon alle vom Seafood Restaurant zurück? Wo ist Choi, und warum ist der Küchenchef hier? Seltsam. Ich liege, und er steht. Mir kommt die Situation nicht befremdlich vor, obwohl wir bisher immer nur in der kleinen Küche eng beieinandergestanden und uns gegenseitig fast an den Schultern berührt hatten. Ich hebe mit Mühe meinen Kopf, um mich aufzurichten.
»Bleib liegen.«
Seine Stimme hallt in der Dunkelheit.
Ich gehorche.
»Nur fünf Minuten. Ich bleibe nur fünf Minuten.«
Ich fühle meine letzten Kräfte schwinden. Stoff raschelt. Der Küchenchef öffnet seinen Bademantel und zieht ihn aus. Ob ich meine Augen besser schließen sollte? Aber selbst mit geschlossenen Augen ist es nicht stockdunkel. Ich öffne meine Augen möglichst weit und lege mich gerade hin. Ich möchte kein verspanntes Dummerchen sein. Was auch immer geschieht, Hauptsache, ich werde nicht schwach. Der Küchenchef legt sich auf mich. Er nimmt meine Hände und streckt meine Arme neben meinem Kopf lang aus. Durch die dünne Bettdecke kann ich sein Körpergewicht, seine Körpertemperatur und seinen Atem genau spüren. Die Körperstellen, die nicht zugedeckt sind, also vom Ellenbogen bis zu den Fingern, und seine linke Wange, die auf meiner linken Wange liegt – das sind die einzigen Punkte, an denen wir uns berühren. Trotzdem habe ich das Gefühl, dass wir uns ganz berühren. Eine unruhige Erleichterung und Seufzer steigen in meiner Brust auf. Ich kann die Zeit nicht um fünf Minuten

zurückdrehen, darum bleibt mir nur eines: ruhig ausharren und warten, dass sie vorbeigehen.

»Atme.«

Seine Stimme erscheint mir laut.

»Ja.«

»Ich werde dir nichts tun.«

Das weiß ich.

»Ich möchte dich nur bitten, ruhig zu bleiben.«

Das tue ich.

»Ich werde bald wieder gehen.«

Ich möchte jetzt nicht unsere Freundschaft aufgeben, die die letzten dreizehn Jahre lang Stück für Stück gewachsen ist.

»Sie sind zu schwer.«

Der Küchenchef stützt sich mit einem Bein auf dem Boden ab. Nun kann ich wieder leichter atmen. Es gibt Menschen, die lieber auf eine Lust verzichten, die ein Schuldgefühl verursachen könnte, statt sich schuldig fühlen zu müssen. Es gibt aber auch Menschen, die nicht verzichten und dann Schuldgefühle haben. Der Küchenchef gehört zur erstgenannten Gruppe. Morgen früh müssen wir in der Hotel-Cafeteria mit freundlichen Mienen gemeinsam frühstücken können, als wäre nichts geschehen. Wir werden auch wieder vertraut darüber reden müssen, ob der Kaffee zu dünn war oder fad schmeckte. Wir liegen wie ein Y auf dem Boden, schweigen und lauschen den Geräuschen, die von weither kommen. Die Aprilnacht macht mich benommen und schwindlig. Mir ist heiß, als hätte ich zu viel vergorene Mango gegessen.

»Wenn ich dich anschaue, muss ich an das Mädchen denken. Ich habe nur wirklich gelebt, als sie da war.«

Spricht er von seiner Exfrau? Oder von seiner toten Tochter? Ich kenne ihn nun schon lange, aber über sein Privatleben weiß ich fast nichts. Er spricht kaum davon. Wer auch immer dieses Mädchen sein mag: Hoffentlich sagt er mir jetzt nicht, dass sie mir ähnlich sieht.

»Ich habe ihr nicht genug Liebe geben können. Dafür fehlte die Zeit.«

Er scheint von seiner Tochter zu sprechen.

»Erzählen Sie ruhig.«

Er schweigt.

»Morgen werden wir abreisen und in unseren Alltag zurückkehren. Bitte, sprechen Sie dort nicht über diese Dinge. Und kommen Sie mir auch nie wieder so nah.«

»Einverstanden.«

Ich möchte ebenfalls nicken, kann mich jedoch kaum bewegen. Mein ganzer Körper wird gedrückt, sein Gesicht liegt auf meinem, auch unsere Schultern und Beine liegen aufeinander.

»Ich wollte mich später daran erinnern können, wie sie gewachsen ist. Wenn ich sie gebadet habe, steckte ich ihre Fersen in meinen Mund. Bevor Kinder laufen können, haben sie keine festen Fersen. Ihre Füße sind noch weich und zart. Sie bewegte ihre Füße, auch wenn ich ihre Ferse in meinem Mund hatte. Dann fühlte ich mit meinem ganzen Körper, dass wir beide lebendig waren. Ich konnte mit meinem Mund fühlen, wie sie wuchs. Nach ihrem ersten Geburtstag konnte ich die Fersen nicht mehr in den Mund stecken, weil sie zu groß geworden waren. Bald darauf begann sie zu laufen. Ich fühlte mich leer, als hätte ich etwas verloren. Aber ich liebte es, sie mit ihren Fersen, die gerade fester zu werden begannen, laufen zu sehen. Ich war glücklich, dass ich lebte.«

Als seine Tochter fünf Jahre alt war, wurde sie entführt. Nach vier Tagen fand man ihren Leichnam unter einem Gullydeckel in der Nähe seines Hauses.

»Wie hat es denn geschmeckt?«

Er versteht nicht, wovon ich spreche.

»Ich meine die Fersen.«

»Sie waren süß. Sehr süß und zart.«

»Wie helle Weintrauben?«

»Nein, milder und reiner.«

Für einen Moment sind wir beide stumm.

»Ich war schon einmal in Tohoku«, begann ich.

»Hm.«

»Der Ort ist für sein Pferdefleisch bekannt. An dem hauchdünn geschnittenen Fleisch ist die scharlachrot-weiße Marmorierung klar zu sehen. Es ist wirklich beeindruckend. Ich steckte es in den Mund und spürte den Fleischsaft zwischen den Backenzähnen fließen. Es fühlte sich an, als würde ein Pferd durch meinen Mund traben. Ich war davon ganz erfüllt. Hat es sich bei Ihnen auch so angefühlt?«

»Ja, genau so.«

»Verstehe.«

»Wo ich auch hingehe, ich kann diesen Geschmack nicht mehr finden.«

»Sie werden ihn vermutlich nie mehr finden.«

»Ein besonderer Geschmack, wie es ihn auf der Welt sonst nicht gibt. Ich hatte immer das Ziel, solch einen Geschmack selbst zu schaffen.«

Wieder Stille.

Weint er etwa?

Etwas Warmes fließt über meine Wangen. Ich habe das Gefühl, dass wir uns in unserem Innersten berührt haben, dort, wo man sich eigentlich gar nicht berühren kann.

»Bei mir gibt es auch jemanden, ohne den mir mein Leben wenig lebenswert erscheint. Ich hatte auch nicht genug Zeit.«

»Hör jetzt auf, dich damit zu quälen.«

»Wenn es so einfach wäre, dann wäre es keine Liebe. Und jetzt sagen Sie bitte nicht, dass das nicht stimmt.«

»Nein, das tue ich nicht.«

»Es gibt Geschmackserfahrungen, die durch nichts auf der Welt zu ersetzen sind. Und es gibt Menschen, die durch niemanden ersetzt werden können.«

»Ja, das stimmt.«

Dann sind wir wieder stumm.

Er löst seinen Kopf von meiner Wange. Ich sehe ihn meine Hände loslassen, seine Schulter heben und langsam seine Beine bewegen, um sich von meinem Körper zu lösen. Ich schließe meine Augen. Denn wenn ich jetzt seinen Körper anschaue, erinnere ich mich möglicherweise immer wieder an diese intensive Empfindung, die ich verspüre. Wie eine heiße, sich in meinen Körper bohrende Wurzel.

»Aber du, du bist so klein und zart«, sagt er, zieht seinen Bademantel wieder an und geht aus dem Zimmer. Seine Stimme ist voller Mitleid, Anteilnahme und Liebe. Als würde er zu seiner Tochter sprechen, der er diese Liebe nicht hat geben können und der es nicht vergönnt war, größer zu werden.

Ich höre, wie sich die Zimmertür schließt.

Ich bin nicht schwach geworden, flüstere ich der Dunkelheit zu. Aber ich fühle, dass ich mich irgendwie innerlich verändert habe, wie eine biegsame Weinranke. Ich rolle mich auf die Seite. Dann ergreift mich glühendes Fieber, als hätte mir jemand in die Fersen gebissen.

19

Die größte Gemeinsamkeit zwischen Mensch und Hund besteht wohl darin, dass beide nach Interesse und Zuwendung gieren. Doch während der Mensch vor allem darauf achtet, was andere Menschen über ihn denken, interessiert sich der Hund mehr dafür, wie sich sein Gegenüber verhält. Beide reagieren zwar auf die Handlungen anderer, ein Hund aber zeigt lediglich gegenüber Stärkeren die angemessene Reaktion. Bekommt ein Hund jedoch nicht das, was er will, beginnt er, sein Gegenüber zu bedrohen. Das gilt auch für gut ausgebildete Hunde. Und auch Polly – so clever und elegant, wie sie ist, fand schließlich Mittel und Wege.

Nach einem Regentag war Polly im Hof gewesen und kam dann mit großen Sätzen ins Wohnzimmer gelaufen. Ihr schönes, rot-gold meliertes Fell war voller Schlamm und roch unangenehm. Bis auf ihre schwarzen Augen war sie so sehr mit Schlamm bedeckt, als hätte sie sich absichtlich darin gewälzt. Sie bellte tief und begann zwischen Sessel und Arbeitsplatte hin und her zu springen. Was soll denn das, Polly!, brüllte ich sie an. Sie schaute nur mit schräg gelegtem Kopf zu mir herüber und begann von Neuem. Sie schien entschlossen, damit fortzufahren, bis sie bekam, was sie wollte. Ich rührte mich nicht von meinem Stuhl, sah sie nicht an und tat, als wäre ich in meine Zeitschrift vertieft. Das Sehvermögen von Hunden ist, was Farbe und Details angeht, schwächer als das von Menschen. Dafür haben sie ein sehr feines Gespür für Bewegungen. Ich legte meine Zeitschrift zur Seite und stand auf. Erst da hörte Polly auf zu bellen und legte sich hin, mit dem Kopf auf ihren Vorderpfoten. Er kommt nicht mehr vorbei, um Polly zu sehen. Natürlich kommt er auch nicht vorbei, um mich zu sehen. *Was du dir wünschst, wünsche ich mir auch, Polly. Aber was wir wollen, will er nicht. Das solltest du wissen.* Ich streichele Pollys Nacken, um sie zu trösten. Ihr Fell riecht nach Erde. Ich kraule und streichele es noch intensiver. Sein Geruch war ganz verflogen. *Du kannst es auch nicht mehr ertragen, Polly, nicht wahr? Du bist ein Tier, dem sich die Welt über den Geruchssinn erschließt und in dessen Gedächtnis sich Gerüche einprägen. Nicht wahr?* Ich hatte den Eindruck, dass wir uns verstanden. Menschen, die unter Depressionen leiden, leiden unter großen Qualen, obwohl sie keine physischen Probleme haben. Ein depressiver Hund jedoch zeigt auch physische Symptome. Ich konnte das an ihrem Benehmen und an ihren Augen sehen, die so trüb waren, dass sie nicht einmal mehr mich erkannten. Ich hatte den Eindruck, dass wir unter der gleichen Krankheit litten und uns zumindest in Teilen verständigt hatten. Aber ich hatte mich getäuscht.

Ein paar Tage später, als ich von der Arbeit nach Hause kam, rollte Polly im Wohnzimmer eine tote Katze wie einen Ball hin und her. Als sie bemerkte, wie ich sie anstarrte, während ich mir die Hand von den Mund hielt, ließ sie sich einfach mit ihrem Hinterteil auf die Katze fallen, als wolle sie mir damit sagen: Ich mag Dinge, die stinken und glitschig sind. Ich konnte Polly gerade noch von dem Kadaver weg ins Badezimmer zerren und sie in die Wanne zwingen. Da schnappte sie plötzlich nach meinem Hals. Es war kein eigentliches Beißen, eher ein sehr starker Druck an meinem Hals, so wie sie es macht, wenn sie mit ihrer Schnauze gegen mein Knie stupst. Nur spielten wir gerade weder Ball, noch wälzten wir uns im Spiel auf dem Boden. In diesem Augenblick hatte ich Angst. Hunde drücken ihre Wut und Unzufriedenheit mit dem Maul aus. Werden sie in die Ecke gedrängt, beißen sie sogar ihre Herrchen. Was Hunde bis zum Letzten verteidigen, sind nicht ihre Herrchen, sondern sich selbst. Polly war aufgeregt. Ich musste Ruhe bewahren und noch mehr darauf horchen, was sie mir sagen wollte. Ich hielt den Duschkopf, aus dem schon das Wasser lief, nicht auf sie, sondern Richtung Boden, um zu zeigen, dass ich klein beigab. Natürlich verursacht lange unterdrückte Frustration Aggression. Das war es wohl, wovor ich eigentlich Angst hatte.

Polly knurrte immer noch und fletschte die Zähne. Dann schloss sie ihr Maul. Ich drehte den Wasserhahn zu und ließ mich auf den Boden des Badezimmers fallen, der völlig überschwemmt war. Polly und ich saßen uns mit leerem Blick gegenüber. *So geht das nicht, Polly.* Ich packte sie beim Nacken und schaute ihr fest in die Augen. Nach dem Hals zu schnappen bedeutet bei Hunden ein Auflehnen gegen die Rangordnung. Wenn sie noch Schlimmeres anstellen würde, bliebe mir nichts anderes übrig, als ihr Futter zu kürzen. Nein. Ich lockerte den Griff um ihren Nacken und schüttelte den Kopf. Was sollte ich nur mit diesem alten Hund machen? Ich musste darüber nachdenken, was für Polly das Beste wäre. Polly holte tief Luft, als würde sie auf eine neue Herausforderung warten, dann schaute sie mir mit ernster Miene in die Augen. Ich wandte mich mit einer demonstrativen Geste von ihr ab. Selbst Polly mit ihren schlechten Augen müsste dabei erkannt haben, dass ich unsere Beziehung von jetzt an als beendet betrachtete.

Ich musste es durchziehen. Wenn ich nur so wenig Zuneigung für sie aufbringen konnte, dass ich gerade mal von Zeit zu Zeit einen flüchtigen Blick auf sie warf, hatte ich kein Recht, Polly weiterhin bei mir zu halten. Sie blieb zwar bei mir, aber nicht aus freiem Willen, sondern weil sie nirgendwo sonst hingehen konnte. Sie musste bei mir bleiben. Wenn ein Hund bei einem Herrchen bleibt, das in Gefahr ist, tut er es nicht aus Zuneigung oder Pflichtgefühl, sondern er wartet ab, was als Nächstes passiert. Die Menschen deuten das als Zeugnis ihrer Zuneigung. Tatsächlich aber ist es das Ergebnis der menschlichen Verständnislosigkeit. Ein Hund ist lediglich ein Hund. Ich nahm Polly abrupt in meinen Arm. Sie ist nur ein Hund, sein Hund. Ich zog an ihrem Ohr und flüsterte hinein: Okay, ich werde dich hinbringen. Du musst dich also nicht mehr so benehmen, Polly. Ich musste diesen Hund wieder dahin zurückbringen, wo er am besten aufgehoben war. In das Haus, in dem er wohnt, Pollys erstes Herrchen. Das war das Mindeste, was ich für Polly tun konnte.

Bevor ich Polly zu ihnen schickte, wurde mir klar: Auch ein noch so gut trainierter Hund wird nicht immer das tun, was man von ihm erwartet, und genau wie wir Menschen kann er Furcht, Begierde, Neugierde, Wut, Zufriedenheit und Unentschlossenheit empfinden. Und das Gefühl von Verlust. Kleinere und schwächere Wesen mit weichem Fell, großen Augen und einem runden Kopf wecken bei Menschen normalerweise den Beschützerinstinkt. Darüber hinaus ist Polly, solange sie sonst nichts anstellt, sehr schön, sanftmütig und treu. Auch wenn Saejon Hunde nicht ausstehen kann, hoffe ich, dass es ihr mit Polly anders gehen wird. In dieser Erwartung wähle ich die Nummer, die ich noch auswendig weiß.

MAI

Die vierte [Grundregel, um wohlschmeckend und fein zu kochen, ist], dass man, ehe ein Gericht zu machen angefangen wird, die nötigen Bestandteile heranholt, auch mit ruhiger Überlegung verarbeitet ...

Henriette Davidis, Praktisches Kochbuch
für die gewöhnliche und feine Küche

20

In der Linie 3 sitzt eine Frau, die einen großen Globus in den Armen hält. Ich bin zwei Stunden früher als sonst auf dem Weg zur Arbeit, weil heute ein großer Halbzentner-Stachel-Zackenbarsch und eine Kiste mit zehn Kilo Schwimmkrabben geliefert werden sollen. Die Frau scheint einen langen Weg vor sich zu haben, sie hat eine dickbauchige Stofftasche auf dem Sitz neben sich stehen und starrt geradeaus, ihren bunten Globus auf den Knien. Ein Globus in einer fast menschenleeren U-Bahn ist ein ungewöhnlicher Anblick. Ich betrachte den Globus genau, als würde ich zum ersten Mal einen sehen. Die kleine Erde erscheint mir so eng wie eine Küche, als könnte man überallhin gelangen, wenn man sie nur eine Runde um ihre Achse drehen ließ. Man kann von einem Ort aus nie alles überblicken, so wie man von der nördlichen Halbkugel niemals das Kreuz des Südens zu sehen bekommt. Ich könnte jederzeit von hier weggehen, aber es könnte auch sein, dass ich das irgendwann einmal nicht mehr kann. Bei jeder Erschütterung der U-Bahn schwankt der Globus aus Plastik in seiner Halterung.

Ich schließe die Augen und tue so, als wäre ich eingeschlafen. Die Station, an der ich aussteigen muss, wird angesagt. Ich öffne die Augen. Die Frau, die mir gegenübergesessen hatte, ist verschwunden und mit ihr der Globus. Kurz bevor die Türen wieder schließen, kann ich gerade noch aus der U-Bahn schlüpfen. Auf der Treppe halte ich plötzlich inne. Ich kann mich nicht mehr genau erinnern, ob die Frau wirklich einen Globus oder vielleicht einen Säugling im Tragetuch oder auch einen Hund gehalten hat. Vielleicht war ich zu dieser frühen Stunde in der U-Bahn kurz eingedöst. An Stelle der Frau mit dem Globus hätte ich lieber eine Frau mit einer angeschlagenen Melone im Arm gesehen. Bei diesem Gedanken beginne ich wieder zu laufen. Eine Melone kann man essen, und zudem schmeckt sie auch noch gut. Der Frühling ist schon fast vorbei, und ich habe immer noch keine Nacht gut schlafen können. Stattdessen lese ich, trinke Kräutertee oder, wenn das alles nicht hilft, laufe ich im Hof langsam barfuß auf und ab, bis die Sonne aufgeht. Jetzt habe ich nicht einmal mehr Polly bei mir, die mit ihrer warmen Zunge über mein Gesicht leckt.

Der große Stachel-Zackenbarsch liegt tropfnass auf der Arbeitsplatte. Er sieht so frisch aus, als würde er gleich laut mit dem Schwanz schlagen und die Augen öffnen. Lebten wir im vorigen Jahrhundert, hätte man ihn nicht so wie jetzt in einer Styroporkiste voller Eisstücke geliefert, sondern sorgfältig eingelegt in einem Krug voller Honig. Die sechs Köche, die jeweils mit ihrem persönlichen Messer vor den Fisch getreten sind, sind voller Anspannung. Im letzten Monat hatte ich beschlossen, vorerst keinen

Fisch mehr anzufassen, weil mein Körper zu hitzig und die Hände immer schweißnass sind. Mit solchen Händen sollte man keinen Fisch bearbeiten. Woher kommt bloß diese Hitze? Das kenne ich sonst gar nicht. Ich starre auf meine Hände hinunter. Liegt es daran, dass ich verlassen wurde? Ich schüttele meinen Kopf. Allein dieser Verdacht lässt die Hände noch heißer werden. Es wird sich mit der Jahreszeit ändern.

Essen lässt sich grob in vier Kategorien einteilen: heiß, kalt, trocken und nass. Es verhält sich wie die Eigenschaften der vier Körpersäfte. Heißes und Kaltes, Trockenes und Nasses. Bei meinem Körper scheinen Heißes und Kaltes nach außen zu dringen, wie Fruchtsaft, der aus der Anschnittstelle eines reifen Pfirsichs quillt. Ich kann nichts dagegen tun. Ich kann nur abwarten, dass es vorübergeht. Ich will mich nur noch einer Leidenschaft hingeben. Einer Leidenschaft, die ich mit meinen Händen greifen kann. Die Zeit des leidenschaftlichen Wartens wird sicher eine geheimnisvolle Zeit, flüstere ich vor dem großen Ofen, der mein Gesicht widerspiegelt.

Es ist schade, dass ich den Fisch, den »Tiger des Meeres«, nicht mit meinen Händen berühren kann. Ich trete einen Schritt zurück. Ein Fisch dieser Größe hat viel Fleisch, jede Schicht hat einen anderen Geschmack. Ich stütze mein Kinn in eine Hand und stelle mir vor, wie ich den Fisch verarbeiten würde. Dann werfe ich einen flüchtigen Blick auf den Küchenchef. Seltsamerweise muss ich immer an ihn denken, wenn ich einen Stachel-Zackenbarsch sehe. So wie ich bei Mun-ju immer an eine Kuh oder eine gelbe Paprika denke. Woran die anderen wohl bei mir denken? Plötzlich interessiert es mich, ob ich für die anderen ein Gemüse oder ein Fisch bin. Der Küchenchef nimmt sein Messer, schiebt es bei den Rückenflossen sanft in den Fisch und zerteilt ihn. Selbst Maître Park, der mit dem Kochen nichts zu tun hat, tritt interessiert näher heran. Wahrscheinlich wird der Küchenchef nicht nur das Filet verwenden, sondern auch die Wangen, Flossenfleisch, Magen, Leber, Dünndarm und Kiemen sorgfältig auslösen und jedem der Köche ein Stückchen zuweisen. Dann wird er ihnen auftragen, damit eigenständig ein Gericht zu kreieren. Mit dem Geld, das der Küchenchef für den Stachel-Zackenbarsch ausgegeben hat, hätte man auch ein Kalb kaufen können. Das ist einer der vielen Gründe, warum man das Nove nur schwer verlassen kann, wenn man dort zum Koch ausgebildet worden ist. Vor ein paar Jahren hatte ich die Leber eines Stachel-Zackenbarsches in Salzwasser leicht blanchiert und dann in Knoblauchsoße schmoren lassen. Das Gericht wurde vom Küchenchef zwar als kreativ, aber im Geschmack doch als zu unmittelbar und einfach bewertet.

In der Küche wird es plötzlich geschäftig. Während die anderen den Stachel-Zackenbarsch verarbeiten, übernehme ich die Schwimmkrabben und lege sie für die Mahlzeiten der Mitarbeiter ein. Schalentiere, die im Wasser leben und mit Kiemen atmen, also Krebse, Garnelen und Flusskrebse, häuten sich regelmäßig. Kurz vor der Häutung schmeckt das Fleisch am besten. Obendrein sind die Krebse im Mai immer voller Rogen. Sobald sie ihren Rogen abgelegt haben, schmecken sie nicht mehr so gut. Um die Sojasoße, in der die Krebse mariniert werden sollen, kümmert sich der Küchenchef selbst. Sojasoße ist etwas, womit ich noch nicht so gut umgehen kann. Würde meine Großmutter noch leben, hätte ich das vielleicht von ihr lernen können. Ich kann mich noch daran erinnern, dass sie beim Kochen anstelle des Zuckers immer Birnensüße verwendet hat, auch beim Einlegen der Krebse in Sojasoße. Von Würmern angefressene, heruntergefallene oder auch gefrorene Birnen verwandelten sich in ihren Händen in durchsichtigen Birnenhonig. Der Küchenchef ist davon überzeugt, dass junge Menschen nicht mit Sojasoße umgehen können. Ich werde also nicht mehr jung sein, wenn ich von dem Küchenchef lerne, wie man Sojasoße herstellt und weiterverarbeitet. Wenn ich dann überhaupt noch hier arbeite.

Je dunkler, desto besser. Das gilt nicht nur für Kaviar und Oliven, sondern auch für Sojasoße. Sie muss würzig sein, dunkel wie Karamell und nicht zu dickflüssig. Und wie bei Salz ist es wichtig, dass man immer die richtige Menge verwendet. In einer Edelstahlschüssel bewegen sich die aufeinandergestapelten Krebse. Einer krabbelt mit Hilfe seiner Scheren bis zum Rand der Schüssel hoch. Wäre er ein Hummer, hätte ich sofort die Sehnen an den Scheren durchtrennt, denn Hummer sind unter den Schalentieren am kampffreudigsten. Lässt man mehrere Hummer in einem Gefäß, fressen sie sich gegenseitig auf. Noch hat mein Messer die Krebse nicht berührt, weil das den Geschmack beeinflussen würde. Nun ist es an der Zeit,

Sojasoße über sie zu gießen. Die Sojasoße wurde kurz gekocht und dann zum Erkalten zur Seite gestellt. Ich stippe meinen Finger kurz hinein und probiere. Sie schmeckt säuerlich-salzig und ein wenig süß, wie ein Schluck guten, schweren Weins. Dann gieße ich die Soße über die lebenden Krebse. Sie zappeln heftig, als würden sie schreien. Mir bleibt nur noch abzuwarten, dass sie sterben. Dann kann ich bei den Scheren mit der Verarbeitung beginnen.

21

Am Donnerstagnachmittag passierte etwas Merkwürdiges. Vor Beginn des Abenddienstes ging ich unterhalb des Hügels spazieren, auf dem das Hotel Shilla liegt. Plötzlich flog ein Schwarm schwarzer Tauben vor mir auf. Eine Wolke aus Staub und Pollen wirbelte mir ins Gesicht. Schnell zog ich meine Hände aus den Taschen, um sie mir schützend vors Gesicht zu halten. Durch meine gespreizten Finger konnte ich sehen, wie sich eine Taube auf meine Füße stürzte. Ich hatte gerade zögernd einen Fuß gehoben, um weiterzulaufen, als sich die Taube darauf stürzte und tat, als wolle sie ihn verschlingen. Ich verlor die Balance, fiel hin und rollte auf die Straße. Nach einer weiteren Rolle auf dem abschüssigen Weg erkannte ich, dass die vermeintliche Taube nur eine schwarze Plastiktüte gewesen war. Aber da war es schon zu spät. Ich blieb einfach auf dem Boden liegen und rührte mich nicht. So wie es sich anfühlte, musste ich mir etwas gebrochen haben. Meine Wange, die ich mir bei dem Sturz aufgeschürft hatte, begann zu brennen. Zwei Passanten wollten mir aufhelfen. Ich lehnte dankend ab. Dann richtete ich mich vorsichtig ein wenig auf und bewegte zuerst meine Handgelenke. Mit verletzten Handgelenken würde ich nicht mehr in der Küche arbeiten können, ein verletzter Fuß wäre mir lieber als eine verletzte Hand. Mit einer verletzten Hand könnte ich weder zu Hause noch im Nove etwas tun. Das wäre noch schwerer zu ertragen als die Einsamkeit. Die Handgelenke schienen in Ordnung, nichts schmerzte. Ich richtete mich vollständig auf, stellte mich gerade hin und bewegte beide Fußgelenke. Auch sie waren unverletzt. Seltsam, dass ich mir nichts getan hatte, nachdem ich so heftig gestürzt und dann den abschüssigen Weg weitergerollt war, als würde ich bei den Fußgelenken gezogen. Das vor nur wenigen Sekunden Vorgefallene erschien mir wie ein Hirngespinst. Einzig meine brennende Wange und die schwarze, mit Luft gefüllte Plastiktüte an meinem linken Fuß waren der Beweis dafür, dass es tatsächlich stattgefunden hatte.

Alles war innerhalb kürzester Zeit geschehen. Mein Fuß, mit dem ich gerade zum nächsten Schritt ansetzte, und die vom Wind herangewehte schwarze Plastiktüte, die mit der Öffnung auf meinem Schuh gelandet war. Die Szene ging mir nicht mehr aus dem Kopf, als hätte ich auf die Repeat-Taste gedrückt. Es hatte zwar nur einen winzigen Augenblick gedauert, aber ich entkam ihm nicht mehr.

Zum Glück hatte ich mich nicht verletzt, aber ich wurde das unangenehme Gefühl nicht los, versehentlich zur Hauptfigur eines schlechten Witzes geworden zu sein.

An diesem Abend gab es zwei Beschwerden. Einmal war angeblich das Essen versalzen, das andere Mal gar nicht gewürzt. Was ist heute los mit dir?, fragte mich der

Maître vorwurfsvoll. Ich wagte es auch nicht, mit den anderen ins Hotel Intercontinental zum Trüffelessen zu gehen. Zurzeit ist dieses Hotel Gesprächsthema Nummer eins unter den Gourmets, weil es zwanzig Kilo frische Trüffel aus Frankreich eingeführt hat. Das ist bisher einmalig in Korea, üblicherweise werden Trüffel tiefgekühlt oder getrocknet importiert. Der Preis belief sich schätzungsweise auf vierzig Millionen Won. Ich habe den Küchenchef, der mit dem Geschäftsführer befreundet ist, gebeten, für mich einen knoblauchzehgroßen Trüffel mitzubringen. Wegen einer gewöhnlichen schwarzen Plastiktüte das Gleichgewicht zu verlieren! Ich musste über mich selbst lachen. Es war dumm von mir, eine Plastiktüte für eine Taube zu halten. Das liegt sicher daran, dass ich schon seit so langer Zeit nicht mehr gut schlafe. Würde ein zweites Ich von mir existieren, könnte es mir beruhigend auf die Schultern klopfen. Wer so wie ich zu lange allein ist, lernt es, sich mehrere Ichs zuzulegen.

Ich bin es leid, auf einen Anruf oder einen Besuch von ihm zu warten. Nicht einmal Polly ist da. Alles, was mich auf dieser Welt noch mit ihm verbinden könnte, ist verschwunden. Ich liege auf der Wohnzimmercouch, schaue auf die Wendeltreppe, die in die erste Etage führt, und male mir verschiedene Situationen aus. Ein seinen Anruf entgegennehmendes Ich, ein seinen Besuch empfangendes Ich, ein mit ihm gemeinsam an einem Tisch essendes Ich und ein sich langsam ausziehendes und ihn liebendes Ich ... Und ein anderes, ausgemergeltes Ich, das geistesabwesend in der Dunkelheit liegt.

Ich richte mich abrupt auf und hole einen schweren, gut gewachsenen Weißkohl aus dem Kühlschrank. Ich schneide die Blätter ab, wasche sie, lege sie in siedendes Wasser und lasse sie kurz köcheln. Dass Blinde wieder sehen können, wenn sie ihre Augen mit Weißkohlwasser waschen, gehört wahrscheinlich ins Reich der Märchen. Vor drei Jahren habe ich ein anderes Heilmittel versucht. Ich sammelte direkt beim Krankenhaus, in dem er lag, Schöllkraut. Den Strauß legte ich an das Kopfende seines Bettes und wartete jeden Abend sehnsüchtig darauf, dass ihm endlich die Tränen kämen. Später hat er einmal gesagt: Das war die schwierigste Zeit meines Lebens. Dabei hat er meine Hand, die in seiner lag, gedrückt, als wolle er sie nie wieder loslassen. Wohin sind diese Zeiten nur entschwunden?

Ich schließe den Topf, in dem der Weißkohl kocht, mit einem Deckel und lege die Schöpfkelle darauf ab. Weißkohlwasser hilft nicht nur bei Schlaflosigkeit, sondern auch bei Alkoholismus. Wenn es mit meinen Schlafproblemen so weitergeht, werde ich bald Sojabohnenkeime nicht mehr von grünen Bohnensprossen unterscheiden können und Plattfisch mit Rochen verwechseln. Und mein Fuß wird sich wieder in einer banalen Plastiktüte verfangen und mich zu Fall bringen. Es beginnt säuerlich zu riechen. So riecht es, wenn Weißkohl gekocht wird.

Der Sage nach ist Weißkohl ein aus Tränen geborenes Gemüse. Als Dionysos nach Thrakien kam, setzte sich König Lykurg mit seinen Soldaten zur Wehr. Dionysos entkam Lykurg und schaffte es gerade noch, die Wasser des Meeres zu teilen und sich am Meeresgrund in einer Höhle zu verstecken. Lykurg wurde dann von Rhea, der Göttin der Erde, verzaubert. Im Wahn hielt er seinen Sohn für einen Rebstock und hackte ihm die Gliedmaßen ab. Dann wurde er von den Edonern gefangen genommen, gefoltert und getötet. An der Stelle, an der seine Tränen in den Sand fielen, wuchs eine Pflanze, der Weißkohl. Noch heute wird Weißkohl nicht in der Nähe von Weinreben angebaut, weil man befürchtet, dass Bienen den Geruch des Weißkohls zu den Trauben bringen könnten. Der unangenehme Geruch beim Kochen entsteht durch den hohen Gehalt an Schwefelverbindungen in dem aus Tränen geborenen Gemüse. Wie bei bitterem Geschmack reagiert der Mensch auch sehr sensibel auf bittere Gerüche. Ich trinke die noch warme Kohlbrühe in einem Zug, strecke mich auf dem Bett aus und decke mich zu. Was würde an der Stelle wachsen, auf die meine Tränen gefallen sind? Vielleicht sollte ich besser an etwas anderes denken. An etwas, das interessanter, sinnlicher und konkreter ist und bei dem ich mit einem Lächeln einschlafen kann.

Kaffee und Kuchen
Butter und Marmelade
Schinken und Emmentaler
Trüffel und Foie gras
Mayonnaise und kaltes Grillhähnchen
Melone und Parmaschinken
Kaviar und Wodka
frittierter Kabeljau und Knoblauch

Spinat und Grillente
Garnelen und Curry
Pilgermuschel und Pasta
Miesmuschel und Weißwein
Buttersoße und Kalbshirn

Als ich mir vorstelle, wie ich den ersten Bissen einer dieser Köstlichkeiten in den Mund stecke, lässt meine Anspannung langsam nach. Ich beginne zu ahnen, dass nicht nur der Appetit, sondern auch Hunger, Durst und jede andere Art von Mangel den Geschmackssinn empfindsamer werden lassen. Ich fahre mit der Zunge über meine Lippen und gleite tiefer in den Schlaf. Könnte ich ein Fisch sein, wäre ich gern ein kleiner silbergrau leuchtender Plattfisch. Sein Fleisch ist wunderbar fest, man kann ihn in kleine Stücke zerschneiden und samt Gräten essen. Könnte ich ein Schalentier sein, würde mir die Pilgermuschel gefallen, die im Gegensatz zu den anderen Weichtieren ins weite Meer hinausschwimmen kann. Eine Auster wäre ich nicht so gern, obwohl sie schneeweiß und voll süßen Saftes ist. Austern ändern ihr Leben lang immer wieder ihr Geschlecht. Was ich allerdings an ihnen mag, ist das feine, spiralförmige Muster der Schale, die viel schwieriger zu öffnen ist, als man denkt. Seesterne mag ich auch nicht, das sind unheimliche Tiere. Überall wo Seesterne sind, bleiben leere Muschelschalen zurück. Ich mag ebenfalls keine wirbellosen Tiere, wie Seeigel oder Seegurken, auch wenn sie aromatisch und wertvoll sind. Am besten wäre es wohl, eine Pilgermuschel zu sein. Ich fühle, wie ich immer tiefer in den Schlaf sinke.

Könnte ich eine Frucht wählen, dann wäre ich eine reife Avocado. Ihr harter Kern ist von weichem, fettigem Fruchtfleisch umhüllt. Ich habe gegen keine Frucht etwas einzuwenden, ausgenommen Orangen. Von außen wirken sie fest, aber ihr Fruchtfleisch ist so weich, dass es vom kleinsten Stoß faul wird. Aber wie eine Orange brauche auch ich die helle Sonne, den Wind und angemessene Feuchtigkeit. Wie wäre es mit der Kirsche. Sie ist zwar nicht sehr saftig, hat aber ein so intensives schönes Rot, als wäre sie eine Verkleinerung der Sonne. Auch Bananen sind in Ordnung. Die Bananenstaude hat zwar keine Äste, dafür jedoch große Blätter. Je kleiner die Früchte sind, desto süßer schmecken sie. Auch die Tatsache, dass niemand weiß, wie sie sich entwickelt hat, macht sie interessant. Die Pflanze produziert jeweils nur einen Fruchtstand, der jedoch sehr viele Früchte bildet.

In meinem Traum bin ich umgeben von aromatischen Früchten und wunderbaren Speisen. Ich kann sie sehen, empfinde jedoch keinen Geschmack. Als würde ich voll erblühte Blumen sehen, jedoch nicht riechen können. Geschmacks- und Geruchsempfindungen spielen in unseren Träumen eine untergeordnete Rolle. Die anderen Sinne jedoch bleiben auch im Traum so empfindsam wie im Wachzustand. So kann beim Aufwachen das Kissen nass sein von im Traum vergossenen Tränen. Im Traum bin ich weder ein Plattfisch noch eine Pilgermuschel, weder eine Banane noch eine Kirsche. Ich bin eine faule, saftlose

Auster. Jemand legt mich in ein heißes Feuer. Faule Austern sollte man mit Butter und Muskatnuss grillen. Ich fühle einen Schmerz, als würde jemand versuchen, meine geschlossenen Schalen mit einem scharfen Messer aufzuhebeln. Ich wische mir die Tränen aus dem Gesicht. Dann schrecke ich aus meinem Traum auf ... Das Telefon. Ich glaube, es hat geklingelt. Ich schnappe schnell nach dem Hörer.

»... Ich bin's.«

Ich nicke.

»Hast du noch nicht geschlafen?«

»Ich habe gerade schlecht geträumt.«

»Ich habe zu spät angerufen, nicht wahr?«

»Das macht nichts.«

»Ich habe lange gezögert, dadurch ist es immer später geworden.«

»Ist gut. Ich sagte doch, es macht nichts.«

Das Telefon klingelt nie, wenn man auf einen Anruf wartet. Heute ist das anders. Mein Herz schlägt heftig. *Sag mir, dass du wissen wolltest, wie es mir geht. Sag schon, dass du mich zu sehr vermisst hast. Dann sag nur einen Satz mehr, dass du nun zurückkommen möchtest. Sag, dass du angerufen hast, um zu fragen, ob du zurückkommen darfst. Dann wird alles vorbei sein. Ganz ruhig.* Ich umklammere den Hörer ganz fest. Ich möchte diesen Augenblick für immer im Gedächtnis behalten. Was ist das für eine Liebe? Ist sie eher wie Gold oder wie ein Diamant? Oder wie ein Trüffel? Sie ist wie das, was jeder sich erträumt, aber niemand herzustellen vermag. Ich bin voller Hoffnung wie ein zartgrüner Spargel im Frühling.

»Ich muss dir etwas sagen.«
»... Ja.«
»Ich weiß aber nicht, wie.«
»Ja, gut, komm zurück.«
»... Wie bitte?«
»Ich sagte, komm zurück.«
»Das meine ich doch nicht.«
»Macht nichts. Erzähl schon. Egal was.«
»Polly ist ... gestorben.«
Es hört sich an, als würde Eisen gegen Eisen stoßen.
»Wie? Wie bitte?«
»Ich weiß, es ist schwer zu glauben, aber Polly ist tot.«
Ich ziehe den Kopf zwischen die Schultern.
»Was meinst du damit?«
»Heute, nein, das heißt, gestern ist es passiert.«
»Ist sie sehr krank?«
»... Nein, sie ist gestorben.«
»Du machst einen Witz, oder?«
»Nein.«
»Sag schon, dass es nicht wahr ist!«, brülle ich.
»Es ist aber wahr.«
»Sag es noch einmal!«
»Polly ist tot.«
Ich bin still.
»Hörst du mir zu? Bist du noch dran?«
»Was habt ihr dem Hund angetan?«
»Es war ein Unfall.«
»... Ist sie gestorben? Oder habt ihr sie umgebracht? Sag mir die Wahrheit!«

»Ich sagte doch schon, es war ein Unfall.«
Meine Kehle ist wie zugeschnürt.
Er sagt es noch einmal, die Stimme heiser.

22

Das Wort Restaurant ist abgeleitet von dem französischen Verb *restaurer*, was so viel bedeutet wie einen früheren Zustand wiederherstellen. Bis zum achtzehnten Jahrhundert stand das Wort für eine nahrhafte Suppe, die die Liebeskraft in Schwung bringen sollte. Erst seit dem zwanzigsten Jahrhundert gebrauchte man es im Sinne von »Essen anbieten«. Das erste Restaurant der Welt eröffnete ein Franzose namens Boulanger. Aber der Name, den alle Gourmets kennen, ist nicht Boulanger sondern Beauvilliers, ebenfalls Geschäftsführer und Koch eines Restaurants. Gästen, die in sein Restaurant kamen, konnte er auf das Gesicht zusagen, welches Essen sie besser meiden und welches sie unbedingt essen sollten. Und niemand kochte auf so eigene Art wie er. Es war jedoch nicht nur seine Kochkunst, die ihn berühmt machte, sondern auch sein gutes Gedächtnis, mit dem er die Gäste, die sein Restaurant nur einige Male besucht hatten, selbst nach zwanzig Jahren noch wiedererkannte. Sein Tod im Jahr 1820 wurde in allen großen französischen Zeitungen betrauert.

Als ich die Kochschule besuchte, vermittelte der Küchenchef oft mehr Wissen über die Zutaten und deren Geschichte und die Eigenschaften, die ein Koch haben sollte, als über die Kochkunst an sich. Seine Gäste beeindruckt er bis heute damit, dass er sich bei ihrem zweiten Besuch stets an ihren ersten Besuch im Nove erinnern kann und daran, was sie gegessen und getrunken haben. Seine Art ist jedoch in keiner Weise affektiert, sondern sehr diskret. Mir ist das nie als Geschäftstaktik erschienen, es ist vielmehr Berufung. Berufung als Koch und als Inhaber des Nove. Wenn der Küchenchef nicht hinschaut, schüttelt der Maître jedes Mal ungläubig den Kopf, denn er weiß, dass er selbst meilenweit von diesen Fähigkeiten entfernt ist. Würde der Küchenchef im neunzehnten Jahrhundert leben, wäre er ein zweiter Beauvilliers geworden.

Im Mai gibt es diverse Feiertage: den Tag für die Volljährigkeitsfeiern, den Elterntag, den Kindertag und den Tag der Lehrer. Wie im Dezember ist das Nove im Mai fast täglich ausgebucht. In der Küche geht es dann sehr hektisch zu. Wenn der Küchenchef in der morgendlichen Besprechung besonderen Wert auf Ermahnungen legt — eigentlich ist das immer der Fall —, kein Parfüm, keine stark riechenden Kosmetika oder Shampoos zu benutzen, dann ist das für uns das Signal, dass die arbeitsreichste Saison und damit der Sommer begonnen hat. Wenn wir uns in der engen Küche drängen wie aneinanderhaftende Holz-Essstäbchen, wenn die sieben Köche und der Küchenchef in dieser Enge kochen, dann riecht man nicht nur den Schweißgeruch der anderen, sondern auch den Geruch der Körperflüssigkeiten der vorherigen Nacht, ganz zu schweigen vom Zigarettenrauch. Der Essensgeruch ist so schwer, dass er bei dem warmen Wetter gar nicht hochsteigen kann, sondern sich unten sammelt. Wenn die Mitarbeiter nicht vollkommen aufeinander eingespielt sind, kann man da schon einmal die Nerven verlieren. Fehlen darf man nur an den festgelegten freien Tagen. An den anderen Tagen gilt keine Entschuldigung. Unabhängig davon hätte ich selbst nach dem Anruf von ihm nicht fehlen wollen. Zurzeit möchte ich keinen Tag wegbleiben. Ich komme früher als die anderen, übernehme ihre Arbeiten – das Einkaufen und Vorbereiten der Lebensmittel – und bewege mich rastlos, als hätte ich Angst zu erstarren, sobald ich mich fünf Minuten nicht bewege. Ich fühle mich fremdgesteuert wie eine Marionette, die ihre eigenen Knochen klappern hören kann.

Jeder kennt das: Man sieht die Welt wie durch ein Fenster. Hat diese Fensterscheibe Sprünge, wirkt die Landschaft wie nicht zusammenpassende Puzzleteile, obwohl sie eigentlich unverändert ist. Meine Fensterscheibe hat etliche Risse, die so fein sind, dass man sie nicht mehr reparieren kann. Ich dachte, es würde reichen, wenn in einer Beziehung einer von beiden nicht aufgibt und sich wünscht, dass alles wieder so ist, wie es war. Aber das funktioniert äußerst selten. Ich weiß, wann ich aufgeben muss.

Als kleines Kind blieb ich immer allein zuhause, wenn meine Großmutter zur Arbeit und mein Onkel zur Schule gegangen waren. Einmal holte ich einen Löffel aus der Küche und begann, in einer Ecke des Hofes zu graben. Als der Löffel verbogen und zum Graben nicht mehr zu gebrauchen war, arbeitete ich mit einer Schöpfkelle weiter. Aus dem Brunnen, der an einer anderen Ecke des Hofes war, holte ich Wasser und goss es in das Loch. Das tat ich immer wieder. War das Wasser geräuschlos in der Erde versickert, vergrößerte ich das Loch, grub tiefer in die Erde hinein und goss wieder Wasser nach. Bis zum Sonnenuntergang lief ich so zwischen Brunnen und Erdloch hin und her. Eigentlich hatte ich geglaubt, auf diese Weise einen See schaffen zu können. Aber so oft ich auch Wasser in das Loch goss, es versickerte immer wieder. Trotzdem lief ich mit kleinen Schritten unermüdlich zwischen Brunnen und Erdloch hin und her. Wahrscheinlich, weil ich Vergnügen daran hatte zu beobachten, wie das Wasser kurz vor dem Versickern in dem Erdloch eine kleine Pfütze bildete. Aber schließlich erlahmte mein Eifer, als ich erkannte, dass ich auf diese Weise auch mit noch so großer Mühe keinen See würde schaffen können. Jetzt versuche ich gerade wieder, Wasser in ein Erdloch zu gießen, und es ist an der Zeit, damit aufzuhören. Nach dieser Entscheidung fühle ich mich irgendwie verändert. Es ist ein unterschwelliges und doch sehr starkes Gefühl.

Als Erstes bemerke ich, dass ich nicht mehr allein bin. Wenn ich in der Dunkelheit liege, bewegen sich die Dinge um mich. Das heißt, ich wohne nicht allein in diesem Haus, sondern da ist auch die Liebe, die ich nicht geben konnte, da sind meine Verzweiflung und meine Wut. Und die tote Polly. Diese Dinge sind für mich so konkret spürbar wie das Kratzen von Fingernägeln auf meiner Haut. Die zweite Veränderung ist, dass ich mich jetzt noch leidenschaftlicher ans Kochen klammere. Es geht mir wie den römischen Feinschmeckern, die ihre Köche wie ihre Augäpfel hüteten. Sie liebten es, Dinge aufzutischen, die einzigartig, beeindruckend, ungewöhnlich, exotisch oder furchterregend waren. Damals kannte man jedoch nur zwei Zubereitungsarten: das Braten und das Kochen. Bei mir ist das anders. Ich weiß, wie nur ein paar Tropfen Granatapfelsaft den Geschmack eines Essens verändern können. Die dritte Veränderung besteht darin, dass mein Geschmackssinn viel sensibler und meine Phantasie noch reicher geworden ist. Als ich mir mitten im Winter Piercings in die Ohren hatte stechen lassen, fühlte ich mich auf der Straße wie ein einziges, riesiges Ohr. So sehr hatten sich all meine Sinne auf die Schmerzen in meinen Ohren konzentriert. Ich war wie ein Paar Riesenohren durch die winterlichen Straßen geschwebt. Jetzt fühlt es sich ähnlich an. Als wäre ich nur noch eine einzige rosa Zunge. Das ist der richtige Zeitpunkt, um eine wirklich gute Köchin zu werden. Mehr und mehr Gäste bestellen ausdrücklich von mir zubereitetes Essen. Die Menschen kommen aus verschiedenen Gründen ins Nove, aber sie alle wollen vor allem eines: köstliches Essen, das ihren Geschmackssinn befriedigt. Nach dem Essen wollen sie lächeln können. Es sind Gourmets – meist intelligente, sensible Menschen mit einem gesunden Appetit und empfindsamen Sinnen. Appetit zu haben ist kein Tabu mehr, wie etwa im Mittelalter, etwas Verachtenswertes, das auf Ablehnung stößt, sondern vielmehr etwas Schönes und Natürliches, das man genießen darf. Ich bin umgeben von Menschen, die Appetit haben. Der Appetit ist die erste Leidenschaft und weckt den Geschmackssinn. Geschmack ist etwas sehr Sinnliches. Ich möchte nur noch perfektes Essen zubereiten.

Für einen Steinbutt ist es eine Beleidigung, wenn man ihn in zwei Hälften teilt. Ebenso wie es für die Foie gras eine Beleidigung darstellt, von einem ungeschickten Koch berührt zu werden. Der Tisch, dem wir die größte Aufmerksamkeit schenken sollen, ist für den Herrn Choi vom Gourmetclub »Weg des Geschmacks« reserviert. Er war es, der unseren Küchenchef, als er noch oberster Koch war, finanziell unterstützt hat, so dass dieser das Ristorante – den Vorgänger des Nove – übernehmen konnte. Den Hauptgang für Herrn Choi will der Küchenchef wie immer selbst zubereiten, ich soll mich um die zweite Vorspeise kümmern: Foie gras mit grünem Spargel. Der Küchenchef und ich sind vorurteilsfreie Ratgeber geworden, die sich gegenseitig zur Seite stehen. Das hat sich seit unserer Rückkehr aus Singapur so entwickelt. An jenem Abend haben wir wahrscheinlich unsere wahren Gesichter gesehen.

Ich beeile mich. Ich nehme die Fünfhundert-Gramm-Leber, die ich vorher mit Salz bestreut habe, um sie hart zu machen. Sie sieht aus wie eine Kalbszunge, rotschwarz und glänzend, und ich fühle ihre feste Elastizität. Die Leber ist frisch und gut. Trotzdem spüre ich einen Wermutstropfen. Seitdem ich weiß, wie man die Gänse dafür hält, kann ich davon nichts mehr essen. Der Küchenchef, der mich aus den Augenwinkeln sehen kann, bemerkt das sicher nicht. Ein Koch muss alles essen können. Aber auch Köche mögen nicht alles. In meinem Bekanntenkreis gibt es einen Koch, der kein Geflügel essen kann, ein anderer hat Probleme bei Fischen mit Zähnen, wie etwa Rochen. Ich kann Krustentiere essen, die sich von faulem Fleisch ernähren, und auch Mailänder Wurst mit gehacktem Schweinehirn macht mir nichts aus. Aber Stopfleber ist etwas anderes.

Die Gänse schlüpfen im Frühling und werden bis zum Herbst gemästet. Das Schmackhafteste an ihnen ist die Leber. Bis die Gänse genug zugenommen haben, werden sie an einem warmen, dunklen Ort vegetarisch ernährt. Um eine weiche Leber höchster Qualität zu bekommen, werden sie drei Wochen ausschließlich mit in Wasser eingeweichten Feigen gemästet. Gänse sind sehr robust und im Vergleich zu anderem Geflügel wehren sie sich nicht so sehr gegen das Stopfen. Das spart Arbeitskräfte. In letzter Zeit versucht man noch mehr zu sparen, indem man bei den Gänsen den Hypothalamus lahmlegt, der den Appetit kontrolliert. Dabei wird den Gänsen unter Narkose eine Elektrode ins Stammhirn eingeführt und Strom angeschlossen. Die Tiere befinden sich dadurch in einem Rauschzustand. Sperrt man sie dann in einen Raum mit künstlicher Beleuchtung, fressen sie ununterbrochen. So können sie innerhalb einer Woche an Gewicht zunehmen, was sie sonst in einem Monat schaffen würden. Die Leber wird dabei sehr groß und fett. Noch besser lassen sich Gänse mästen, wenn ihnen die Augen ausgestochen wurden.

Ich verlasse die Küche schnell durch die Hintertür und renne auf die Toilette. Mir watschelt eine dieser geblendeten Gänse hinterher, die unter künstlicher Beleuchtung in ihrem Rauschzustand ununterbrochen frisst. Ich muss mich übergeben. Ein säuerlicher Geruch verbreitet sich. Legt man einer Gans einen kleinen, eiähnlichen Stein unter, bebrütet und behütet sie ihn ohne zu zögern. Aber nicht nur um einen eiähnlichen Stein, sogar um eine Stoffpuppe kümmert sie sich wie um ihre eigenen Küken. Das ist genetisch bedingt. Frisch ausgebrütete Küken entwickeln gegenüber den Lebewesen und Gegenständen, mit denen sie den ersten Kontakt hatten, eine dauerhafte Zuneigung. Die Gänseküken zeigen eine bedingungslose Anhänglichkeit gegenüber dem sich bewegenden Objekt, das sie nach dem Schlüpfen als Erstes gesehen haben. Das Objekt kann ihre Mutter, ein Mitgeschwisterchen, eine Katze oder ein Hund sein. Für manch eine Gans ist es ein Mensch, ein Motorrad oder ein Traktor. Auch wenn es das falsche Objekt ist, eine Gans kann dieses vergebliche Hofieren nicht beenden. Ich übergebe mich noch einmal und drücke überreizt und mit Nachdruck die Spülung.

Der Koch, der sich bei der Zubereitung von Foie gras Enten vorstellt, die quakend einem Traktor hinterherlaufen, hat kein Recht, Foie gras zuzubereiten. Er gleicht einem Maler, der beim Anblick eines Modells die Fassung verliert. Ich seife meine Hände mehrmals ein und spüle sie gründlich, dann kehre ich in die Küche zurück. Ich lege die Stopfleber auf die Mitte des Tellers und schräg darüber den grünen Spargel, der gedämpft wurde und inzwischen erkaltet ist. Früher dachte ich, dass die Liebe, hätte sie eine konkrete Form, einem Trüffel gleichen müsste. Oder grünem Spargel, der sich durch die Erde bohrt und gerade nach oben strebt. Ich schüttle den Kopf. Grünen Spargel muss man im Frühling schneiden, wenn die frischen Triebe noch weich sind. Lässt man ihn weiterwachsen, entwickelt er schnell üppige, haarige Blätter. Der Trieb wird so dick, dass man ihn nicht mehr mit einer Hand umfassen kann. Schneidet man ihn ab, wachsen ununterbrochen neue Triebe nach, wenn auch etwas verlangsamt. Ich habe mich tatsächlich verändert, mein Verhältnis zum Kochen ist kühler geworden, und meine Finger beim Arbeiten sind kühl und distanziert. Im Gegensatz zur Küche ist die Welt draußen jedoch voller Dinge, die ich nicht kontrollieren kann.

Ich nehme ein von der Stopfleber übrig gebliebenes Stück, das ich auf einen Extrateller gelegt hatte, mit einer Gabel auf, reiche es dem Küchenchef und werfe ihm einen fragenden Blick zu. Er kaut und nickt einmal kurz mit dem Kopf. Ich stelle den Teller auf den Tresen. Unmittelbar darauf kommt Maître Park, um es den Gästen zu servieren. Foie gras muss man warm essen. Ich atme erleichtert auf. Jetzt kann ich mir erlauben, für fünf Minuten rauszugehen. Als ich gerade im Begriff bin, aus der Küche zu treten, drehe ich mich doch noch einmal um. Der schwarze, sandkorngroße Kaviar ist der Traum der Gourmets, Foie gras hingegen ein Essen, das aus der Vereinigung von menschlicher Begierde und Lust geboren wurde. Nach den Worten des Dichters Horaz ist die Leber der Ort der Leidenschaft. Sie ist Sitz der Intelligenz und der Gefühle. Verzehrt man sie, verleiht sie Kraft und Mut. Sie ist der Ort der erotischen Liebe und des Zorns. Ich schiebe schnell ein Stück von der restlichen Foie gras in den Mund und verstecke es unter der Zunge. Ich kneife meinen Mund zu, und meine Zunge zerdrückt die Foie gras am Gaumen.

23

Wenn ich mir heute attraktive Frauen anschaue, kann ich Sok-ju beinahe verstehen. Auch er konnte seinen Blick einfach nicht von Sae-jon abwenden, die ihren Kopf ruhig gesenkt hielt, als wolle sie nicht auffallen. Mit dieser Haltung muss sie ihm ins Auge gesprungen sein wie eine leuchtend gelbe Narzisse in schwarzer Erde. Ihre Blicke trafen sich. Und damit begann die Geschichte, in der sich ein hoffnungsvoller Jungarchitekt in ein Exmodel verliebt. Nur K. hätte nicht zwischen den beiden stehen dürfen, oder der Architekt hätte Lee Sae-jon vor K. kennenlernen sollen. Die beiden hätten ein bisschen mehr Verständnis zeigen oder mehr Rücksicht auf K. nehmen können, für die Han Sok-ju die erste Liebe war. Denn es gibt Regeln, die eingehalten werden müssen, wenn man einem Kind sein Spielzeug wegnehmen will. Zu einer wehmütig schluchzenden, leisen Technomusik bewege ich rhythmisch den Kopf. Die meisten Leute, die heute auf die Party zum zehnjährigen Jubiläum der Zeitschrift *Wine & Food* gekommen sind, für die Mun-ju arbeitet, sind entweder, wie unser Küchenchef, Inhaber von bekannten Restaurants oder Inhaber von Import-Unternehmen für

Wein und Käse. Eigentlich dominiert wird die Veranstaltung jedoch von den Models, Prominenten, Stylisten und Designern. Jedes Mal, wenn meine Blicke die Blicke der gertenschlanken, schönen, gut gekleideten und stark parfümierten Männer und Frauen erwidern, merke ich, dass ich sie anstarre, so wie Männer es bei schönen Frauen tun.

Aus einer Ecke der Bar winkt eine Frau zu mir herüber, die mir irgendwie bekannt vorkommt. Es ist eine Moderatorin, die öfter ins Nove kommt, aber aus Angst vor dem Dickwerden nur von Brotrinde lebt. Mein Küchenchef sitzt neben ihr, er erscheint mir fremd in dieser Umgebung. Zu solchen Anlässen erscheint er eigentlich nur ungern. Hätte Mun-ju ihn nicht gebeten, sich ums Catering zu kümmern, wäre er sicher nicht gekommen. Nach vorbereitenden Treffen mit dem Zeitschriftenverlag haben wir das Thema Duft für das heutige Menü ausgewählt. Beim Catering muss man den Geschmack der Gäste kennen. Das Essen muss leicht, aber sättigend sein, und einige Gerichte sollten besonders hervorstechen. Das ist meine Taktik. Zu Duft gehört das Adjektiv sinnlich. Sinnliches macht Lust darauf, Dinge zu berühren und zu essen. Es erweckt die Sinne zum Leben. Der stärkste unter ihnen ist der Geruchssinn, und von allen Sinnen ist er dem Geschmackssinn am nächsten. Aus dem Blickwinkel des Kochs ist es der Geruch von Essen, den dünne Frauen mit Essstörungen unbedingt brauchen. Unter den heutigen Gästen sind einige, die als besondere Feinschmecker gelten. Es ist wichtig, ihren Appetit zu stillen und ihren Geschmackssinn zu erfreuen. Man darf sie jedoch unter keinen Umständen ganz und gar zufriedenstellen. Einmal zufrieden, verlangen sie nur nach mehr. Für das nachfolgende Essen muss immer eine Erwartungshaltung aufrechterhalten werden. Daher ist es wichtig, ein Essen so zuzubereiten, dass der Appetit nie gänzlich gestillt wird und immer ein Teil davon erhalten bleibt. Feinschmecker gehen lieber aus, statt selbst zu kochen, und sie lieben es, Essen zu bewerten. Sie sind kapriziös und immer auf der Suche nach neuen Geschmackserlebnissen und unerreichbaren Gaumenfreuden. Sie sind nie zufrieden, schnell gereizt und verlangen viel. Aber solche Leute sind es, auf die man letztlich nicht verzichten kann.

Ich habe Austern vorbereitet, die als erste Vorspeise auf dem Tisch stehen werden. Der Sommer ist zwar nicht die typische Austernsaison, weil sie sich um diese Zeit fortpflanzen. Aber noch ist nicht Juni oder Juli, wenn sie ihre Eier legen. Eine Vorspeise muss nicht üppig ausfallen. Die Rolle der Vorspeise besteht darin, den Appetit vor den Hauptgängen über den Sehsinn und den Geruchssinn sanft aufzuwecken. Ich habe aus den halb geöffneten, mit Zitronensaft beträufelten Austern und Eisstücken einen Rand um eine Brunnenskulptur gelegt, die aus einem großen Eisblock hergestellt wurde. Die frischen Austern verströmen den Geruch von Meer, der Zitronensaft verleiht ihnen eine Anmutung von Sonne und Süden. Als zweite Vorspeise habe ich Ceviche aus mariniertem Steinbutt vorbereitet, garniert mit gehackten Schalotten und Kaviar und einem Schuss Olivenöl. Mit dem weißen Steinbutt, den hellgrünen Schalotten, der rosafarbenen Soße aus

Feigen und dem schimmernd-schwarzen Kaviar ist diese Vorspeise ein echter Blickfang.

Als Hauptgang gibt es Lachs mit Pilgermuschel-Soße und Roastbeef mit Sauce Perigueux. Ich habe für weniger Personen gekocht, als Gäste da sind. Wer kostenlos Essen angeboten bekommt, wird es weder als wertvoll noch als frisch empfinden, wenn zu viel davon da ist. Für die späteren Gäste habe ich leichte Sandwichhappen und Canapés mit Käse, Kaviar und gehacktem Paprika vorbereitet, auch Ravioli mit Mädesüß und Früchte in leuchtenden Farben, etwa mit Zimt bestreute Melone und rote Kirschen. Und das Dessert, das niemals fehlen darf. Geschmack und Farbe sind vielfältig, reich und erotisch, sie spiegeln das Leitmotiv des heutigen Abends. Die Schokolade, die als Dessert am obersten Tischende steht, hat mehr als neunzig Prozent Kakao. Bei einem so hohen Kakaoanteil wird die Schokolade fast zur Droge, nach der man schon mit einem kleinen Bissen süchtig werden kann. Ich habe die Schokolade geraspelt und auf das Sahne-Quark-Eis gestreut. Wäre Mun-ju als Chefredakteurin nicht von den Lebensmittellieferanten gesponsert worden, hätte sie für die Zutaten viel Geld hinlegen müssen

Als Geschenk für Mun-ju habe ich rote Rosen und Efeu in einer schwarzen Vase mitgebracht, die wie ein kleiner Kerzenständer aussieht. Mun-ju stellt sie mitten auf den Tisch. Zwischen all den sinnlichen Speisen, den Blumen und den Kristallgläsern sieht man die Gäste: Sie essen und trinken, sie unterhalten sich, lachen, legen sich die Arme um die Schultern und lassen Zigarettenrauch aufsteigen. Obwohl sie sich beim Tanzen kaum bewegen, sehen sie sexy aus. Mun-ju trägt ein luftiges Chiffonkleid. Sie bewegt sich mit geröteten Wangen und gemessenen Schrittes durch die Gesellschaft und ist die perfekte Gastgeberin. Wenn sich unsere Blicke treffen, zwinkert sie mir mit einem Auge zu: Die Party ist ein Erfolg.

Ich sondere mich von der Gesellschaft ab und trinke an eine Wand angelehnt eine kalte, salzige Margarita. Heute ist ein guter Tag, um ein Glas mehr zu trinken. Meine mit Alkohol und Salz benetzten Lippen brennen. Ich stecke ein Canapé in den Mund. Meine Zungenspitze zerdrückt sanft den Kaviar. Das Süße schmecke ich an der Zungenspitze und das Salzige gleichzeitig etwas weiter hinten. Obwohl ich nur ein winziges Stückchen abgebissen habe, versinke ich gänzlich in dem Kaviar-Geschmack. Wie ein Schmetterling, der mit seinen Vorderbeinen, an denen die meisten Geschmacksorgane sitzen, die Süße des Nektars schmecken kann. Die Musik läuft, und die Party scheint nie enden zu wollen. Weil ich mit dem Kochen beschäftigt war, habe ich den ganzen Abend nichts gegessen. Vielleicht sollte ich das jetzt besser tun. Ich hole mir noch ein Glas Margarita und leere es in einem Zug.

Irgendwie riecht es nach brennendem Zucker. Oder ist es Veilchenduft? Ein Duft, der kommt und geht, nur um wiederzukommen. Ein Hauch von dem Parfüm, wie es Sae-jon immer getragen hat. Das ist Majoran. Ob sie vielleicht auch hier ist? Ich blähe meine Nase auf und schaue mich aufmerksam um. Die Moderatorin, die mich vorhin aus der Ecke grüßte, geht an mir vorbei. Ihr Parfüm schwebt in der Luft und verschwindet wie ein langsames Ausatmen. Wie der Geruch von Körperflüssigkeiten, der nach dem Liebesspiel in der Bettwäsche hängt, ist dieser Duft schwer, stark und lang anhaltend. Der Duft, der Sok-ju gefangen hielt. Völlig unerwartet packt er mich wie mit einer Faust und rüttelt mich. Ob ich auch nach etwas Bestimmtem rieche? Ich stecke die Hand, die kein Glas hält und von der Arbeit immer noch feucht und aufgequollen ist, in meine Hosentasche. Einen sehr erotischen Duft erhält man aus jungen Raben, die vierzig Tage lang nur gekochte Eier gegessen haben. Eingelegt in Myrtenblätter und Mandelöl, ergeben sie einen Duft, den Frauen tragen wollen und den Männer an ihnen lieben. Heutzutage ist Moschus sehr verbreitet, der auf die Menschen eine aphrodisierende Wirkung hat. Im Zeitalter von Königin Elisabeth I. legten sich die Frauen geschälte Äpfel unter die Achseln. Waren sie mit Schweiß befeuchtet, gaben sie sie ihren Geliebten, damit diese daran riechen konnten. Duft ist die Erinnerung, die am längsten bleibt. Menschen bleiben nur für kurze Zeit, aber der Duft setzt sich über die Zeit hinweg. Apfelstücke, die man unter die Achseln gelegt und mit Schweiß getränkt hat. Der Duft von nach einer Eiermast getöteten Raben. Die von mir zubereiteten Speisen sollen den Geschmacksnerven dieser Menschen ein wahres Feuerwerk bereiten, so wie sie der vollendete Duft der Pheromone erregt. Niemand soll meinem Gang anmerken, dass ich betrunken bin.

»Du trinkst heute zu viel, meinst du nicht?«

Der Küchenchef setzt sich neben mich. An der Bar

wird chilenischer Almaviva ausgeschenkt. Sein Name ist eine Referenz an den Grafen aus Mozarts »Die Hochzeit des Figaro«. Er ist bei Partys und anderen Festen, besonders bei Hochzeitsfeiern, sehr beliebt. Er kleidet meinen Mund wie mit Samt aus.

»Sie haben doch gesagt, dass ich morgen freinehmen darf.«

»Wenn du so weitermachst, wirst du nicht mehr lange durchhalten.«

Ich fühle, dass er sich mir zuwendet. Ich schenke Wein in sein Glas und hebe meines. Der Wein rinnt sanft meine Kehle hinunter. Vielleicht bin ich doch noch nicht betrunken.

»Die Leute hier sehen sehr glücklich aus.«

»Das ist eine Party. Und es gibt Alkohol und Essen.«

»Stimmt. Wie bei Hochzeitsfeiern, oder der Kuchen an Geburtstagen.«

»Weil es ein sozialer Vorgang ist.«

»Was meinen Sie?«

»Ich meine das Essen.«

Was soll ich darauf erwidern?

»So, wie man es braucht, wenn man Geschäfte abschließen will.«

Ich nicke und glaube zu ahnen, was er meint. Selbst bei religiösen Ritualen pflegt man Opfer darzubringen.

»Hast du irgendwelche Sorgen?«

»Nein.«

»Du musst mir nichts erzählen, wenn du nicht möchtest.«

»Ich habe einfach nicht so gut geschlafen.«

»... Übrigens, was den Verein »Weg des Geschmacks« angeht ...«

»Ja?«

»Sie wollen ihr Treffen auch weiterhin in unserem Restaurant stattfinden lassen.«

Ich verstehe nicht ganz, was er mir sagen will.

»Das ist nur dir zu verdanken. Das Essen war gut. Sehr gut sogar.«

»... Danke.«

»Das wollte ich dir sagen.«

Der Küchenchef wendet seinen Blick ab und schaut geradeaus. Ich hebe erneut mein Glas und trinke rasch einen Schluck. Das erste Lob von meinem Küchenchef bekam ich vor vier Jahren, kurz bevor ich aufhörte, im Nove zu arbeiten. Das ist jetzt das zweite Mal. Der Wein erscheint mir immer heißer und schwerer. Langsam werde ich betrunken. Egal. Und wenn mir jetzt die Tränen kommen – auch egal. Das hast du gut gemacht, summt seine Stimme in meinen Ohren. Aber mir ist beklommen zumute, und sein Lob stimmt mich nicht froh. Zum ersten Mal wird mir klar, wie sehr mein Küchenchef mich beherrscht.

»Polly ist gestorben.«

Er ist sprachlos.

Vor zwei Tagen war Sok-ju abends bei mir vorbeigekommen.

Er wusste, dass er mir zu Pollys Todesumständen eine Erklärung schuldete und dass so etwas nicht am Telefon zu klären war, selbst nach einer Trennung. Sein Timing war so abgestimmt, dass ich gerade nach Hause gekommen war, als es läutete. Er wartete, bis die Tür aufging, und stand etwa fünf Minuten später im Wohnungseingang, als hätte ihn dieser Weg große Überwindung gekostet. Mit großen Schritten durchquerte er die nur spärlich beleuchtete Wohnung, um Pollys Decke, die leere Plastikflasche, die sie als Spielzeug genommen hatte, ein Frisbee, einen Kamm, Waschmittel, Shampoo und noch ein paar andere Dinge in eine Tasche zu packen. Ich wäre nicht in der Lage gewesen, diese Sachen wegzuräumen. Mit dem Verschwinden von Pollys Geruch aus dem Sofa, den Kissen und dem Vorleger werden dann die letzten Spuren von ihr ausgelöscht sein.

Inzwischen habe ich begriffen, dass sie wirklich tot ist. Polly hatte einmal bei mir gelebt, und alles wäre nicht so tragisch, wäre sie einfach nur gestorben. Kommen Tiere in ein neues Umfeld, wollen sie ihr Revier markieren. Das liegt in ihrer Natur. Katzen haben Drüsen an den Wangen, die sie überall reiben, um ihren Geruch zu hinterlassen. Der Dachs lässt seinen Anus über den Boden schleifen, und Hunde erkunden Räume, indem sie überall das Bein heben. Vielleicht ist es ja für keine Frau zu ertragen, dass ein alter Hund in ihrem hübschen Häuschen überall hinpinkelt und somit die perfekte Ordnung zerstört. Außerdem hatte Sae-jon grundsätzlich etwas gegen Hunde. Wenn sie es nicht mehr ertragen konnte, schloss sie Polly im Badezimmer ein. Kam er dann nach Hause, ging er mit Polly ein wenig spazieren. Danach musste er sie wegen ihr wieder einschließen. Der Hund hätte ihn in schweren Zeiten seines Lebens begleitet, sagte er stets. Darum gab er sich auch Mühe, ihr die Umgewöhnung so leicht wie möglich zu machen. Ein alter Hund kann sich jedoch nicht mehr einfach umgewöhnen, weil er seine Routinen festgelegt hat. In dem neuen Haus gab es zwei Badezimmer im Erdgeschoss, so dass Pollys Badezimmer nicht unbedingt betreten werden musste, es sei denn, um sie herauszuholen. Als er für ein paar Tage nach Kuwait musste, bat er Sae-jon vor seiner Abreise noch einmal eindringlich darum, Polly wenigstens einmal am Tag auszuführen. Drei Tage vergingen. Sie vergaß Polly. Polly ertrug es, ohne einen Ton von sich zu geben. Als ihr Polly schließlich wieder einfiel, ging Sae-jon sofort die Badtür öffnen. In diesem Moment ließ Polly ihrer Wut freien Lauf und fiel sie an.

An jenem Sonntag im April, als er Polly abholen kam, war Sae-jon mitgekommen. Sie erweckte nicht den Eindruck, das Haus betreten zu wollen. Also standen wir nebeneinander im Hof, während er ins Haus ging, um den Hund zu holen. Damals sagte sie, dass sie versuchen wolle, sich gut um den Hund zu kümmern, auch wenn sie sich nicht sicher wäre, ob sie es schaffen würde. Dann rückte sie ihre Sonnenbrille zurecht und fügte hinzu: Es tut mir leid.

So wie Sae-jon keine Lust gezeigt hatte, ins Haus zu gehen, hatte Polly offenbar auch keine Lust, herauszukommen. Die Zeit, in der wir nebeneinander ausharren mussten, schien sich ins Unendliche zu dehnen. Ich erklärte ihr, worauf sie bei Polly achten müsse. Falls Polly aufgeregt oder aggressiv sein und sie angehen sollte, müsse jeder Blickkontakt vermieden werden. Und falls Polly sie angreifen sollte, müsse sie unbeweglich wie ein Baum stehen bleiben, also die Beine schließen und dann mit beiden Händen den Hals und mit den Ellenbogen die Brust schützen. Über diese neutrale Haltung solle sie dem Hund klar machen, dass sie nicht die Absicht habe, ihn zu bedrohen. Wie ein Baum, hatte ich gesagt. Das muss ja ziemlich dämlich aussehen, hatte Sae-jon erwidert, und vielleicht hatten wir mit dem Kopf genickt und ein wenig gelacht.

Polly hatte ihr sicher zeigen wollen, wie wütend sie war. Ein Hund kann sich nur auf seine Weise ausdrücken. Polly hatte die Zähne gefletscht, dann war sie mit einem Satz direkt auf Sae-jons Nacken zugesprungen. Der Nacken eignet sich gut für einen Angriff, dort kann ein Hund gut zubeißen und auch wieder loslassen. Sae-jon wurde von solch einer Panik ergriffen, dass sie instinktiv mit dem Gegenstand, den sie gerade in der Hand hielt, auf Polly einschlug. Ein Hund benutzt sein Maul, um seine Unzufriedenheit zum Ausdruck zu bringen, so wie er es auch benutzt, um Zuneigung zu zeigen und zu berühren, was er mag. Hunde müssen die Sprache der Menschen lernen und die Menschen die Sprache der Hunde. Sie und Polly verstanden sich nicht. Noch bevor Pollys spitze, harte Zähne Sae-jons Nacken berühren konnten, fiel sie auch schon zu Boden. Noch bevor Polly auf der Erde lag, hatte Sae-jon noch einmal ausgeholt und Pollys Kopf getroffen. Die Zähne eines Hundes sind eine Waffe, die für das Reißen zäher Hirschhaut bestimmt ist. Sae-jon musste ihr Leben vor einem wütenden Hund schützen. Sie zitterte vor Angst und schlug dabei immer wieder auf Pollys Kopf ein. Polly hatte es zwar nur als Warnung gemeint, aber scharfe Zähne wie die ihren hinterlassen nur zu leicht Löcher in zarten Wangen. Niemand fragte nach Schuld. Sae-jon schlug und schrie, bis Polly leblos liegen blieb. Aus dem Kopf sickerte das Blut wie ein Seidenfaden über das dünne, weiche Fell und tränkte den Fußboden.

Wie ein Baum, hatte ich doch gesagt, sagte ich leise, wie zu mir selbst.

Er schaute mich fragend an.

Geh jetzt bitte.

Ich wollte nicht, dass er sieht wie ich weine oder mich übergebe. Ich hatte Angst davor, dass ich ihn bitten könnte, bei mir zu bleiben, um mich ausweinen und ihm sagen zu können, wie schwer das alles für mich war. Daher bat ich ihn noch einmal ausdrücklich zu gehen.

Er zog sich die Schuhe an, hielt kurz inne und sagte bedrückt:

Mich schmerzt es genauso, dass es dazu kommen musste.

Es schmerzt dich nicht, sondern du fühlst dich schuldig, erwiderte ich.

Und ich fügte hinzu: Wenn du ein Mensch bist.

Ich wimmle den Küchenchef ab, der darauf hatte bestehen wollen, mich nach Hause zu begleiten, und betrete die Straße. Wenn er mich nach Hause bringt, kann ich mich vielleicht nicht von ihm trennen. Ich möchte mich einfach irgendwo hinsetzen und meinen Tränen freien Lauf lassen. Ich habe ein beengendes Gefühl in der Brust. Sie scheint von dem, was ich zu sagen habe, zerspringen zu wollen. Ich habe zu viel getrunken. Meine Beine tragen mich noch, aber ich weiß nicht, wohin. Ich weiß nicht einmal, wo mein Zuhause ist. Es ist Mai, aber ich zittere vor Kälte. Wenn ich nur ein Glas Wasser trinken könnte, dann könnte ich mich sammeln. Dann würde ich auch nach Hause finden. Mit unsicheren Schritten betrete ich die Straßenunterführung, die mich regelrecht in sich hineinsaugt. Zu beiden Seiten stehen große, leere Kartons in einer Reihe. Ich stütze mich mit einer Hand an der Wand ab und übergebe mich. Als ich mir mit dem Handrücken über die Lippen fahre, bleibt dort etwas Schwarzes, Sandkornartiges zurück. Es ist der Kaviar, den ich vorhin gegessen habe. Er ähnelt weiblichen Eizellen. Mir ist speiübel. Ich kann mich nur mit Mühe wieder aufrichten und sehe mich nach dem Ausgang um. Da sehe ich aus dem letzten Pappkarton den Kopf eines Mannes hervorstehen, er sieht aus wie ein Pilz. Die deckellosen Pappkartons scheinen alle von Obdachlosen bewohnt zu sein. Dort liegen sie wie in winzig kleinen Zimmern. Es ist ja schon Nacht. Alle schlafen. Auch ich muss nach Hause. Ich versuche mich aufrecht zu halten und weiterzulaufen. Dem Mann im letzten Karton hängt eine Zigarette im Mundwinkel. Er spuckt laut aus und starrt mich an wie ein wildes Tier. Ich bleibe stehen ... Ich ziehe meine Mundwinkel etwas nach oben und lächle. Der Mann drückt seine Zigarette auf der Zunge aus, auf der sich der Speichel gesammelt hat. Ich gehe einige Schritte auf ihn zu. Er wirft mir seine Kippe lässig vor die Füße, als wolle er mich testen. Ich lächle noch einmal, versuche einen Augenaufschlag und schaue kurz zur Seite, um dem Mann unmittelbar darauf wieder tief in die Augen zu sehen und zu tun, als würde ich lachen. So funktioniert das also. Ich versuche, nicht zu schwanken. War es damals so? Dein Lächeln. Sage ich zu Sae-jon. Der Mann in dem Pappkarton steht auf einmal auf und zieht an meinem Arm. Lassen Sie mich los. Ich lache kreischend. Der Mann verschließt mir mit einer Hand den Mund. Ich möchte singen und trommeln. Wie zu Beginn eines Fests, wenn ein Opfer bei lebendigem Leib angezündet wird. *Ich werde nicht schreien. Lassen Sie mich los.* Ich werde in den Pappkarton hineingezerrt. Die Leute in den anderen Kartons stecken kurz ihre Köpfe heraus und werfen einen flüchtigen Blick auf uns, dann wenden sie sich mit gelangweiltem Gesichtsausdruck ab. Ach, wieder nichts Besonderes. Der Mann atmet tief durch und drückt meine Schulter mit seinem Knie auf den Boden. Ich grinse. *Machen Sie langsam. Sie müssen mir nur noch einen kleinen Stups geben, wie einem kleinen Fisch.* Als sich der Mann über mich kniet, kann ich nichts mehr sehen. Dann öffnet er den Reißverschluss seiner Hose. Etwas Kurzes und Dickes mit heraustretenden blauen Adern wackelt genau vor meinen Augen, es sieht aus wie eine Geschmacksknospe. Als ich einmal eine Zunge unter dem Mikroskop anschaute, konnte ich sie genau sehen: säulenartige, lebendige

Vorsprünge, die Lebendiges, Schmackhaftes und Heißes unterscheiden können. Ich greife danach wie nach einem Strick. *He, Sie!* Ich reiße den Mund auf. *Für was halten Sie mich jetzt? Bin ich eine Frau? Nein, nein, man nimmt ja bei der Opfergabe nicht nur Tiere. Sehe ich vielleicht aus wie ein Rind oder Schwein? Wenn man ein Rind schlachtet, steckt man ihm zuerst ein Messer tief in die Kehle. Heißes, dickes Blut schäumt heraus. Dann trennt man den Kopf vom Rumpf und befestigt einen Haken in der Zunge.* Verdammt, was quatscht sie denn da. Der Mann greift mit einer Hand in meine Haare am Hinterkopf, mit der anderen steckt er sich eine Zigarette in den Mund und zündet sie an. Er pustet mir den tief inhalierten Rauch ins Gesicht. Ich schlucke ihn hinunter. Er weiß es. Er weiß, dass ich nicht schnell von hier weggehen kann, dass ich keinen Grund dazu habe. Plötzlich tropfen Tränen laut auf den Boden des Kartons, wie das heiße, dicke Blut eines Rindes. *He! Hier ist es aber viel zu hell, wie auf einem Markt! Stimmt. Geschlachtete Tiere soll man unter hellem Licht zur Schau stellen, wie beim Metzger. He! Ich möchte ein Opfer für mich werden. Bevor Sie mich opfern, bestreuen Sie meinen Kopf bitte mit Weizenmehl. Und garnieren Sie mit kleinen Maiskolben. Na los, töten Sie mich! Und essen Sie mich schnell auf. Wenn nicht, verbrennen Sie mich. Der Geruch meines brennenden Fleisches wird in den Himmel aufsteigen und die Götter erfreuen. Die Menschen, die das Opfer angezündet haben, werden vor Freude schreien, bis es verbrannt ist. Ich werde verbrannt, und ein anderes Ich wird schreien. Ich möchte ohne Reue sterben. Ich möchte wieder geboren werden. Das Feuer wird meinen Körper schnell erklettern, kräftig an mir zehren und sich dann langsam beruhigen. Ein reinigendes Gefühl. Wie die Sehnsucht bei der ersten Liebe. Sollte auch das nicht gehen, verwandeln Sie mich bitte in klares Wasser, so wie ich es ganz zu Anfang war. Ich möchte all die Schmerzen auslöschen. Hier, das ist mein Mund. Das ist der Eingang, der beweist, wer ich bin. Stopfen Sie ihn voll, als würden Sie mir ein Messer in die Kehle schieben. Füllen Sie ihn bitte ganz aus. Nun machen Sie schon!* Ich knie mich auf den Boden, halte die riesige Geschmacksknospe mit beiden Händen und öffne meinen Mund so weit ich nur kann. Er schiebt sein Ding ohne zu zögern hinein. Übrigens, warum hatte Sae-jon ausgerechnet eine Bratpfanne in der Hand? Warum?, frage ich ihn würgend und blicke dabei ins Leere.

JUNI

Alles, was sich regt und lebt, das sei eure Speise.

1. Buch Mose, Kapitel 9, Vers 3

24

An dem Tag, an dem ich zur stellvertretenden Küchenchefin befördert wurde, kaufte ich ein paar Schuhe, in deren Sohle jeweils eine Perle eingearbeitet war. Wenn ich zur Arbeit gehe, trage ich entweder Halbschuhe oder Sneakers, aber zu solch einem besonderen Anlass passen Stilettos besser. Die Schuhe sind so gearbeitet, dass man die Perle nur sehen kann, wenn man die Schuhe extra umdreht. Wenn ich jedoch darin laufe, macht mich allein die Tatsache, dass ich Perlen an den Füßen trage, selbstbewusster. Mit etwas Besserem als diesen Schuhen hätte ich mich nicht belohnen können. Ich wünsche mir, dass es für mich irgendwann einen ganz besonderen Tag geben wird, an dem ich diese Schuhe tragen kann. Im Nove stellvertretender Küchenchef zu sein bedeutet, alles in der Küche unter Kontrolle zu haben und fast alles verantworten zu müssen. Meine Beförderung ging schnell, wenn man bedenkt, dass ich erst seit fünf Monaten wieder im Nove arbeite. Aber wie es aussieht, sind sich alle Mitarbeiter darin einig, dass ich die richtige Person am richtigen Platz bin. Es kann aber auch sein, dass ich den anderen unheimlich war. Ich verließ nie die Küche und legte das Messer selbst für den kürzesten Augenblick nicht aus der Hand. Ich erledigte all die Sachen, die kein anderer machen wollte. Ich war immer als Erste da, um auf einer Arbeitsplatte schon einmal die Lebensmittel zu überprüfen und vorzubereiten. Wenn ich in der Testküche war und es so spät wurde, dass keine U-Bahn mehr fuhr, legte ich mich einfach ohne mich umzuziehen auf das Notbett im Büro des Küchenchefs und fiel in einen flachen Halbschlaf. Trotzdem war ich weder angestrengt noch müde. Den ganzen Tag stand ich in der Küche und war ausschließlich mit Kochen beschäftigt, als wäre ich dort mit meinem Messer in der Hand auf die Welt gekommen.

Die Küche erscheint mir vertrauter und anheimelnder denn je, wie ein kleines Universum, in dem alles in seinen festen Bahnen kreist, oder wie ein kleines Haus, das genau auf mich zugeschnitten ist. Und all die Geräusche hier, das Klappern, Zischen, Brutzeln und Blubbern, klingen in meinen Ohren wie wundervoll rhythmisches Glockenläuten. In vollkommener Harmonie stehen die Mitarbeiter am Herd und den Arbeitsplatten, schneiden, frittieren, kochen und vollenden abschließend alles mit dem Herrichten der Teller. Die Zusammenarbeit ist konzentriert und folgt einer Ordnung, elegant und schön wie die Choreographie eines Balletts. Meine Großmutter sagte immer, dass die Tür zur Küche offen stehen muss. All die lebendigen Geräusche sickern dann durch die geöffnete Tür und füllen die angrenzenden Räume wie beim Spiel eines Musikinstruments mit wohlklingenden Tönen. Besonders lieb ist mir die geschäftige und lärmende Zeit am Freitagabend, wenn die meisten Gäste kommen. Mein Körper steht dann von der Zungenspitze bis zu den Zehen unter Hochspannung, als hätte ich ein zu stark mit Safran gewürztes Essen gegessen, und alle Zutaten erscheinen mir in ihrer wahren Schönheit. In der Küche, in der alles in rasend schnellem Tempo abläuft, ist der Koch der höchste Herrscher. Ich bin nun schon seit dreizehn Jahren Köchin, aber erst jetzt bekomme ich wirklich ein Gespür für das, was ich tue. Die Haut an meinen Fingerspitzen ist so dünn, empfindsam und lebendig wie bei den besten Bankräubern, die sich die Hornhaut entfernen, damit sie besser auf der Oberfläche der Tresore haftet. Ich habe das Gefühl, dass mein Alltag wieder im Gleichgewicht ist.

Als ich in einem meiner Kochkurse Mayonnaise für ein Poulet rôti zubereitete, brachte ein Teilnehmer den gesamten Kurs mit der nicht ganz ernst gemeinten Bemerkung zum Lachen, dass er nicht wisse, warum man bei der Herstellung der Mayonnaise das Eigelb immer in eine Richtung rühren muss. Das gilt aber nicht nur für die Richtung, sondern auch für den Druck des Handgelenkes, das den Schneebesen hält. Ich machte gleich ein ernstes Gesicht und erklärte: Hält man sich nicht daran, dann werden die Substanzen nicht homogen und der Geschmack gerät aus der Balance. So wie ein unausgewogenes Aroma die Menschen nicht erreicht, kann ein unausgewogener Geschmack den Geschmackssinn des Essenden nicht fesseln. Um etwas harmonisch werden zu lassen, muss man an das Gleichgewicht denken. Und um das Gleichgewicht zu halten, gibt es auch in dieser kleinen

Küche kleine, unbedingt einzuhaltende Regeln, wie zum Beispiel Eigelb immer nur in eine Richtung zu rühren.

Nach Choi, unserer jüngsten Köchin, war für den Bereich der Lebensmittelvorbereitung ein Jungkoch eingestellt worden. Ihm wurde nach zwei Wochen gekündigt, weil er sich nicht an die Regeln gehalten hatte. Hinter dem Rücken des Küchenchefs hatte er den Knoblauch heimlich im Zerkleinerer gehackt, statt ihn wie üblich mit dem Messer einzeln in dünne Scheiben und Streifen zu schneiden oder zu hacken. Eines Morgens, als der Küchenchef ohne Vorankündigung in die Küche kam, wurde er dabei ertappt. In der italienischen Küche ist der Knoblauch eine ebenso wichtige Zutat wie Tomaten. Das bedeutet auch, dass jeden Tag viel davon benötigt wird. Um seine Frische und das pikante Aroma zu erhalten, darf man ihn weder zu frühzeitig zerhacken, noch ihn in großen Mengen einfrieren. Man darf ihn mit der flachen Klinge zerdrücken, aber ein Zerkleinerer ist tabu. Denn sobald man Knoblauch in dieses Gerät legt, verliert er sein Aroma. Um es zu erhalten, muss immer mit der Hand geschält, gehackt oder in dünne Scheiben geschnitten werden. Das gehört in der Gewürzkunde zum Basiswissen. Eine Maxime des Küchenchefs lautet: Wer zu faul ist, Knoblauch mit der Hand anzufassen, darf nicht Koch werden. Besonders der glänzend braun geröstete Knoblauch ist dank seines süßlichen, milden Geschmacks eine der meistgeschätzten Zutaten des Küchenchefs und gehört in fast alle Gerichte des Nove. Knoblauch hinter dem Rücken des Küchenchefs heimlich mit dem Zerkleinerer zu verarbeiten ist daher ein schlimmeres Vergehen, als Wein oder gefrorenes Fleisch hinauszuschmuggeln. Bisher war es selten vorgekommen, dass der Küchenchef persönlich jemandem gekündigt hatte. Wer jedoch gegen grundlegende Regeln verstößt, für den gibt es kein Pardon. Dann handelt der Küchenchef eiskalt und ohne zu zögern. Der betroffene Mitarbeiter, der gerade einen tropfenden Müllsack aus der Küche hatte tragen wollen, musste sofort seine Uniform ausziehen und die Küche über die Hintertreppe verlassen. Wahrscheinlich dachte er: Wegen so einer Kleinigkeit! Aber die meisten von uns wissen, dass der Küchenchef in solchen Fällen recht hat.

Man beschloss, zwei neue Köche einzustellen, unter anderem einen Soßenkoch. Von den zwanzig Bewerbern kam die Hälfte vom Culinary Institute of America, das als das Harvard unter den Kochschulen gilt, und vom Italian Culinary Institute for Forcigners. Was meine Ausbildung angeht, hätte ich eigentlich nicht stellvertretende Küchenchefin sein dürfen. Der Küchenchef, Maître Park und ich führten die Bewerbungsgespräche in der Arbeitspause am Sonntagnachmittag. Ich hatte mich bei dieser Entscheidung ursprünglich heraushalten wollen, der Küchenchef hatte jedoch darauf bestanden, als hätte er schon gewusst, dass wir völlig unterschiedliche Entscheidungen treffen würden. Bei den zwanzig Bewerbern fielen mir A und B auf, dem Küchenchef C und D, und Maître Park B und D. Wir wurden also auf völlig verschiedene Kandidaten aufmerksam.

Die wichtigste Tugend eines Kochs ist die Geduld.

Ohne Geduld ist es unmöglich, in dieser kleinen Küche immer wieder die gleichen Handbewegungen auszuführen. Den sich endlos wiederholenden Alltagstrott würde niemand aushalten. Die Leute in der Küche gleichen einer freundlichen kleinen Armee. Manchmal wird Individualität verlangt, vor allem aber Teamgeist. Als Brigadekoch muss man Ruhe bewahren können, genau sein und immer einen klaren Kopf behalten. Da bin ich mit dem Küchenchef einer Meinung. Bei den Rezepten der Bewerber konnten wir uns hingegen nicht einigen. Jeder Bewerber musste das italienische Rezept abgeben, das er am besten beherrscht. Die Rezepte von A und B bauten auf Allgemeinem und Grundlegendem auf, die von C und D hingegen waren innovativ und individuell. Der Küchenchef hielt die Rezepte von A und B für zu normal und zu wenig originell, während ich gegen C und D die Argumente ins Feld führte, dass sie mit ihren Rezepten selbstgefällig die Grundlagen ignorierten. Obwohl ich wusste, dass es mir im Vergleich zum Küchenchef an Überblick fehlt, beharrten wir gleichermaßen auf unseren Standpunkten. Schließlich gab jeder von uns ein Stückchen nach, so dass wir uns für B und D entschieden, von denen wir annahmen, dass sie mit den anderen harmonieren würden. Sie hatten nicht den üblichen Bildungsweg beschritten, verfügten jedoch über die längste Berufserfahrung. Ein unumstößlicher Grundsatz unserer Branche lautet: Kochen kann man lernen, das Naturell dafür nicht. Wir haben sicher nichts falsch gemacht, uns für eine bodenständige Köchin und einen kreativen Koch zu entscheiden, gerade wo die beiden auch einen ausgeglichenen Charakter zu haben scheinen. Trotzdem werde ich das Gefühl nicht los, mit dieser Auswahl eine Niederlage eingesteckt zu haben.

25

»Heute ist Sonntag. Was machst du gerade?«

»Ich überlege mir, wie ich dieses Ding hier am besten zubereite.« Ich lache etwas verlegen.

»Was hast du denn in der Hand?«

»Einen Karpfen.«

Am anderen Ende der Leitung ist lebhaftes Lachen zu hören. Es muss schon länger her sein, dass ich ihn habe lachen hören. Es gibt nur zwei Tage, an denen er vom Krankenhaus aus anrufen kann, mittwochs und sonntags. Obwohl ich an diesem Sonntag frei hätte, bin ich doch ins Nove gegangen. Drei Karpfen waren gratis mitgeliefert worden, wahrscheinlich weil wir mehr Seebarsch und Umber als sonst bestellt hatten, damit es bis Montag reichen würde. Man wird leicht nervös, wenn der Kühlschrank voller Fische ist und so wie an diesem Wochenende nicht so viel Fisch bestellt wird. Fisch ist teuer, und seine Zubereitung offenbart die wahre Kunst eines Kochs.

»Wie wäre es, wenn du ihn mit Knoblauch und Kräutern füllst und brätst?«

Ich muss lächeln. Genau mit dieser Absicht hatte ich schon die Innereien entfernt und alles gründlich gesäubert. So hatte Großmutter ihre Karpfen immer zubereitet. Sie mochte den sauren Geschmack der Zitrone nicht. Aber gerade mit Zitrone kann der fischige Geruch reduziert und das frische Aroma betont werden.

»Meinst du? Oder wäre es vielleicht besser, ihn in Olivenöl zu braten und mit Artischocken zu servieren?«

»Bestimmt schmeckt beides sehr lecker.«

Um mich zum Lachen zu bringen, hält er den Hörer ganz nah an seinen Mund und imitiert ein lautes Schmatzen. Es wird wohl besser sein, ihm ein anderes Mal von Pollys Tod zu erzählen. Er fragt, ob ich ihn nächste Woche besuchen kann. Der einzige Besuchstag ist der Freitag, und am Freitag ist in der Küche immer am meisten los. Ich sage ihm trotzdem zu. Ich fühle mich zwar nicht ganz gut dabei, aber dann wird mir klar, dass mich mein Onkel gerade zum ersten Mal um einen Besuch gebeten hat.

»Ist irgendetwas Besonderes, Onkel?«

»Kannst du mir einen Massagegurt mitbringen?«

Ich bin überrascht.

Es gibt Gegenstände, die man nicht ins Krankenhaus mitnehmen darf. Kein Tuch, keinen langen Strick oder Gürtel, geschweige denn Einwegrasierer, Messer, Scheren, Nagelknipser, Kleiderbügel, Feuerzeuge oder Streichhölzer. Selbst klebriger Reiskuchen ist nicht erlaubt, weil man daran ersticken könnte.

»Nein, nun denk nicht so was! Ich fühle mich nach dem Duschen einfach nicht erfrischt. Das ist alles. Hier gibt es so etwas nicht.«

Er lacht wieder. Es ist irgendwie beruhigend, dass er

errät, was ich denke. Ich lege den Karpfen auf die Arbeitsplatte.

Die Qualität eines Messers erkenne ich auf den ersten Blick. Dass mein Onkel tatsächlich einen Massagegurt braucht, glaube ich auch mit einiger Sicherheit sagen zu können, obwohl ich nur seine Stimme gehört habe.

Wer einen Alkoholiker kennt und in dessen näherer Umgebung lebt, muss keine Empathie für diesen Menschen aufbringen. Viel wichtiger ist es, die eigenen, konfusen Gefühle, die durch die Nähe zu einem Alkoholiker entstehen, zu verstehen und zu kontrollieren. Man sollte nie versuchen, einem Alkoholiker Vorschriften zu machen. Ich habe dies bei meinem Onkel zwar nicht beachtet, aber er scheint sich allmählich auf sich selbst zu besinnen. Die familientherapeutischen Sitzungen haben nicht nur für meinen Onkel, sondern auch für mich unerwartete Erkenntnisse gebracht. Viele Familien versuchen die Tatsache zu verdrängen, dass sie einen Alkoholiker in der Familie haben, und überlassen den Patienten unbewusst seiner Abhängigkeit. So sind die Familien der Alkoholiker sowohl Opfer als auch gleichgültige Zuschauer, und in manchen Fällen sogar Täter. Die Sitzungen sind notwendig, um ein gegenseitiges Verständnis der Rollen und Hilfe zu ermöglichen. Der Begriff »Co-Alkoholismus« traf mich tief in meinem Innersten. Entscheidend war jedoch, dass mein Onkel begann, sich zu ändern. Und zwar anders, als ich mich verändert habe.

Mein Onkel reagierte zuerst nicht auf die Behandlungsprogramme, jetzt spielt er mit den anderen Patienten

Federball oder Tischtennis, betreibt Kalligraphie und macht so etwas wie Origami. Ich hege aber auch Zweifel an seinen Fortschritten. Vielleicht will er die Behandlung ja gar nicht beenden, sondern fortsetzen, um länger im Krankenhaus bleiben zu können. Einmal fragte ich ihn unauffällig, ob er Lust auf Alkohol habe, als könnte ich ihm welchen besorgen, wenn er nur wollte. Er wurde kurz nachdenklich, dann schüttelte er den Kopf: Natürlich gibt es immer wieder Momente, in denen ich Lust darauf verspüre, aber wenn es passiert, dann beginne ich ein Gespräch mit mir ... Wie sieht das aus?, fragte ich ihn. Ich frage mich, was passiert, wenn ich es nicht schaffe, ganz damit aufzuhören. Ich nickte verständnisvoll. Teilt man den Vorgang der Heilung grob in drei Phasen — Entgiftung, Rehabilitation und soziale Eingliederung —, dann scheint sich mein Onkel in der zweiten Phase zu befinden. Fühle ich mich deswegen so ausgehöhlt und unruhig?

»Das geht trotzdem noch nicht, Onkel.« Mit diesen Worten lege ich lächelnd auf.

Könnte ich meine Tante noch einmal treffen, dann würde ich sie gern fragen, ob sie ihn wirklich geliebt hat.

Sie hatte sich nackt ausgezogen, ihren Körper eingeölt und sich dann mit einem Seil erhängt. Warum hatte sie sich auf diese Weise das Leben genommen? Mir erschien es wie eine Demonstration ihres Leids oder wie ein schmerzhafter Opferritus. Vielleicht war es Entsagung, vielleicht empfand sie es als heilige Zeremonie. Selbstmord hat etwas Unverständliches, aber wenn es der Wille der Tante war, eine möglichst eindrucksvolle Erinnerung zu hinterlassen, so war ihr das gelungen. Es kommt immer noch vor, dass ich von ihrem ölig glänzenden, dürren Körper träume, wie er an dem Seil hängt. Mein Onkel hat sicher noch Schlimmeres geträumt als ich und bestimmt unzählige Nächte erlebt, die er ohne Alkohol nicht ertragen hätte. Ich kann ihren Tod zwar nicht verstehen, aber heute könnte ich zumindest für sie kochen. Ich gieße so viel Olivenöl in eine vorgeheizte Pfanne, bis es ungefähr drei Zentimeter hoch steht. Darin frittiere ich den roten Karpfen. Für die Soße verwende ich Fischbrühe und etwas Weißwein. Wenn ich etwas Neues koche, bin ich zuvor automatisch angespannt, jedoch nicht unsicher oder zögerlich. Die geschnittenen Artischocken backe ich in der gleichen Pfanne knusprig aus. Ich würze mit Salz und Pfeffer, lege den Karpfen auf den Teller und garniere mit den Artischocken. Darüber gieße ich die Soße.

Nein. Das reicht nicht. Ich bin mir sicher, dass noch etwas fehlt. Wer ein Gericht zum ersten Mal kocht, benötigt nicht nur seine Sinne, sondern auch Intuition. Ich schaue mir den Karpfen an und nicke. Dann suche ich das Glas mit Nüssen und nehme Mandeln heraus. Zum Schälen klopfe ich mit dem Messerrücken darauf, dann schneide ich sie wie Knoblauch in dünne Scheiben. Die kann ich als Garnitur strahlenförmig um die Augen des Karpfens legen. Die vor dem Frittieren herausgenommenen Augen des Karpfens drücke ich wieder an ihren Platz. Feinschmecker würdigen ein Fischgericht keines Blickes, wenn die Augen des Fisches fehlen. Die weißen Karpfenaugen treten durch die weißen Mandeln noch mehr hervor. Für ein Gericht zum Totengedenken sind die Farben sehr klar und kräftig. Probier doch mal, Tante. Aber meine Stimme klingt irgendwie kraftlos. Kreative, phantasievolle Frauen werden häufig magersüchtig. Hätte ich meiner Tante näher gestanden, hätte ich sie möglicherweise mit der Zeit heilen können, so wie Mun-ju. Meine Tante entschied sich jedoch für eine dramatischere Variante. Für ein Ende, auf das nur eine kreative und phantasievolle Frau kommen konnte. Ich schaue auf den Teller mit dem Gericht, das ich gerade zubereitet habe. Die Augen des Fisches sind voller Lebensfrische und wirken wie Fremdkörper. Als wollten sie mich fragen: Kann es sein, dass du völlig im Dunkeln tappst?

26

Nicht nur die Zeitschrift, bei der Mun-ju arbeitet, sondern auch drei oder vier andere Verlage hatten mir vorgeschlagen, ein Kochbuch herauszugeben. Allein die Rezepte, die ich in Frauenzeitschriften und Fachmagazinen veröffentlicht habe, würden für ein Buch reichen. Ich sagte jedoch jedes Mal ab, und zwar aus zwei Gründen. Erstens bin ich der Meinung, dass es auf dieser Welt nicht nur ein Rezept gibt. Angenommen, ich habe ein Huhn, dann kann ich damit hundert verschiedene Gerichte kochen. Würde ich nur eine spezielle Zubereitungsart vorstellen, hätte ich das Gefühl, dem Facettenreichtum des Huhns nicht gerecht zu werden. Zwei wichtige Voraussetzungen zum Kochen sind Spontaneität und Phantasie. So kann man auch ein Huhn nach Lust und Laune verarbeiten. Die Füllung und die Beilagen variieren je nach Jahreszeit. Und wenn es um ein Grundrezept geht, kann das auch jemand anders schreiben. Außerdem gibt es schon genug Kochbücher dieser Art. Der zweite Grund meiner Ablehnung ist, dass selbst mein Chef noch kein einziges Kochbuch geschrieben hat. Und er ist es schließlich gewesen, der mich in der Entwicklung meines Geschmackssinns wesentlich unterstützt hat, nachdem meine Großmutter ihn in mir geweckt hatte. Wenn also selbst mein Chef noch kein Kochbuch geschrieben hat, steht es mir nicht zu, so etwas zu tun. Ich wäre vielleicht anderer Meinung, wenn ich das Kochstudio noch hätte. Dann wäre es eine Art Werbung für mein Studio und mich selbst gewesen. Damals hatte ich den Küchenchef zudem fast vergessen, ausgenommen vielleicht in den Momenten, wenn ich kochte, wie ich es von ihm gelernt hatte und dies für Beiträge von Zeitschriften oder mein Kochstudio nutzte, als wäre es meine ganz eigene Methode.

Auf jeden Fall habe ich jetzt keine Muße, ernsthaft über ein Kochbuch nachzudenken. Die hundertste Hühnchen-Variante zu kreieren ist für mich viel sinnvoller und spannender. Der Küchenchef hingegen scheint seine Einstellung geändert zu haben. Vor Beginn des Abenddienstes ruft er mich in sein Büro und erzählt mir, dass er beabsichtige, ein Kochbuch zu schreiben und ob ich ihm dabei helfen könne. Manchmal kann einen eine Person, die man gut zu kennen glaubt, noch sehr verblüffen. Irgendwie stehe ich ziemlich dumm da. Wie jemand, dem ganz im Vertrauen erzählt wurde, dass ein Stock atmen kann, wenn man nur lange genug hineinbläst, um dann am nächsten Tag befremdet beobachtet und gefragt zu werden, wie man denn auf so eine alberne Idee kommen konnte. Ich reagiere wohl etwas überempfindlich. Er will ein Kochbuch schreiben, nichts weiter. Ich bin nicht kreativ und wohl auch noch nicht offen genug. Für einen Koch ist das keine gute Einstellung. Wieso denn das plötzlich?, frage ich ihn mürrisch, als hätte er eine Kiste Miesmuscheln, deren Zubereitung unter der Würde eines Chef de Cuisine ist, auf meine Arbeitsplatte gewuchtet. Er vermeidet es, mir ins Gesicht zu schauen.

Liest man etwas über die Geschichte des Kochens, so taucht fast immer der Name Apicius auf. Der Chefkoch hatte uns vor Jahren einmal dessen Geschichte erzählt. Er lebte im ersten Jahrhundert nach Christus und war der bekannteste Koch der Antike. Das von ihm verfasste Kochbuch »De re coquinaria« ist bis heute das älteste überlieferte Dokument dieser Art. Apicius wird zugeschrieben, als erster Hühnereier zum Kochen verwendet zu haben. Zu dieser Zeit kämpften die Römer vor allem gegen einen Feind: den Überdruss. Der Geschmack der launenhaften Dienstherren war nur mit immer neuen kulinarischen Genüssen zu befriedigen. Damals kam es in Mode, Feinschmecker zu sein, man füllte sogar Winterratten und kochte die Zitzen und Geschlechtsteile einer Sau, um sie zu verzehren. Die Köche und die Essenden gierten danach, gegen gängige Praktiken zu verstoßen. Apicius versuchte ununterbrochen, völlig neue, originelle und gehaltvolle Gerichte zu kreieren. Nach Vollendung seines Kochbuchs nahm er sich das Leben, weil seine Kräfte erschöpft waren. Später tauchten andere Köche auf, die sich ebenfalls Apicius nannten und ähnliche Kochbücher schrieben. Als ich das hörte, war ich sehr beeindruckt. Und eben das hatte der Küchenchef wohl auch bezwecken wollen. Ich kann mich noch genau erinnern, wie ich im darauffolgenden praktischen Unterricht sehr schnell und sehr laut Porree schnitt und mir dabei vornahm, nie wie Apicius oder einer der Köche zu werden, die auch unter dem Namen Apicius gelebt und geschrieben haben. Die Menschen ändern sich. Alles ändert sich. Auch ein Küchenchef, daran ist nichts Komisches. Wir haben es noch nie so direkt ausgesprochen, aber bisher haben wir immer versucht, uns gegenseitig zu unterstützen statt zu kritisieren. Aber mir ist einfach nicht danach, Zuarbeit für ein Kochbuch zu leisten. Das kann auch jeder andere machen.

Der Küchenchef hat einen abweisenden Gesichtsausdruck und spielt mit dem Kristallglas, das vor ihm auf dem Tisch steht. Ich habe ihm gesagt, dass ich nicht mitmachen werde. Ich starre auf seine linke, dunkle Hand, die das Glas hält. Eine Hand, mehrfach gebrochen, genäht und geschnitten. Trotzdem bewegt sie sich in der Küche immer noch unermüdlich und effektiv. Seit meinem zwanzigsten Lebensjahr verehre ich diese Hand. Der Küchenchef greift mit dieser Hand nach einem Teelöffel und rührt damit im Glas. Dann sagt er: Wenn ich rühre, dreht sich das Wasser in einer Richtung mit. Höre ich auf, dreht sich der kleine Wirbel noch eine Weile weiter. Ich habe darüber nachgedacht, wie es wäre, wenn plötzlich alles aufhören würde. Was wäre dann? Sein Adamsapfel bewegt sich einmal heftig auf und ab. Ich denke für mich, dass das Finden einfacher Worte genauso schwer ist wie das Zubereiten eines einfachen Gerichts. Nach dem Essen mancher Gerichte bekommt man gute Laune. Es gibt Gerichte, die mich die reinste Freude haben empfinden lassen. Darüber möchte ich eines Tages schreiben. Er hört auf zu reden und presst die Lippen aufeinander. Das Gespräch scheint für ihn hiermit beendet. Er scheint auf meine Mithilfe verzichten zu wollen. Ich bleibe noch kurz stehen, dann verlasse ich das Büro und steige die Treppe hinauf.

Gerichte der Freude auflisten.

Ist so etwas möglich? Ich schaue durch die Fensterscheibe auf die Menschen, die gerade in das Restaurant kommen, sich in die Speisekarte vertieft haben, erwartungsvoll in Richtung Küche schauen oder sich über eine mit Veilchen gefüllte Blumenvase hinweg tief in die Augen schauen. Niemand im Restaurant scheint wirklich zu schweigen. Alle lächeln, reden oder essen. Möglicherweise ist die Sprache während des Essens entstanden. Eine Zusammenkunft, ein sich immer wiederholendes Essen oder ein alltägliches Ritual führt zwangsläufig und ganz natürlich zu Kommunikation. Man sagt, dass ein Koch in Diensten des Königs von Sidon, genannt Kadmos, die Schrift nach Griechenland gebracht haben soll. Und der Sprachwissenschaftler Isidor von Sevilla leitet in seiner Etymologie das lateinische »os« (Mund) von »ostium« (Tür) ab, weil das Essen in den Mund hineingeht und Sprache herauskommt. Das Sprechen und das Essen. Beide werden mit dem Mund umgesetzt und drücken ein Verlangen aus. Beide Vorgänge benötigen die Zunge. Der Mund ist der Eingang für das Essen und zugleich der Ausgang für die Worte, das Tor zu unserem Körper und zu unserem Innersten.

Das Restaurant ist erfüllt von ausgelassenen, fröhlichen Klängen. Die in Erwartung geröteten Lippen schweben wie Wolken durch den Raum, in Vorfreude auf das Essen und die noch nicht gesprochenen Worte. Die Menschen sitzen sich gegenüber und rücken nah aneinander, um sich etwas zuzuflüstern, zu essen oder sich gegenseitig kleine Happen in den Mund zu stecken. Beim Flüstern und Essen blitzt die feuchte Zungenspitze wie ein roter Edelstein zwischen den Lippen hervor und verschwindet sofort wieder. Im Zusammenspiel mit dem Gaumen kann sie trällern, das Vibrieren der Stimmbänder geht dann auf die Knochen über. Auch köstliches Essen entlockt uns solche Töne.

Erregende Dinge, voller Schönheit. Speisen, die bei manchem positive Veränderungen bewirken können. Der Geschmack der Jugend und die lebhaften Empfindungen und Erfahrungen des Kauens. Der Duft und die Erinnerungen an das Erlebte. Geschichten, die damit verknüpft sind. Erst jetzt kann ich mich erinnern. Das ist das Kochbuch, das ich schon immer habe schreiben wollen. Über die Gerichte der Freude, wie es der Küchenchef ausdrückte. Ja, es gab eine Zeit, in der ich mir wünschte, solch ein Buch zu schreiben. Damals gehörte auch ich zu diesen Menschen, und genauso wie sie habe ich geflüstert, gesprochen, gegessen, getrunken und gelacht. Wir saßen eng beieinander, wie die Bienen im Winter. Haben wir uns tatsächlich geliebt? Der Mund ist der Ort, durch den die Freude kommen und gehen kann. Der Mund kann im Menschen eine Tür öffnen. Verriegelt man diese von innen, sperrt man sich in seiner inneren Dunkelheit selbst ein und versperrt somit allen anderen den Zutritt. Es gibt Menschen, die sich an ihre Worte halten, und Menschen, die sich nicht daran halten. Für Letztere ist der Mund lediglich eine dunkle Höhle.

27

Als ich die Tür zur Wohnung öffne, schaut mir durch die Schiebetür Mun-jus Gesicht entgegen. Ich zögere etwas mit dem Ausziehen meiner Sneakers. Es ist lange her, dass ich zu Hause von jemandem erwartet wurde. Letzten Januar, als ich zehn Tage krank war, gab ich Mun-ju die Telefonnummer von dem Krankenhaus, in dem sich mein Onkel aufhält, und ließ meinen Haustürschlüssel für sie nachmachen. Ich bin nicht mehr krank. Aber etwas in mir ist zerbrochen. Manches bleibt bei einem, auch wenn es schon lange gegangen ist. Seit Pollys Tod habe ich das Gefühl, noch sensibler auf Geräusche zu reagieren. Gewaltiger Lärm wie Blitz, Donner oder Feuerwerk erschrecken mich nicht. Eher an der Fensterscheibe herablaufender Regen, eine zufallende Tür, ein brummender Kühlschrank, auf den Boden fallende Reiskörner, mein ruhiges Ein- und Ausatmen in der Dunkelheit, die mich wie ein Vorhang umhüllt. All diese Geräusche dringen viel tiefer ein als lautes Trommeln, und ich kann sie so konkret fühlen wie raue Kleidung auf nackter Haut. Und ich höre andere Geräusche. Pollys leises Tapsen, ihr Schnüffeln und ihr Atmen. Plötzlich empfinde ich diese Geräusche, an die sich mein Ohr gewöhnt hatte, als Schmerz auf meiner Zunge, als würde eine straff gespannte Geigensaite darübergleiten. Und ich begreife schließlich, dass Polly wirklich tot ist. Sie bellte immer einmal kurz, wenn die Blätter im Wind tanzten, wenn er auf den Hof kam, wenn ich meine Zähne putzte, wenn die Küchenmaschine oder die Kaffeemühle lief. Manchmal, wenn ich im Dunkeln meine geputzten Zähne noch einmal putze, fühle ich Polly langsam auf mich zukommen und ihre feuchte Nase sanft in meine Kniebeuge drücken. *Ja, so war das. Vielleicht hatten wir ja etwas Tiefes und Wesentliches gemeinsam. Nicht wahr, Polly?*

Jetzt muss ich nachts beim Laufen allein meine Runden drehen.

Alle Dinge dieser Welt machen Geräusche, selbst Tote. Aber nicht einmal Mun-ju kann ich erzählen, dass Polly immer neben mir rennt, mit geschlossenem Maul, um ihren keuchenden Atem zu unterdrücken.

»Es ist gut, dass du Sport treibst. Aber doch nicht so kurz vor dem Schlafen.«

»Das haben wir doch immer so gemacht.«

»… Ach ja, stimmt.«

Mun-ju nickt. Auch sie hatte Polly ins Herz geschlossen. So sehr, dass sie Polly schon zu sich nehmen wollte, als sie davon erfuhr, dass der Hund zu ihm und seiner neuen Freundin kommen sollte. Und das, obwohl Mun-jus persönliche Situation das eigentlich gar nicht zuließ. Ich stehe auf, mache mir Wasser heiß und lasse Lavendelblätter darin ziehen. Dann setze ich mich wieder zu Mun-ju auf die Couch. Sie ist gerade von einer einwöchigen Dienstreise aus dem kleinen Örtchen Venegono Superiore zurück, das ungefähr eine Stunde von Mailand entfernt liegt. Dort hatte sie für einen Sonderartikel über Slowfood recherchiert. Fährt man von Mailand mit dem Zug ungefähr zwei Stunden in Richtung Süden, kommt man in die Toskana. Dort habe ich im Rahmen meiner letzten kulinarischen Rundreise drei Wochen verbracht. Ich habe den Metzgern über die Schulter geschaut, wie sie Schweine und Rinder schlachten. So hatte ich auch die seltene Gelegenheit, den bekanntesten Metzger aus dieser mittelalterlich anmutenden Gegend dabei zu beobachten, wie er bei einem auf die Seite gelegten Schwein mit einem Schnitt die Wirbelsäule heraustrennte. Ich schrie vor Schreck kurz auf und raubte mir damit die Möglichkeit, noch mehr über Fleisch zu lernen. Der vorwurfsvolle Blick des Metzgers war kalt und scharf. Wie der des Küchenchefs, wenn ich als Lehrling irgendetwas falsch gemacht hatte.

»Hast du deinen Artikel schon dort fertig geschrieben?«

»Die Ausgabe ist gerade erschienen. Aber der Artikel ist nicht so interessant.«

»Warum?«

»Na, das mit dem Slowfood.«

»Das ist doch die Bewegung, die sich für die Verlangsamung des Lebens einsetzt, oder?«

»Stimmt. Fahrrad statt Auto fahren, auch mal einen Mittagsschlaf machen, mit Gemüse und Obst kochen, das man im eigenen Garten selbst angebaut hat. So in der Art halt.«

»Und was ist damit?«

»Man hat dabei sicher viel Zeit zum Nachdenken.«
»Willst du das nicht?«
»Glückliche Menschen haben in der Regel nicht so viel, worüber sie nachdenken müssen.«

Wir müssen beide lachen. Aber es ist bitter, erkennen zu müssen, wie weit wir davon entfernt sind, glücklich zu sein.

»Und, gibt es etwas Neues?«
»... Na ja.«
»Gestern Nachmittag hab ich auf einen Tee kurz im Nove vorbeigeschaut. Du warst nicht da. Wo hast du gesteckt?«

Gestern Nachmittag habe ich mich mit Herrn Choi im Café des Hotel Shilla getroffen.

»Ich habe eine neue Arbeitsstelle angeboten bekommen.«

Mun-ju versteht nicht, wovon ich spreche.

»Er hat vor, ein neues Restaurant zu eröffnen.«
»Dein Chef?«
»Nein, Herr Choi.«
»Du meinst Herrn Choi vom Gourmetclub?«
»Genau den.«
»Soll das heißen, er will dich abwerben?«

Darauf gebe ich keine Antwort.

Hatte er das so gemeint? Er hatte gesagt, dass er eine Weinbar in ein italienisches Restaurant umbauen lassen wolle, vorausgesetzt, ich übernehme die Küche. Die Lage wäre gut und mein Jahreseinkommen so hoch, dass das Nove nicht mithalten könnte. Zudem sagte er mir für jedes Jahr eine einmonatige Weiterbildung im Ausland zu. Für jemanden, der mit dem Schälen unzähliger Kartoffeln begonnen hat, war das eine Stelle, wie sie als Höhepunkt der Karriere besser nicht sein konnte. Das waren Traumkonditionen – und eine solche Gelegenheit bot sich nur selten. Ich saß Choi gegenüber und lächelte ihn an. Er fügte hinzu, dass wir die Angelegenheit erst einmal geheim halten sollten. Dann fuhr er sich mit der Zunge über die Lippen und erklärte: In meinem Alter möchte ich auf eines nicht mehr verzichten. Und das ist ein Koch, ein eigener Koch.

Köche mögen anspruchsvolle Feinschmecker. Und sie verachten Gäste, die nur ein gut durchgebratenes Steak oder Gerichte mit Huhn bestellen. Wer keine Vorstellung hat, was man bei einem Italiener eigentlich essen kann, bestellt ein Hühnergericht. Und ein gut durchgebratenes Steak isst nur, wer nicht weiß, wie Fleisch schmecken kann. Feinschmecker hingegen bestellen Gerichte, die nicht auf der Speisekarte stehen. Von einer Ente essen sie nur ausgewählte Stücke, bei Hühnern nur junge, gut genährte Hühner oder kastrierte Hähne. Sie wünschen sogar Schwan zu kosten – wie im achtzehnten Jahrhundert. Sie wissen genau, dass der Geschmackssinn über den Tastsinn der Lippen aktiviert wird. Um das Gefühl des ersten Kontaktes mit dem Essen länger genießen zu können, träumen sie davon, einen riesigen Mund zu haben. Nicht von ungefähr hat der italienische Koch und Gelehrte Cesare Ripa in seiner berühmten *Iconologia* die Völlerei mit Storchenhals und prallem Bauch dargestellt. – Sie lassen sich durch nichts vom Essen abhalten, selbst wenn sie dabei ihr Leben aufs Spiel setzen. Das Risiko ist auch der Grund, warum Gourmets Kugelfisch lieben. Sie schneiden ihn in hauchdünne Scheiben, durch die man einen Fingerabdruck erkennen kann. Wenn sie sich dann mit vor erregender Todesangst geröteten und zitternden Lippen eine Scheibe Kugelfisch auf die Zunge legen, erweitert sich ihr Bewusstsein und der Speichel fließt in Strömen. Eine Scheibe Kugelfisch liegt auf der Zunge wie ein abgehacktes Wort, wie eine zufällig herausgerutschte Lüge, die über die Zunge in den Hals gleitet und heruntergeschluckt wird. Dann endlich gleitet ein unschuldiges Lächeln über die Lippen der Gourmets.

Die Art, wie bei Gourmets das Essen immer im Mittelpunkt steht, hat etwas Obsessives. Der französische Dichter Nicolas-Thomas Barthe, Verfasser zahlreicher Dramen, hatte die Angewohnheit, immer alles restlos aufzuessen. Er hatte schlechte Augen und konnte einfach nicht erkennen, ob noch etwas auf dem Teller lag. In der ständigen Furcht, nicht alles gegessen zu haben, bedrängte er seine Bediensteten ununterbrochen mit der Frage, ober er denn dieses und jenes schon verzehrt habe. 1785 starb er, vermutlich an Verdauungsschwäche. Der persische König Darius der Große liebte Rindfleisch. Der Legende nach soll er einmal ein ganzes Rind allein aufgegessen haben, jedoch hinter einem Vorhang versteckt, damit ihn die Leute nicht sahen. Balzac war kaffeesüchtig, er trank zwischen vierzig und fünfzig Tassen Kaffee am Tag und starb an einer Gastritis. Der Philosoph Demokrit verspürte höchsten Genuss bei Honig. Als er erkannte, dass es langsam mit ihm zu Ende ging, verabschiedete er sich an jedem Tag von einer anderen Zubereitungsart. Schließlich nahm er einen Honigkrug, um nur noch daran zu riechen. Als man den Krug wegräumte, hauchte er im Alter von hundertneun Jahren sein Leben aus.

Vom früheren französischen Präsidenten François Mitterrand ist bekannt, dass er ein großer Liebhaber des verbotenen Ortolans, der Fettammer, war. Zur Silvestergala 1995 lud der todkranke Politiker seine Freunde ein. Der Hauptgang an jenem Tag war Ortolan, jener im Aussterben begriffene und aus diesem Grund nicht zum Verzehr freigegebene Singvogel. Der Vogel gilt als Symbol für die Keuschheit und Liebe Jesu und wird unter Gourmets als höchste Delikatesse gehandelt. Üblicherweise wird er kurz gebraten und im Ganzen verzehrt. Er wird auf eine bestimmte Art und Weise gegessen: Man legt ihn auf die Zunge, solange er noch sehr heiß ist, und genießt das Gefühl, wie das Fett die Kehle hinunterrinnt. Ist der Vogel dann etwas abgekühlt, wird zuerst der Kopf mit allen Knochen gegessen. Dabei entsteht das typische knackende Geräusch, das im Trommelfell widerhallt. An jenem Abend soll Mitterrand, entgegen der üblichen Portion von einem Vogel pro Person, zwei von den Vögeln gegessen haben. Ab dem folgenden Tag bekam er keinen Bissen mehr hinunter und starb kurze Zeit darauf. Der Ortolan war zu seiner Henkersmahlzeit geworden.

Die schlechteste Art von Gourmets sind diejenigen, die über das Essen ihren fehlgeleiteten Sexualtrieb kompensieren wollen. Man kann sie einfach nicht als wahre Gourmets bezeichnen. Denn nur wahre Gourmets wissen, dass sich die Freude verdoppelt, wenn sie mit Neugier und Furcht gemischt wird. Sie stellen sich immer wieder dem Neuen, sie verehren Schönes und Schmackhaftes. Besser als alle anderen verstehen sie, dass die Lippen eine der erogensten Zonen des Menschen sind. Für solche Feinschmecker leben und arbeiten die großen Köche.

»Und, was hast du gesagt?«
»Ich habe gesagt, dass ich im Nove bleiben will.«
»Wieso?«
»Weil ich dort wunschlos glücklich bin.«
»Das klingt ein bisschen merkwürdig. Sag einfach, dass du gern im Nove bleiben willst.«
»Ja, ich möchte hier bleiben.«
»Gut.«
»Habe ich richtig entschieden?«
»Ja, das hast du.«
»Du erzählst meinem Chef nichts davon, ja?«
»Mach dir mal keine Sorgen. Ich sage nichts.«
»Ich glaube, das ist besser so.«
»Ach, diese Regenzeit, sie ist einfach zu lang.«
»Das wird auch bald vorbei sein.«
»Wollen wir für ein paar Tage verreisen, wenn die Hochsaison vorbei ist?«
»Warum nicht.«
»Wohin fahren wir am besten?«

Mun-ju geht gähnend ins Badezimmer. Ich hole eine Pyjamahose und ein Baumwoll-Shirt für sie und lege die

Sachen auf den Tisch, daneben stelle ich ihre schwere Tasche, die sie einfach auf den Boden geworfen hatte. Aus der Tasche schaut ein Stück der Juliausgabe von *Wine & Food*. Die Spezialausgabe über Italien. Ich blättere sie kurz durch. Die Zeit, in der ich elf Monate im Jahr Tag und Nacht in der Küche des Nove gearbeitet und einen Monat in Italien gereist bin, um verschiedene Essen zu probieren und ihre Zubereitung kennenzulernen, erscheint mir wie ein ferner Traum. Ich stocke und blättere ein paar Seiten zurück.

Ein Gesicht kommt mir bekannt vor. Ja, diese Leute kenne ich.

Ich höre das Wasser im Bad rauschen.

In der Rubrik »Persönliches Interview« sitzen ein Mann und eine Frau mit strahlendem Lächeln auf einer langen, U-förmigen Arbeitsplatte, beide tragen ein weißes T-Shirt und Jeans. Sie haben sich die Arme um die Schultern gelegt und lassen ihre nackten Füße baumeln.

Ja, ich kenne sie. Der Titel des Artikels verschwimmt irgendwie vor meinen Augen. Vielleicht steht dort »Lee Sae-jons neues Kochstudio« oder »Eine moderne Küche, gebaut von dem jungen Architekten Han Sok-ju«.

Plötzlich wird mir die Zeitschrift aus der Hand gerissen. Ich schaue Mun-ju fragend an. Sie versucht, meinem Blick auszuweichen, als hätte ich etwas entdeckt, was nicht für mich bestimmt war. Dann schießen ihr die Tränen in die Augen. *Nein, lass das. Erzähl mir bitte alles, ohne zu weinen. Sag mir die Wahrheit. Das, was die anderen schon lange wissen, nur ich nicht. Nun mach schon, Mun-ju.*

Wer hat den Ausdruck erfunden, dass Stille fließt? Stille breitet sich aus. Wie kreisförmige Wellen, die sich immer weiter ausdehnen, bis sie sich über den See erstrecken, in den man einen Stein geworfen hat. Die Stille ergreift den Körper wie ein Krampf.

28

Es ist keine Schande für einen Koch, sich in der Küche zu verletzen, aber es ist kein gutes Omen, den Tag mit einem Schnitt in den Finger zu beginnen. Ich habe mich in die Fingerkuppe des Ringfingers geschnitten, als ich gerade ein Huhn zerlegte. Dabei kann ich mich nicht einmal daran erinnern, das Messer geschliffen zu haben. Ich gleite mit der Fingerspitze über die Messerklinge. Sie erscheint mir eher ein wenig stumpf. Anders als in der eigenen Küche werden im Durcheinander einer Küche, in der mehrere Personen auf sehr engem Raum arbeiten müssen, die Messer bewusst nicht zu sehr geschärft. Es passiert einfach schnell, dass man für einen kleinen Moment unaufmerksam ist und sich mit einer scharfen Klinge ernsthaft verletzt. Ein scharfes Messer braucht man eigentlich nur, um wie ich jetzt Geflügel zu zerlegen oder Gemüse sehr fein zu schneiden. Ich schäme mich nicht dafür, mich schon am frühen Morgen vor den Augen der anderen geschnitten zu haben, sondern dafür, dass es mit einem stumpfen Messer passiert ist. In der Küche wird ständig mit Messern und mit Feuer gearbeitet. Hier lauern ständig kleinere und größere Gefahren, und damit ist die Küche geeignet, einen Hang zur Selbstverletzung zu kaschieren. Jedes Mal, wenn ich beim Anblick meines auf das Küchenbrett tropfenden roten Blutes statt Schmerz Wohlgefühl empfinde, ist es, als hätte sich eine Anspannung mit einem Mal gelöst, ich verspüre Erleichterung, als hätte ich mit dem Schnitt Schlimmeres verhindert. Wäre die Arbeit mit einem Messer völlig ungefährlich, würde man sofort weniger achtsam damit umgehen.

Statt ein Pflaster darüberzukleben, stecke ich den Finger in den Mund. So schmeckt also Blut. Ein metallischer Geschmack verbreitet sich im Mund, als hätte ich an einem Wetzstahl geleckt. Vielleicht wäre es gut, das Messer jetzt zu schleifen. Nur dann werde ich vorsichtiger und aufmerksamer damit umgehen. Ich schleife das Messer auf dem Schleifstein, der in einer Ecke liegt. Normalerweise ist man zu beschäftigt, um ein Messer richtig zu schleifen, aus diesem Grund zieht man ein Messer drei- oder viermal über den Wetzstahl. Richtiges Schleifen ist natürlich besser, da ein Wetzstahl zwar sehr schnell und gut schärft, jedoch auch schnell die Klinge beschädigt.

Auf der Arbeitsplatte steht alles bereit. Salz, ganze Pfefferkörner, Pastasoßen in verschiedenen Edelstahlgefäßen, Olivenöl, diverse Kräuter, gehackte Petersilie, Rotwein, Weißwein, gehackte Tomaten, Butter, Brandy, dazu lange Holzstäbchen, eine Schöpfkelle, eine Zange, ein großer Löffel, Bratpfannen und Töpfe, die man mit einem Griff erreichen kann. Das sind die typischen Arbeitsmittel auf einer Arbeitsplatte. Was aber niemals fehlen darf, ist ein scharfes Kochmesser. Das richtige Messer ist beim Kochen sogar noch wichtiger als die Leidenschaft. Denn die kommt automatisch, sobald man ein Messer in der Hand hält, das einem gut gefällt. Jeder Koch besitzt ein eigenes Messer. Für Köche, die auf die chinesische Küche spezialisiert sind, ist der dritte Arm eine Schöpfkelle, für die auf westliche Küche spezialisierten Köche ist es ein Messer. Ob ein Koch gut kochen kann oder nicht, hängt nicht so sehr davon ab, ob er gut abschmecken kann, sondern wie frei er mit einem Messer umgehen kann. In der Tat gibt es nichts Eindringlicheres als die Handhabung des Messers, die einen Koch auf den ersten Blick glänzen lässt.

Ich besitze drei verschiedene Messertypen. Ein langes, dünnes japanisches Sashimi-Messer für den Fisch, ein kurzes, federndes Messer für Geflügel und ein normales Küchenmesser von Zwilling, das ich für die übrigen Fälle immer bereithalte. Meist reicht mein Zwilling-Messer aus. Für Gemüse verwende ich die Messerspitze, für Größeres und Härteres das hintere Ende der Klinge. Seit Beginn meiner Karriere als Köchin habe ich es nicht aus der Hand gelegt, es ist also schon alt, und seine Schneide ist abgenutzt. Ich hatte es in der Küche meiner Großmutter in einer Schachtel gefunden und mitgenommen, als ich im Nove zu arbeiten begann. Meine Großmutter hatte mehrere Messer, eines davon war ein Buntschneidemesser mit zackig geschliffener Klinge, mit dem konnte man Obst oder auch Brot sehr schön verzieren. Als Kind hatte es mich immer sehr beeindruckt, als ich es dann später für meine Arbeit gut hätte nutzen können, konnte ich es leider nicht mehr finden. Der Küchenchef benutzt immer ein Global Yoshikin aus Japan. Das Messer ist nicht sehr spitz und letzten Endes ein normales Küchenmesser. Alle sieben Köche stecken ihre Messer in der Küche in einen einzigen Messerblock. Obwohl sich die Griffe kaum unterscheiden, findet jeder sein Messer mit einem Handgriff. Für einen Koch ist es wichtig, mit einem ihm vertrauten Messer zu arbeiten.

Ich stehe immer noch da, aus meinem Finger tropft das Blut, und in der anderen Hand halte ich das Messer, als wolle es mir jemand wegnehmen. Ich spüre, wie sich Park und die neu eingestellte Soßenköchin erstaunte Blicke zuwerfen. Mir ist nicht entgangen, dass sich die beiden im Vorbeigehen zärtlich berühren. Armut, Husten und Liebe sind schwer zu verbergen, verliebte Blicke unter Kollegen jedoch entgehen niemandem, schon gar nicht in einer kleinen Küche, wo alle den ganzen Tag im Stehen arbeiten müssen und sich dabei körperlich immer wieder sehr nahkommen. Gerade ganz frisch Verliebte fallen hier sofort auf, gezwungenermaßen bekommt jeder alles mit, ähnlich wie bei Goldfischen im Aquarium. Zudem gibt es zum Verlieben keinen besseren Ort als die Küche. Bei einer Trennung ist es dann häufig so, dass einer von beiden kündigt, in den meisten Fällen die Frau. Es gibt zwar immer wieder Trennungen, aber einige Paare heiraten auch oder machen sich mit einem eigenen Restaurant selbstständig. Irgendetwas an diesen beiden Frischverliebten erinnert mich an einen aromatischen Hutpilz, der weder Blüte noch Frucht tragen kann und im nassen Humusboden sehr gut wächst.

Was bedeutete die Liebe für mich? Ich lege mein Messer auf dem Küchenbrett ab. Liebe ist wie Musik. Kopf und Herz reagieren gleichzeitig. Ohne es je gelernt zu haben, fühlen sich Verliebte an Herz und Verstand gleichzeitig berührt. Liebe ist wie Essen. Man hat Appetit, und der Speichel läuft, ohne gekostet haben zu müssen. Wie ein unschuldiger Freudenschrei verbreitet sie sich in Wellen über den ganzen Körper, ist erhebend und erfüllt uns mit Leidenschaft. Sie kann verwirren, den Durst des Verlangens spüren lassen, sie ist etwas Schönes und Sinnliches, das Körper und Geist stimuliert. Das alles bedeutete die Liebe früher für mich.

Die Fotos von Sae-jon und Sok-ju und dem Kochstudio, das Sae-jon demnächst eröffnen will, füllten mehrere Seiten. Auf einem Bild saßen beide im Kochstudio, hatten die Hände mit Honig eingeschmiert und schauten sich verschmitzt in die Augen. Das ist eine Art Liebesgelübde der Germanen, bei dem man sich gegenseitig den Honig von den Handflächen leckt. Es soll bedeuten, dass man von diesem Zeitpunkt an das Essen teilen und nur noch Worte der Liebe sagen wird. Die Pose muss Mun-jus Idee gewesen sein. Sicher hatte sie sich nur ungern für ein Interview mit den beiden entschieden. Als Chefredakteurin muss sie jedoch ihr Bestes geben und gelungene, originelle Aufnahmen auswählen. Nur wenige wissen von dem Ritual mit dem Honig. Mun-ju hatte mir einmal davon erzählt. Zum Glück gab es damals kein Foto, auf dem sich die beiden gegenseitig die Hände ablecken. Bei den Mystikern soll es Brauch gewesen sein, sich Honig an die Hände und auf die Zunge zu schmieren, um Gut und Böse voneinander unterscheiden zu können. Wahrscheinlich sollte besser ich mir Honig auf die Hände schmieren, nicht die beiden.

Wenn Sie einen Pilz ernten wollen, müssen Sie vorsichtig sein, reißen Sie ihn nicht aus der Erde, sondern schneiden Sie ihn mit einem kleinen Messer über der Erde ab. Nur dann kann er wieder wachsen. Am liebsten würde ich das dem frischverliebten Maître Park und der Soßenköchin sagen. Aber für mich ist die Liebe keine Musik, kein Essen, kein Honig und kein Pilz mehr. Alles ist anders geworden.

Ich horche. Wie das Blut fließt, wie Knochen brechen und wie das Blut aufhört zu fließen. Köche sind Künstler mit einem Messer. Sie drücken sich mit der Hand aus. Die Küche kann jederzeit Schauplatz eines Blutbads werden. Der dicke Kamm des Huhns glänzt wie die arrogante Zunge eines Lügners. Ich trenne ihn ohne Furcht und mit einem einzigen Schnitt ab.

29

Liebe und Hunger bilden eine Einheit wie der Kern und der Keim einer Frucht. Liebe und Hunger sind die am stärksten instinktgeleiteten Empfindungen des Menschen, sie werden in derselben Region des Hirns verarbeitet. Wenn keines der beiden Bedürfnisse befriedigt wird, macht sich ein anderes Gefühl breit: riesige Wut. Zur Überwindung der Wut gibt es nicht viele Wege, einer davon ist das Essen. Immer weiter essen. Letzten Dezember hatte ich drei verschiedene Gesichter: ein schreiendes Ich, ein heulendes Ich und ein Knabberzeug in sich hineinstopfendes Ich. Wenn ich die knusprigen Chips kaute, hatte ich den Eindruck, dass verschiedene Geräusche lautstark gegen mein Trommelfell schlugen. Es klang, als würde jemand gewürgt, wie Geschrei, wie brechende Knochen. Knabberzeug ist nicht dafür gemacht, mit einem Bissen gegessen zu werden. Ein nur leicht geöffneter Mund kann nicht alles aufnehmen, und je weiter man den Mund öffnet, umso mehr wird das Trommelfell gereizt, weil die Geräusche direkt zu den Ohren weitergeleitet werden. Beim Aufreißen der Tüten entweicht mit einem zischenden Geräusch erst einmal die Luft, mit der alle Chipstüten befüllt sind. Das Zischen ist das erste Signal dafür, dass das reizvolle Knacken unmittelbar bevorsteht. Ich war von Knabberzeug abhängig geworden, so wie Kinder von Softdrinks, nachdem sie das erste Mal das süßlich-angenehme Prickeln der Kohlensäure auf der Zunge gespürt haben. Ich lag den ganzen Tag auf der Couch und konnte mit zunehmender Lautstärke der Chips fühlen, wie die Wut in mir wuchs. Diese Beobachtung beunruhigte mich mehr als mein Hunger. Und ich hatte das beängstigende Gefühl, dass ich die Kontrolle über mich verlieren könnte.

Mit Wut würde ich diese Liebe nicht zurückholen können. Ich lege die Chipstüte zur Seite und presse die Lippen aufeinander. Sofort ist es still. Resigniert richte ich mich langsam von der Couch auf. Eigentlich ist es ja gar nicht so, dass ich meine Wut nie rausgelassen habe. Es ist vielmehr so, dass ich ihm all meine Gefühle gezeigt habe, soweit ich dazu in der Lage war, sie in Worte zu fassen. Ich wünschte, es wäre nie so weit gekommen, dass er es einfach nicht mehr ertragen hat. Jetzt bereue ich es. Vielleicht ist meine Angst davor, beim Essen den Mund weit zu öffnen, damals entstanden. Neuerdings fällt es mir schwer, mit jemandem zu essen, den ich nicht gut kenne. Wenn ich in der Küche etwas kosten muss, drehe ich mich um, stecke schnell eine Fingerspitze in den Mund und presse den Mund zusammen. Bei Dingen, die abgerundet sind, mit harter Oberfläche und weichem Inneren, kann ich mich manchmal nur schwer bremsen, nicht daran zu kauen oder zu lecken. Bei Champignons zum Beispiel oder gebogenen Auberginen. Ob das an meinem unbefriedigten Sexualtrieb liegt? Oder ist es die Neugier des Gourmets? Einmal, als ich aus Mayonnaise, Sojasoße, gehacktem Knoblauch und Sesamöl ein orientalisches Dressing machen wollte, musste ich mir den Mund zuhalten, um mich nicht zu übergeben. Es lag an der milchig-zähen Flüssigkeit, die mir den Mann in Erinnerung brachte, der aufrecht vor mir gestanden und in meinen Mund ejakuliert hatte. Warm, säuerlich und etwas bitter. Alle Dinge, die man zum ersten Mal erlebt, egal ob gewollt oder nicht, haben etwas gemeinsam: Man stellt sich vor, wie es beim nächsten Mal wäre. Als der Mann in meinen Mund spritzte, wunderte ich mich über drei Dinge: darüber, dass ich meinen Mund so weit aufreißen konnte, dass ich so plötzlich so stark erregt war und dass es einen so vertrauten Geschmack hatte. Er hielt meinen Kopf, und ich wand mich auf dem Boden des Pappkartons. Und vielleicht war nicht er es, der schmatzte, sondern ich. Nachdem ich die Mayonnaisetube mit einer Hand ausgedrückt hatte, warf ich sie weg. Wenn ich könnte, würde auch ich mich hinstellen und in den Mund meines Gegenübers spritzen. Zum Glück habe ich Messer. Sie sind Teil meines Körpers, so wie meine Liebe, die eine unauslöschliche Spur in mir hinterlassen hat.

Selbst wenn er zurückkäme, würden wir eine Weile brauchen, bis wir wieder Sex haben könnten wie bei unserem ersten Mal. Ich glaube nicht mehr daran, dass er zurückkommen wird. Denn inzwischen hat er ein neues

Haus gebaut. Das Haus, das wir gemeinsam erträumt und entworfen hatten und das er schon seit Langem hatte bauen wollen.

Schon vor vier Jahren, als wir auf der Suche nach Räumlichkeiten für WON'S KOCHSTUDIO waren, hatte er es sehr bedauert, das Gebäude nicht selbst entwerfen und bauen zu können. Immer und immer wieder malte er ein kleines Haus aus roten Backsteinen. Mein Kochstudio sollte im Erdgeschoss sein, in der ersten Etage sein Büro und in der zweiten unser Schlafzimmer. Einmal hatte ich im Spaß auf seinen Entwurf gezeigt und gemeint, dass das Erdgeschoss, in dem ich fast den ganzen Tag zubringen würde, von der zweiten Etage zu weit entfernt wäre. Man könnte doch eine lange Stange einbauen. Er zeichnete daraufhin eine senkrechte Linie mitten in den Entwurf. So etwas gibt es nur bei der Feuerwehr oder beim Rettungsdienst, wo es auf jede Sekunde ankommt, lachte ich. Dann würde es nur ein oder zwei Sekunden dauern, und ich wäre bei dir! Wenn ich jemals ein Haus bauen sollte, würde ich mir so eine Stange einbauen, sagte er strahlend. Ich hatte den Eindruck, hätte er die Möglichkeit, den Plan zu realisieren, dann würde er sofort eine Stange einbauen. Ich stellte mir vor, wie er von der zweiten Etage ins Erdgeschoss gleiten würde. Nie würde das Essen kalt werden, und nie würde ich lange auf ihn warten müssen.

Damals nickte ich schüchtern und vergrub meine Hände, die über diesen Träumen ganz warm geworden waren, tief in seinen Haaren. Ob es jemals dazu kommen würde? Natürlich, irgendwann wird dieser Tag kommen, flüsterten wir.

Ich kann seinen heißen Atem noch an meinem Ohr spüren, aber er hat inzwischen das Haus gebaut. Auch die Stange gibt es. Unter dem Bild, auf dem er strahlend daran hinabgleitet, stand mit Anführungszeichen: »Es ist schade um jede Sekunde, die wir voneinander getrennt sind.« Sae-jon saß dabei zufrieden auf der Couch, ihre langen Beine übereinandergeschlagen, und lächelte in die Kamera. Er sah auf dem Bild jedoch völlig anders aus, als ich ihn mir früher immer vorgestellt hatte. Wie ein kleines schwarzes Äffchen, das zufällig gerade vom Baum klettert, murmelte ich gleichgültig. Nicht ich wohne in diesem Haus, um ein Kochstudio zu eröffnen, sondern diese Frau, die im letzten Herbst noch nicht einmal Beifuß von Petersilie unterscheiden konnte. Die Küche ist in U-Form eingerichtet, als hätte er mein Kochstudio nachgebaut, und die circa fünf Meter lange Arbeitsplatte scheint aus Marmor gefertigt zu sein, so wie wir es damals nach reiflicher Überlegung für gut befunden hatten. Es wäre ihnen schwergefallen, eine bessere Küche zu entwerfen, daher blieb ihnen einfach nichts anderes übrig, als noch einmal das gleiche Modell zu nehmen. Ich nicke müde. Man wird noch eine Weile davon sprechen, dass das Exmodel Lee Sae-jon ein Kochstudio eröffnet, das sie gemeinsam mit ihrem Geliebten, der Architekt ist, entworfen und gebaut hat. Denn laut Mun-ju treten sie auch in der Printwerbeserie für einen neuen Kühlschrank der Firma S auf, neben zahlreichen anderen bekannten Persönlichkeiten. Für ein bekanntes Model, das seine Karriere aufgrund einer Fußgelenkverletzung beenden musste, ist das kein sonderlich glanzvolles Comeback, aber für eine Titelstory immer noch gut genug. Sae-jon sah sehr lebendig und schön aus. So sehen nur Verliebte aus. Der Speichel schießt mir in die Mundhöhle, als würde ich meine Sinne gerade mit einem mir unbekannten Essen überreizen.

Ich hielt die Liebe immer für einen Olivenbaum, der jeden Sturm übersteht und grüne Früchte ansetzt, sobald er Wurzeln geschlagen hat. Es macht mich nicht traurig, dass ich ihm keine Liebeserklärung mehr machen kann. Viel trauriger bin ich darüber, dass die Liebe weder ein Olivenbaum noch Musik, noch ein mit leckerem Essen gefüllter Teller ist. Aber es muss auch Liebe geben, die unverändert bleibt, tief wie eine Wurzel in der Erde. Liebe, die bleibt. Ich stöhne auf. Ich kann es immer noch nicht fassen, dass all das innerhalb eines halben Jahres geschehen ist. Es ist an der Zeit, mich auf meine Stärken zu besinnen. Langsam wie ein sonnenträges Krokodil bewege ich mich durch die Unterführung. Dann kommt mir plötzlich ein Gedanke: Ob sie immer noch meine italienische Lagostina-Pfanne hat, die ich ihr einmal geschenkt hatte? Ich habe diese Edelstahlpfanne immer sehr geschätzt, weil sie mit ihrem dreilagigen Sandwichboden, der die Wärmeleitung optimiert, sehr gut für das Braten und Frittieren großer Fische geeignet ist. Sae-jon hatte sie aber unbedingt haben wollen, also schenkte ich sie ihr im letzten Herbst. Sicherlich wird sie die Pfanne nicht

mehr haben, schließlich hat sie ja Polly damit erschlagen.
He, Polly, ich glaube, es ist an der Zeit, den Ball zurückzuholen, nicht wahr?

Ich gehe in eine Buchhandlung und kaufe ein Anatomiebuch.

JULI

Der wahre Feinschmecker steht dem Leiden so gleichgültig gegenüber wie der Eroberer.

Jean-Anthelme Brillat-Savarin,
Die Physiologie des Geschmacks

30

Der Sommer beginnt, und wir entfernen den Darm aus Garnelenrücken. In manchen Kochbüchern steht, dass man die fadenförmigen schwarzen Eingeweide vor dem Kochen unbedingt entfernen muss. Das ist nicht ausnahmslos richtig. Natürlich schmeckt die menschliche Zunge das Bittere zuerst, und bei höheren Temperaturen nimmt man einen bitteren Geschmack noch deutlicher wahr. Garnelendarm gibt zwar einen bitteren Geschmack ab und sollte entfernt werden, aber Köche, die sich mit Garnelen ein bisschen besser auskennen, entfernen ihn ausschließlich im Sommer. Das Gericht »Grüne Bandnudeln mit Garnelen und Kammmuscheln«, Ergebnis der Menübesprechung im Februar, wird immer häufiger bestellt. In einer Ecke entfernt Kwon mit einem Zahnstocher die Därme aus den Garnelen, der Küchenassistent Kim siebt Weizenmehl für das Kräuterbrot. Heute Morgen ist in der Küche wie immer Kraft und Leben zu spüren. Die sechs Köche bewegen sich auf engstem Raum wie perfekt ineinandergreifende Zahnräder.

Kwon und Kim summen beim Entdarmen und beim Teigkneten vor sich hin. Jeder Koch hat seine Vorlieben:

Ente oder Truthahn, Rind oder Schwein, Kammmuscheln oder andere Muscheln, Spargel oder Blumenkohl, oder Wurzelgemüse wie Kartoffeln, Rüben und Möhren. Der Küchenchef mag Fische, bevorzugt die Plattfische, wie Scholle, Steinbutt oder Umber. Und Wurzelgemüse, aber zurzeit interessiert er sich vor allem für Tee. Ich habe Tee nie als eine Zutat in Erwägung gezogen und habe meine Zweifel. Wenn sich jedoch der Chef dafür interessiert, kann man nie wissen, was dabei herauskommt. Ich sträube mich allerdings noch dagegen, mit Tee zu kochen. Allerdings weiß ich nicht, ob das an der Zutat liegt oder ob ich Probleme damit habe, dass der Küchenchef als ein gereifter Mann seine Ambitionen zu verstecken und zu unterdrücken scheint.

Am besten schmeckt Hochlandtee, weil er im Schatten großer Bäume wächst. Im Zeitalter des kaiserlichen China durften die jungen Teeblätter, wenn sie nach einem Regen feucht waren, nur von jungen Mädchen geerntet werden, die saubere Kleider und Handschuhe trugen. Ich erwische mich dabei, wie meine Gedanken unwillkürlich um Tee kreisen, nur weil sich der Küchenchef dafür interessiert. Ich will das nicht mehr. Die Kreativität und das Lachen. Dass diese beiden Dinge das Wichtigste beim Kochen sind, hatte er mir gesagt. Beides hat direkten Einfluss auf den Geschmack. Irgendwann möchte ich die Kreativität des Küchenchefs übertreffen. Ich warte auf seine Einsicht, dass er aus Tee kein perfektes Essen kochen kann. Manchmal weiß ich nicht genau, was ich will. Aber eines ist klar: Es gibt etwas, das ich will. Das muss genügen.

Früher kochte ich wie der Küchenchef gern Fisch mit Wurzelgemüse oder grünem Spargel, früher knetete ich genauso wie der Küchenassistent Kim den Teig für Nudeln oder Brot. Manchmal nahm ich etwas von dem Teig, machte kleine Röllchen, formte daraus Konsonanten und Vokale und legte sie auf dem Küchenbrett zu Silben. So hatte es meine Großmutter immer gemacht, als mein Onkel und ich lesen und schreiben lernten. Mehrere Silben ergaben dann ein Wort, das anschließend leicht zerdrückt in die kochende Fleischbrühe wanderte. Die Konsonanten und Vokale schwammen wie kleine Knödel in der Suppe. Wir Kinder fischten sie mit den Fingern um die Wette heraus und steckten sie sofort in den Mund. Nachdem ich auf diese Weise alle koreanischen Schriftzeichen gelernt hatte, glaubte ich, dass man alle Buchstaben der Welt essen kann.

Zurzeit bin ich beim Berühren von Fleisch besonders aufmerksam. Alles ist in ständigem Fluss, so auch meine Vorlieben für bestimmte Lebensmittel. Das ist der natürliche Lauf der Dinge. Ich möchte kein Huhn, keine Ente und keinen Truthahn mehr zubereiten. Ich brauche etwas, das noch saftiger, noch froher und animalischer ist, voller Lebensfrische und so groß, dass es mit nur einer Hand kaum zu verarbeiten ist. Manchmal ist Kochen ein Kampf. Manchmal fließt das Blut in Strömen, ein blutiges Bankett. Um mich vorrangig um Schweine- und Rindfleisch kümmern zu können, habe ich die Grillstation übernommen. Wie damals, als ich lernte, wie Tiere ausgenommen und weiterverarbeitet werden. Wenn mir auch die Arbeit am Grill nicht mehr ausreicht, bleibe ich bis in die frühen Morgenstunden in der Testküche, um Fleisch zu grillen, zu frittieren, zu braten, zu dämpfen, zu kochen oder zu schmoren. Ich atme den Rauch ein, der die enge Küche völlig ausfüllt, und begreife erneut, dass man die Präsenz von Fleisch schon allein über seinen Geruch wahrnehmen kann.

Wir bestellen doppelt so viel Fleisch wie sonst, außerdem Rinderzunge. Nach einer Modewelle unter Gourmets, wird in letzter Zeit kaum noch Rinderzungensteak gewünscht Aus diesem Grund lassen wir nicht oft Zunge liefern. Ist jedoch gute Ware zu bekommen, dann kochen wir sie in Wasser und servieren sie mit Zitronensoße als Zugabe für unsere Stammkunden. Rinderzunge kann nur verwendet werden, wenn sie in Wasser vorgekocht wurde. Sonst wird sie hart und zäh. Mit dem Kochen verliert sie die Hälfte ihres Gewichts. Als die Rinderzunge geliefert wurde, öffnete ich sofort die Kiste, so wie ich es bei der Fischlieferung immer tue. Sie war tiefgefroren und von einer weißlichen Schicht umhüllt, wie frische, saftige Austern. Ihre Größe und Struktur ließ sie eher wie ein kräftiges, fleischiges Schulterstück aussehen. Und sie war frischer, als ich erwartet hatte. Trotzdem ließ ich sie zurückgehen. Denn bei der ersten Lieferung ist die Ware immer gut. Lässt man sich seine Zufriedenheit jedoch nicht anmerken, ist die Ware beim nächsten Mal garantiert noch besser. Um an möglichst frische und gute Lebensmittel heranzukommen, muss man Intelligenz und List wie bei einer Großwildjagd aufbringen. Bei der nächsten Lieferung bekamen wir eine Zunge, wie man sie im Sommer nicht besser bekommen kann: blutig-rot und nur einen Tag alt.

Im Juli wählt man am besten ein sehr kurz angebratenes Steak, das samtig weich auf der Zunge zergeht, kombiniert mit jungem, grünem Spargel. Die Hitze des Sommers und das blutige Rot sind sehr sinnlich. Zusammen mit einem toskanischen Tignanello, dessen außergewöhnlich dichtes Aroma sich wie ein Faustschlag anfühlt, ist die Mahlzeit für einen lauen Sommerabend perfekt. Ein Steak ist das ideale Sommergericht, da man die frischen Zutaten sehr schnell und einfach zubereiten kann. Zudem ist der Sommer die schwierigste Zeit für die Fleischverarbeitung, da das Fleisch schon bei einer Temperaturveränderung von einem Grad verderben oder sich im Geschmack verändern kann. Ein guter Koch sollte jedoch dazu in der Lage sein, selbst in der schwierigsten Jahreszeit das schmackhafteste Essen zu servieren. Nur wer weder Herausforderungen noch Niederlagen fürchtet, kann ein guter Koch sein.

Am ersten Julimontag habe ich endlich ein neues Fleischrezept vollendet. Ich habe mich für Rinderzunge entschieden. Zuerst muss ich mit kurzen, akkuraten Bewegungen – ähnlich dem Stricheln von Augenbrauen – die weiße Schicht um die Zunge, die Sehnen und die vom Hals ausgehenden Muskeln beseitigen, um mit meinem kleinen, scharfen Fleischmesser den roten Mittelteil der Zunge herausschneiden zu können. Je länger ich ein Messer verwende, desto freier fühlt es sich in meiner Hand.

So wird die Hand selbst zum Messer, es verschwindet in der Hand, ich werde eins mit ihm, bis es sich so uneingeschränkt bewegt wie die Zunge in meinem Mund. Wenn ich Fleisch in der Hand halte, fühle ich es am deutlichsten, ganz anders als bei empfindlichem Gemüse oder Teig. Es fühlt sich an, als würde ich einen geselligen, aber auch bissigen Delphin packen und dann zustechen.

Für die Japaner ist die Teezeremonie ein Symbol für Harmonie und Ausgeglichenheit. Verstärkt wird dies, wenn man zu fünft daran teilnimmt, so wie eine Hand fünf Finger hat. Der Küchenchef trinkt seinen Tee immer allein. Ich nehme mir eine Teeschale und setze mich zu ihm. Er schenkt mir ein. Was ist das wohl für ein Tee? In meiner Schale mischt sich Gelb mit Hellgrün, und es riecht nach trockener Erde. Ich lege unauffällig den Zettel mit meinem Rezept auf den Tisch. Er schaut es sich wortlos an und fragt schon nach kurzer Zeit skeptisch, ob ich wirklich Rinderzunge verwenden wolle. Ich kann ihm ansehen, dass er nicht versteht, warum es statt Lende oder Rinderfilet ausgerechnet Zunge sein soll. Wenn er bei einem Rezept so schaut, kann man meistens noch mal ganz von vorn anfangen. Er legt den Zettel wieder auf den Tisch und weist mich darauf hin, dass man auch mit dieser Soße, bei der Knoblauch, Zwiebel, Thymian und Rucola gehackt und in Trüffelöl gebraten werden, den ranzigen Geruch des Fleisches nicht abmildern könne. Selbst stundenlanges Kochen der Zunge mit verschiedenen Gemüsen und starken Kräutern würde daran nichts ändern. Deswegen wäre eine kräftigere Soße unerlässlich. Ich habe Bedenken, dass geschmacksintensive Gemüse den Geschmack der Hauptzutat verdecken könnte. Trotzdem werde ich die Soße noch etwas verändern. Der Küchenchef schlägt vor, statt Rucola Gartenkresse zu verwenden. Gartenkresse, häufig einfach nur Kresse genannt, ist ein beliebtes Gewürz und reich an Jod und Vitaminen. Warum bin ich nicht selbst draufgekommen? Ich nehme das Rezept und verabschiede mich mit einem dankbaren Nicken.

31

Nun, Sae-jon, kommen Sie langsam zu sich?

Sie haben wahrscheinlich leichte Kopfschmerzen, aber das wird sicher gleich besser. Ich habe nur wenige Gewürznelken verwendet, aber deren Wirkung ist auch schon beachtlich, nicht wahr? Dieses Narkosemittel wird auch als Gewürz verwendet, also kann es nicht sehr gesundheitsschädlich sein. Ein erlesenes Gewürz wie die Muskatnuss hingegen wird bei höherer Dosis sehr schnell zum Gift. Gewürze werden üblicherweise zum Schluss hinzugefügt, um das Essen schmackhafter zu machen, aber man sollte sie mit Bedacht verwenden, da sie je nach Art der Verarbeitung auch gefährlich werden können. Sie sollten das beachten, da Sie ja auch in Zukunft noch Gerichte zubereiten werden. Wenn Sie mehr wissen möchten, fragen Sie mich einfach. Soweit ich dazu in der Lage bin, werde ich Sie in allem unterweisen. Es ist sehr lange her, Sae-jon, dass wir uns das letzte Mal gesehen haben, nicht wahr? War es im April? Es war im Hof meines Hauses, ich musste Polly verabschieden. Warum sind Sie vorhin so erschrocken, als Sie mich im Costco sahen? Ich habe mich über unser Wiedersehen so gefreut!

Gefällt Ihnen mein Kochstudio immer noch?

Hier habe ich gekocht, Bücher gelesen, Tee getrunken, gedan-

kenverloren und müßig aus dem Fenster geschaut, mit ihm ein Glas Cognac getrunken, den wir über einer Kerzenflamme erwärmt hatten. Hier haben wir mit Polly gespielt und Musik gehört. Für mich liegt das alles schon so weit zurück! Ich glaube, inzwischen ist einiges geschehen. Was sagen Sie dazu? Es ist doch so, nicht wahr? Dass ich jemals auf die Idee kommen würde, das alles hier aufzugeben, hätte ich allerdings nicht erwartet. Man kann wohl doch nicht immer das Leben führen, das man sich erträumt hat. Bei Ihnen ist das allerdings anders.

Ich habe vor, nur noch zweimal in diesem Kochstudio zu kochen. Das eine Mal für ihn. Und das andere Mal für Sie. Sagen Sie nur, wenn Sie ein bestimmtes Essen mögen. Ich werde es für Sie zubereiten. Haben Sie auf etwas Appetit? Warum schwitzen Sie denn so sehr? Möchten Sie einen Schluck Wasser? Ich werde das Handtuch auch für einen Moment aus Ihrem Mund herausnehmen, wenn Sie mir versprechen, nicht zu schreien.

Das Wasser schmeckt Ihnen, nicht wahr? So ist es gut. Sae-jon, wenn Sie sich mit dem einverstanden zeigen, was ich sage, dann nicken Sie einfach. Ich werde Ihnen den Knebel jetzt wieder anlegen. Ach, sparen Sie sich doch bitte Ihre Worte. Wenn es Ihnen irgendwie möglich ist, sagen Sie nicht, dass Sie das nicht mögen. Bitte verlangen Sie nichts von mir, was ich Ihnen nicht gestatten kann. Wasser werden Sie jedoch uneingeschränkt bekommen. Habe ich zu straff gebunden? Nein, Ihre Hände kann ich leider nicht losbinden. Ich möchte ja nicht, dass Sie sich verletzen. Wir wollen erst einmal noch eine Weile so beisammen sein. Und Sie hören bitte gut zu, was ich Ihnen jetzt sage. Denn ich habe Ihnen wirklich viel zu sagen. Da ich bald von hier weggehen werde, möchte ich alles sagen, was ich bisher zurückhalten musste. Sie sehen auch mit geknebeltem Mund sehr hübsch aus. Was für eine gesunde, glatte Haut! Da bekomme ich ja fast Lust, wie bei Schokolade einmal darüberzulecken. Schöne Menschen sind ja nicht nur für sich allein schön, sondern auch für ihre Umgebung. Wer einen schönen Menschen anschaut, kann ja nur gute Laune bekommen! Bei leckerem Essen ist das ganz ähnlich. Wie alt sind Sie eigentlich? Vierundzwanzig? Fünfundzwanzig? Ach, sechsundzwanzig! Was für ein schönes Alter. Es gibt nur wenige Frauen, die in diesem Alter alles besitzen, wovon sie immer geträumt haben. Sie sind wirklich zu beneiden.

Ich habe Ihnen doch gesagt, dass Sie mir sagen sollen, was Sie essen möchten.

Obst? Gemüse? Oder besser Fisch? Was soll ich denn machen, wenn Sie nicht einmal diese einfache Frage beantworten können. Sie haben jetzt sicher keinen Appetit auf Fleisch, oder? Ja, ich weiß. Wie konnte ich vergessen, dass Sie quasi Vegetarierin sind. Ich meine das jetzt nicht persönlich, aber aus meiner Warte sind Vegetarier anstrengende Gäste. Warum verzichten sie freiwillig auf kulinarische Genüsse? Sie hindern einen Koch nur daran, sein Können umzusetzen. Nein, ich weiß schon, dass Sie zu dieser Art von Leuten nicht gehören. Wenn es um Essen geht, darf man als Koch keine Vorurteile haben. Und keine Angst, so wie Sie. Die Ablehnung von Essen ist der Ablehnung von allem Übrigen gleichzusetzen, Sex inbegriffen. Sie sind schlank wie eine Gerte und wollen auch gern mit ihm schlafen, oder? Worüber denken Sie denn so lange nach? Ich möchte etwas für Sie kochen, das Sie wirklich essen wollen. Können Sie sich etwa nicht entscheiden?

Jeder Mensch mag etwas anderes. Wissen Sie, dass Hemingways Lieblingsessen Austern waren? Ich glaube, das habe ich schon in meinen Kochkursen erzählt. Kant liebte es, bei allem etwas Senf hinzuzufügen, den er auch selbst zuzubereiten pflegte. Heraklit hatte eine besondere Vorliebe für Gemüse und Salate, so wie Sie, er soll aber einsam und jähzornig gewesen sein. Bei Platon waren es Oliven und getrocknete Feigen, bei Heidegger der Kartoffelsalat, bei Diogenes der Alkohol, bei Toulouse-Lautrec der Portwein mit Muskatnuss, bei Kleopatra ein Gericht aus Kamelfuß. Stellen Sie sich die Verzückung vor, in die sie alle nach diesen Dingen gerieten. Meinen Sie nicht, dass es ein sehr schöner Anblick sein muss? Sie haben doch auch schon so einen verzückten Gesichtsausdruck gehabt, nicht wahr? Den würde ich nur zu gern noch einmal sehen. Sie sahen wirklich schön aus. Als Sie sich einander hingaben, ach, es tut mir leid. Da bin ich irgendwie dazugekommen. Das war die erotischste Sexszene, die ich je gesehen habe. Merkwürdig, nicht wahr? Fast hätte ich mich in Sie verliebt, als ich Sie sah, völlig versunken in Ihr Liebesspiel. Als Sie und er Ihre Zungen ineinander verschlangen, sah es für mich so aus, als würden Sie sich gegenseitig Leben einhauchen, gemeinsam das Lied des Lebens singen. Ihre unbeschreiblichen Empfindungen waren für mich unmittelbar zu spüren, damals. Sex tut gut, nicht wahr? Übrigens sind alle Lebensmittel das Ergebnis der Liebesakte von Tieren oder Pflanzen.

Sehen Sie den Obstkorb auf dem Tisch? Einmal wollte ich einen Apfel essen, einen roten Jonathan. Da sah ich auf der Schale etwas Schwarzes kleben, das wie ein Stückchen Schale von einer schwarzen Bohne aussah. Ich dachte mir nichts dabei und versuchte, es unauffällig zu entfernen. Dann dämmerte es mir, dass es ein Stück abgefallener schwarzer Nagellack sein musste. Das passierte kurz nachdem Sie angefangen hatten, mein Koch-

studio zu besuchen. Sie waren doch die Einzige, die mit schwarz lackierten Nägeln zum Kurs kam. Können Sie sich noch daran erinnern? In jener Woche hatten wir keinen Unterricht. Waren Sie in meiner Abwesenheit hier ein und aus gegangen? Haben Sie mit ihm an diesem Tisch gesessen, sich Obst geholt und Reis gegessen? Dann hätten Sie sich bemühen sollen, keinen Nagellack zu verlieren. Gerade, wo schwarze Farbe so sehr auffällt. Sae-jon, Sie sind so makellos wie Porzellan, aber offensichtlich unaufmerksam. Aber vielleicht ist ja auch alles meine Schuld. Kartoffeln sind lecker und nützlich, aber beginnen sie einmal zu keimen, muss man die Keime erst einmal herausschneiden und kann dann weitersehen.

Haben Sie denn immer noch keinen Hunger? Lassen Sie mich eine Kleinigkeit zubereiten und mit Ihnen zusammen essen. Wie wäre es mit Kaviar auf Toast? Was halten Sie davon? Ich wollte eigentlich ein Spezialmenü für Sie kochen, aber ich habe Ihnen immer noch so viel zu erzählen, dass mir die Zeit zu schade dafür ist, um in der Küche allein zu bleiben. Sie werden es nicht bereuen, schließlich habe ich besten Kaviar da. Na, dann wollen wir doch mal den Kühlschrank öffnen. Was würden Sie hiervon halten? Kaviar sieht aus wie kleine, glänzende Sandkörner. Mir läuft das Wasser im Mund zusammen, wenn ich ihn nur sehe. Ich werde auch eine Flasche Weißwein öffnen. Ach, mögen Sie Kaviar überhaupt? Wenn ja, nicken Sie bitte. Ach so, Sie mögen ihn wohl nicht. Warum nicht? Er schmeckt doch wirklich köstlich. Mögen Sie ihn nicht, weil er wie Eizellen aussieht? Oder finden Sie es abstoßend, dass die kleinen, schwarzen Eier so dicht aneinanderkleben? Ich glaube, Sie haben mich nicht richtig verstanden. Ich sagte doch, dass Sie beim Essen nicht so wählerisch sein dürfen, weil Sie auch in Zukunft noch Gerichte zubereiten werden. Wollen Sie nicht eine gute Köchin werden, jetzt, wo Sie einmal damit angefangen haben? In so einer perfekten Küche wie der Ihren! Nun gut, auch wenn Sie nicht mögen: Heute Abend essen wir Kaviar.

Wussten Sie, dass ein Störweibchen mit einem Bauch voller Eier mit Gold aufgewogen wird? Will man die Eier herausnehmen, wird es zuerst mit einem Schlag auf die weichste Stelle am Kopf betäubt. Die Eier müssen dann innerhalb kürzester Zeit mit einem breiten, scharfen Messer herausgeholt werden. Angeblich heben die Profis in weißen Kitteln und weißen Handschuhen den mit einem Häutchen umhüllten großen Rogen wie ein Neugeborenes mit beiden Händen heraus. Einfach weil er so kostbar ist. Der Rogen wird also in einem perfekten Zustand entnommen und das betäubte Störweibchen stirbt, ohne es zu bemerken. Würde es verletzt werden oder anderweitig in Angst oder Stress geraten, würde der Rogen an Geschmack einbüßen. Durch das ausgeschüttete Adrenalin sterben die Eier ab und riechen unangenehm. Qualitativ hochwertiger Kaviar kann nur von einem quicklebendigen Stör stammen. Dieser exquisite Kaviar hier zum Beispiel kann nur auf die erwähnte Weise entnommen worden sein. Na, was sagen Sie dazu? Jetzt läuft Ihnen sicher langsam das Wasser im Mund zusammen! Sie haben schon ordentlich Appetit bekommen, nicht wahr? Nun gut, ich werde jetzt also das Brot in dünne Scheiben schneiden, dann mit Butter bestreichen und kurz aufbacken. Dann kommt ein Teelöffel Kaviar drauf und fertig. Und, Sae-jon, Sie wissen ja bereits, dass Kaviar sanft am Gaumen zerdrückt werden muss.

Wasser? Sie möchten mehr Wasser trinken? Ach, Sie haben

wohl großen Durst. Dann gebe ich Ihnen warmes Wasser. Kaltes Wasser löscht nur vorübergehend den Durst. Sie wissen schon, was passiert, wenn Sie schreien. Ich halte mich an das, was ich einmal gesagt habe. Und darum möchte ich Sie gleichfalls bitten. Was haben Sie denn? Ist Ihnen das Wasser zu heiß? Machen Sie sich keine Sorgen. Wenn es die Zunge ertragen konnte, ist es für Hals und Magen auch nicht schädlich. Die Zunge ist der Teil unseres Körpers, der gegenüber Hitze am empfindlichsten ist. Trinken Sie ruhig alles aus. Wenn Sie weiter so Ihren Kopf schütteln, verschütten Sie das Wasser. Ich sagte doch, dass Sie es austrinken sollen. Ich finde es anstrengend, wenn Sie wegen jedes kleinen Schlucks so ein Theater veranstalten. Nun kommen Sie schon, öffnen Sie bitte Ihren Mund. Das Wasser scheint wirklich sehr heiß zu sein, Ihre Zunge ist schon sehr schön gerötet. Rosa wie die Zunge eines Flamingos. Und die Geschmacksknospen haben sich auch schon aufgerichtet. Ich wusste, dass an Ihnen alles schön ist. Was für ein angenehmes Gefühl das sein muss, so schön zu sein und darüber hinaus auch noch alles haben zu können. Aber wie Sie hier sabbern, finde ich nicht sehr ansehnlich, das tut mir leid für Sie. Ich hoffe, dass er nicht so ein Gesicht macht. Wissen Sie, warum Hemingway, der in krankhafter Manie ständig seine Bleistifte anspitzen musste, zu jeder Mahlzeit Austern aß? Weil er sich leer fühlte. Zu leer. Nur aus diesem Grund schlürfte er Austern und ließ sie genussvoll den Hals hinuntergleiten. Dieses Gefühl kennen Sie sicher nicht, oder?

Ich würde jetzt gern etwas haben. Und ich wünsche mir, dass Sie es mir geben. Es bringt zwar nichts, wenn ich das jetzt so sage, aber Sie haben mir auch etwas weggenommen.

Warum zittern Ihre Beine so? Ihre schönen, langen Flamingo-

beine. Sind Sie verspannt? Dann schwitzen Sie nur unnötig. Haben Sie denn schon vergessen, was ich Ihnen vorhin über den Kaviar erzählt habe? Warum machen Sie denn so ein Gesicht? Schämen Sie sich? Oder haben Sie Angst? Es ist nicht gut, sich so etwas anmerken zu lassen. Ich möchte, dass Sie sich hier wohlfühlen. Hm, ich wüsste nur zu gern, wie Sie sich fühlten, als Sie mit diesen Beinen seine Taille umschlangen, in meiner Küche. Angeblich ist bei einem Wal die gesalzene Zunge das Leckerste, bei Flamingos auch. Ich persönlich habe das noch nie probiert. Es muss aber wirklich sehr gut schmecken, wenn ein Römer uns Folgendes über Flamingos hinterlassen hat: ›Meine rosa Federn gaben mir meinen Namen, aber die Feinschmecker rühmen mich für meine Zunge.‹ Die Zunge hat etwas Merkwürdiges. Sie scheint perfekt, ist aber leichtfertig. Was aus dem Mund kommt, kommt auch vom Herzen, oder? Wer einmal gesagt hat, dass er liebt, muss das auch bis ans Lebensende tun, nicht wahr? Was ich von Ihnen haben möchte, ist genau das. Genau das, was sich da in Ihrer dunklen Mundhöhle befindet.

32

Freitags gibt es im Rahmen der Familientherapie eine Sitzung, in der die Patienten ihre Biographie kurz zusammenfassen und vortragen. Hier werden zwangsläufig persönliche Seiten der Patienten offengelegt, weil es hauptsächlich um ihre Kindheit, ihre Familie geht und darum, wie sie abhängig geworden sind. Mein Onkel hatte schon an verschiedenen Programmen teilgenommen, einer Schulung über Video etwa, Gesangsunterricht und einer Ergotherapie, aber noch nie an einer Biographiearbeit, und schon gar nicht in meiner Anwesenheit. Er hat seine Biographie auf zwei Seiten zusammengefasst und trägt sie nun fremden Leuten vor. Ich beobachte ihn und kann sehen, wie Angst und Zögern, Traurigkeit und Freude in seinem Gesicht aufeinandertreffen. Wie sehr er sich verändert hat! Befand er sich im Juni noch in der Rehabilitationsphase, scheint er jetzt im Juli schon in der sozialen Eingliederung zu sein. Das ist die dritte und somit letzte Etappe beim Entzug, von der der Arzt mir erzählt hatte. Einige Veränderungen wurden von außen herbeigeführt, aber einige scheint mein Onkel auch im Inneren vollzogen zu haben. Ich denke, dass diese Veränderungen dadurch bewirkt wurden, dass mein Onkel sich selbst die Frage gestellt hat, was aus ihm wird, wenn er mit dem Alkohol nicht aufhören kann. Sich selbst eine solch existenzielle Frage zu stellen, erfordert einen starken Willen und viel Mut.

Nach der Sitzung gehen wir nach draußen in den Garten. Er hat seine Hände in den Nacken gelegt und lässt seinen Blick in die Ferne schweifen. Wahrscheinlich war es heute das erste Mal, dass er vor anderen Leuten über seine Frau gesprochen hat.

»Diese Blume sieht aus wie ein Schmuckkörbchen«, sage ich und zeige auf das gelbe Mädchenauge im Beet.

»Ich habe nicht gewusst, dass Gelb so schön sein kann«, erwidert er mit gerunzelter Stirn und irgendwie verlegen. Das Gelb wirkt so satt und kräftig, als hätte jemand Safran daraufgestreut.

»Wirst du deine Frau nun vergessen?«

Liegt es an den Blumen? Mir ist eine Frage herausgerutscht, die ich nie hatte stellen wollen.

»Sehe ich so aus?«

»Na ja, ich weiß nicht.«

»Wie sollte ich sie vergessen können? Diesen Menschen vergessen!«

Diesen Menschen. Ich spreche die Worte meines Onkels innerlich langsam nach.

»Ich habe diese Geschichte in meinem Herzen verschlossen. Nur so kann ich mich wieder frei bewegen. Ich glaube, sie hätte nicht gewollt, dass ich so lebe.«

»Ist Liebe wie Basilikum, Onkel?«

»Was meinst du damit?«

»Ich habe gehört, dass eine Frau den Körper ihres Geliebten nicht gehen lassen konnte, also schnitt sie seine Haare ab und vergrub sie in einem Blumentopf mit Basilikum. Sie begoss die Pflanze mit ihren Tränen und starb schließlich an gebrochenem Herzen. Das Basilikum begann zu wachsen und wurde größer, frischer und aromatischer als zuvor, und von weither kamen die Leute, um die Pflanze zu sehen. Das also soll es sein: Eine Frau liebt einen Mann, dieser stirbt, sie wird verrückt, ihre Tränen fallen auf die Erde, an dieser Stelle wächst eine Pflanze ... Glaubst du, dass es auf so etwas hinausläuft?«

»Nicht alle werden so, wenn sie lieben.«

»Ich weiß nicht mehr, was Liebe ist und was die Wahrheit.«

»Ich meine, dass wahre Liebe nicht immer dazu führen muss, dass man die Kontrolle über sich verliert und wahnsinnig wird.«

»Aber Onkel, der Wahnsinn ist eine starke Kraft, nicht wahr?«

Er schweigt.

»Aber die Liebe ist stark, Onkel.«

»Ja, vielleicht.«

»Basilikum soll auch Bestandteile haben, die die Herzen der Menschen verwirren. Deswegen soll man nicht zu viel auf einmal davon essen.«

Nach diesen Worten schaut er mich kurz an und lächelt traurig. »Ich weiß nicht, was falsch gelaufen ist.«

Ich lasse meinen Kopf sinken. »Was ist nur aus uns geworden?«

»Nun ja. Ich weiß es nicht«

»Onkel, ich verstehe es nicht. Großmutter war die beste Frau der Welt, und wir haben bei ihr eine friedliche Kindheit verlebt, Äpfel und Birnen gegessen ... Warum sind wir beide gescheitert?«

»Woran sind wir denn deiner Meinung nach gescheitert? An der Liebe etwa?«

Ich muss schlucken.

»Jedenfalls nicht an allem. Außerdem kann es sein, dass wir nicht gescheitert sind, sondern nur einen Fehler gemacht haben.«

»Das ist das Gleiche.«

»Kannst du dich daran erinnern, wie wir einmal eine kühle Wassermelone essen wollten? Wir legten sie ins Tiefkühlfach. Allerdings haben wir uns erst am nächsten Tag daran erinnert. Bevor wir die Melone wegwarfen, zerteilten wir sie. Plötzlich leuchteten uns Eiskristalle entgegen. Kannst du dich daran erinnern? Es sah wunderschön aus. Hätten wir nicht den Fehler gemacht, die Melone ins Eisfach zu legen, hätten wir so etwas nie gesehen.«

Ich kann mich daran erinnern. Die Eiskristalle leuchteten wie Sterne.

»Außerdem bist du nicht gescheitert. Du findest ja immer noch Trost beim Kochen.«

Was soll ich ihm darauf erwidern?

»Das kann nicht jeder.«

»Es ist seltsam, Onkel. Warum bist du so sanft geworden?«

»Weil ich Angst habe.«

»Wie bitte?«

»Angst vor dem Neuanfang.«

Für einen Moment schweigen wir beide.

»Onkel.«

»Was ist?«

»Wenn die Schmuckkörbchen blühen, werde ich nicht mehr hier sein, glaube ich.«

»Was ... was meinst du damit?«

»Ich möchte an einem friedlichen, sicheren und sorgenfreien Ort sein und mir so etwas wie eine neue Art zu kochen ausdenken. Jetzt empfinde ich nur noch Traurigkeit, egal, was ich koche und esse. Ich möchte eine Zeitlang woanders sein.«

»Bist du nur müde oder willst du auf die Suche nach etwas Neuem gehen?«

»Beides.«

Er sagt weder, dass ich nicht gehen soll, noch verabschiedet er sich. Er fragt auch nicht, wann ich ihn das nächste Mal besuchen komme. Als wüsste er, dass ich ihn belüge. *So ist es nicht, Onkel. Warum fühlen die Menschen zugleich Liebe und Hass für die wichtigsten Dinge? Warum fühle ich nach einem hervorragenden Essen erst einmal Traurigkeit?*

»Ich möchte etwas essen, das deine Großmutter gekocht hat«, sagt er und streckt sich.

»Ich auch.«

»Wenn du zurückkommst, kochst du es für mich, ja?«

Plötzlich wendet er sich mir zu und schaut mir in die Augen. *Selbstverständlich*. Ich nicke.

»Onkel, weißt du eigentlich, welchen Geruch ich am meisten liebe?«

»Nein.«

»Wenn jemand Essen für mich zubereitet.«

»Ich glaube, mir geht es genauso.«

»Ab nächstes Mal wird an meiner Stelle Mun-ju herkommen. Das macht dir doch nichts aus, oder? Und den Salzkristall, den du mir geschenkt hast, würde ich gern mitnehmen.«

»Mach nur.«

»Brauchst du eigentlich immer noch einen Massagegurt?«

Ich schaue ihn verschmitzt an.

»Nein, ich werde ja bald entlassen.«

Er steht nach mir auf.

Der Abschied macht mich jedes Mal verlegen. Ich kann weder lachen noch weinen. Das war beim Tod meiner Großmutter genauso. Es war auch so, als er das Haus verließ und als Polly starb. Vor dem Eingang des Krankenhauses gibt er mir einen Kuss auf die Stirn. Dann sagt er: Vergiss nicht. Du kannst mit deinen Händen nicht nur kochen. Du kannst dich auch darauf stützen, um nach einem Sturz wieder aufzustehen.

Ich verlasse das Klinikgelände und werde nachdenklich. Welche Frage würde zu mir passen, eine Frage, die ich mir selbst stelle und die mich völlig verändern kann, so wie es bei meinem Onkel der Fall war? Was würde geschehen, wenn ich jetzt nichts täte? Wenn ich jetzt nicht ginge? Wenn ich jetzt nichts sagte?

Diese Fragen passen jetzt nicht. Jetzt muss ich erst einmal das tun, wofür ich mich entschieden habe. Ich habe keinen Grund zu zögern. Ich spüre Worte in mir aufsteigen, die ich nicht mehr zurückhalten kann. Ich fühle Schwingungen wie ein empfindsamer Schwamm im Wasser. Mit Liebe kann man nicht alles erklären. Ich sehe nur, dass ich von dieser Liebe nie mehr loskomme und dass es mir selbst schwerfällt, dies zu glauben. Wie ein Fisch, der ohne Wasser nicht sein kann. Zögere nicht!, ermutige ich mich mit lauter Stimme. Ich weiß, dass ein Zug mit leuchtend roten Warnlichtern und gellender Signalpfeife auf mich zurast. Und dass er mich schließlich überrollen wird.

33

Ich erzähle ihr die Legende vom Schöllkraut: Legt man Schöllkraut auf den Kopf eines Kranken und er beginnt zu weinen, dann wird er bald genesen. Beginnt er zu singen, wird er sterben. Dann lege ich ruhig ein Sträußchen mit gelben Schöllkrautblüten auf ihren Kopf.

Ich glaube, es war die richtige Entscheidung, B und D einzustellen. Ich war für B und der Küchenchef für D. Jedem von uns blieb nichts weiter übrig, als eine Zeitlang jeweils die Person zu beobachten, für die er sich nicht entschieden hatte. Zum Glück verfügt B über das Basiswissen, wohingegen D über die Kreativität verfügt, die B fehlt. Sie ergänzen sich gegenseitig. Noch wichtiger ist die Tatsache, dass beide redliche Menschen sind. Früher teilte ich Köche in zwei Gruppen ein. Die einen sind die Techniker, mit einer Arbeitsweise wie Ingenieure oder Tischler, die anderen die Künstler, die nur auf die Momente der Inspiration warten, in denen sie ihre Gerichte kreieren, die für die Essenden zu einem Feuerwerk der Sinne werden. Vielleicht habe ich den Küchenchef der zweiten Gruppe zugeteilt. Und mich selbst irgendwo dazwischen.

Beim Beobachten von B und D wurde mir immer klarer, dass alle Köche Meister ihrer Kunst sind. Denn sowohl die Handwerker als auch die Künstler unter den Köchen wollen Vollendung. Sie verfeinern ihre Techniken, sind auf der Suche nach Neuem, stolz auf ihre besonderen Fähigkeiten und wollen in erster Linie ihre Gäste zufriedenstellen statt mit ihrem Können prahlen. Entscheidend ist nicht, ob ein Koch Handwerker oder Künstler ist, sondern ob er den Großteil seiner Zeit in der Küche verbringt. Hervorragende Köche verlassen die Küche nie. Seitdem der Küchenchef auch der Inhaber geworden ist, muss er sich sehr viel mehr um die Gäste kümmern und kann nicht mehr so häufig selbst kochen. Trotzdem verbringt er noch den Großteil seiner Zeit in der Küche. Das gibt mir viel zu denken, genau wie die Beobachtungen bei B und D. Aber B habe ich doch mehr in mein Herz geschlossen. D stellt sich gerne selbst zur Schau, so wie die meisten Patissiers, die so tun, als wären ihr Brot und ihre Kuchen die besten der Welt. B fällt nicht besonders auf. Andere Orte kann ich nicht einschätzen, aber in einer engen, stark riechenden und geschäftigen Küche ist der unauffällige Mensch der nützliche, besonders wenn der Teufel los ist.

Mein Chef, der mich nun schon ganze dreizehn Jahre kennt, muss auch manchmal gedacht haben, dass aus mir letzten Endes eine nützliche Köchin geworden ist, weil ich nicht auffalle. Hätte er mich noch aufmerksamer beobachtet, wüsste er auch, was ich jetzt will. Als ich im Februar wieder anfing, hier zu arbeiten, bekam ich ein neues Geschirrtuch geschenkt, das ich nie benutzt habe. Ich legte es auf seinen Schreibtisch. Dann kaufte ich einen weißen Umschlag. Vor vier Jahren, als ich das Nove verlassen wollte, hatte ich keine Kündigung geschrieben. Aber manchmal braucht man Formalitäten. Der Küchenchef nahm den Umschlag wortlos entgegen. Er wirkte sogar etwas gleichgültig, als hätte er gewusst, dass dieser Moment kommen würde, so dass ich fast ein wenig enttäuscht war. Er ist jemand, der wie ein Mönch bei Tisch nicht spricht, der kaum lächelt und den ganzen Tag nur Befehle erteilt, der sagen kann, ob man Fleisch einen Tag hat reifen lassen oder eine Woche, sobald er es mit den Lippen berührt hat. Er ist jemand, der verliebte Mitarbeiter mit Tortellini als Zwischenmahlzeit für den Nachmittag überraschen kann. Auf einer Schulter und einem Handrücken trägt er spiralförmige Tätowierungen, wie die Maori. In einer Prügelei würde er sein Gegenüber zwar nicht k.o. schlagen, aber bis zur letzten Runde durchhalten, ohne ein einziges Mal auf der Erde gelegen zu haben. Er glaubt, dass er sich durch nichts schrecken lassen darf. Und er ist es gewesen, der mich in die Welt des Kochens einführte. Kann dieser Mensch wirklich durch mich hindurchschauen, als wäre ich Wasser? Kann er also auch meine Gedanken lesen?

Sie ist von den Gewürznelken betäubt. Ich öffne ihren Mund, um mit meinen Fingern an ihrer Zunge zu ziehen. Eine Zunge besteht ausschließlich aus Muskeln, und ihre Oberfläche ist mit Schleimhaut bedeckt. Sie beginnt unterhalb vom Gaumen und ist an Zungenbein und Unterkiefer befestigt. Ihre Zunge ist glitschig und zugleich fest. Ich versuche den Muskel lang zu ziehen, mit dem die Zunge am Kieferknochen befestigt und der für die Vor- und Zurückbewegung der Zunge zuständig ist. Er ist nicht so lang, wie ich vermutet hatte. Ich denke, wenn ich unterhalb des Kinns den Zungenbein-Zungenmuskel an der Kinnlinie entlangschneide und dann die Unterkieferspeicheldrüse öffne, kann ich den untersten Teil der Zunge abschneiden.

Um kochen zu können, muss man zuerst die Struktur der Zutaten verstehen. Bei Fleisch ist das besonders wichtig. Will man ein Tier schlachten, ist es am besten, es zu erschlagen. Das macht das Fleisch zarter. Die Geschichte zeigt, dass es kaum etwas gab, wovor die Feinschmecker im Dienste des Geschmacks zurückschreckten. Für sie wurden trächtige Sauen zu Tode getreten, damit sich die Muttermilch mit den Föten im Mutterleib vermischte. Die Föten wurden dann herausgenommen und serviert. Gänse wurden gerupft, mit Butter bestrichen und bei lebendigem Leibe gebraten, aber nicht ohne zuvor eine Schale mit Wasser dazugestellt zu bekommen, damit sie nicht so schnell verdursten. Waren die Tiere dann vom Überlebenskampf völlig erschöpft, wurde ihnen das Fleisch mit dem Messer herausgeschnitten, bevor sie starben. Um Rindfleisch bester Qualität zu gewinnen, wurden die Hoden junger Bullen durch festen Händedruck prall gemacht und dann mit einem Schnitt entfernt. Beim Schlachten wurde den Tieren Wasser über den Kopf geschüttet und dieser dann hin und her gerüttelt. Selbst Forellen wurden in ein Glas gesteckt, damit die Gourmets zuschauen konnten, wie sie zappelten und langsam verendeten. Und ihre Vorfreude besonders genießen. Früher glaubte man, dass Gerichte, deren Zutaten auf sadistische Weise ge-

wonnen wurden, schmackhafter und gesünder wären. Heutzutage ist erwiesen, dass das Fleisch aus einer ruhigen, schmerzfreien Schlachtung am besten ist. Ich bewege ihren Körper nur sehr vorsichtig, um sie nicht zu Bewusstsein kommen zu lassen und dann ausgestreckt mit angelegten Armen hinzulegen. In dem Anatomielehrbuch ist dies die typische Position des Körpers für die Sektion. Selbst wenn mit der Zunge auch das Zungenbändchen entfernt wird, das die Zunge mit dem Mundboden verbindet, kann man noch Geschmack empfinden. Auch wer ohne Zunge auf die Welt gekommen ist oder wem sie entfernt wurde, kann noch schmecken. Der Grund dafür ist, dass wir nicht nur auf der Zunge, sondern auch an der Innenseite der Wangen Geschmacksknospen haben. Schmerzhaft wird dann nur das Schlucken, nicht die fehlende Geschmacksempfindung. Und sehr Saures oder Bitteres ruft einen unerträglichen Schmerz hervor. Ich lege ein paar Körner grobes Meersalz auf ihre Zunge und halte ihren Mund zu.

Er schaut wortlos mein Rezept an. Ich habe es noch einmal überarbeitet und ein paar Zutaten geändert. Ich bin nervös. Ich habe jetzt wirklich keine Zeit mehr, es noch einmal zu überarbeiten. Ich habe mich lange und intensiv damit beschäftigt und es schließlich so für gut befunden, wie es jetzt vor ihm liegt. Wenn ich das Rezept jetzt nicht umsetzen kann, werde ich es auch kein zweites Mal tun. Er nickt zustimmend, legt das Blatt zur Seite und meint: Das Aroma wird zu stark sein. Nimm statt schwarzem Pfeffer den grünen. Ich nicke. Schwarzer und weißer Pfeffer werden reif geerntet, grüner hingegen kurz vor der Reife. Dann legt man ihn entweder in Salzwasser oder Essig ein und macht ihn dann durch Schockfrosten haltbar. Er hat dann ein reichhaltiges, fruchtiges Aroma, ähnlich der Feige, und passt gut zu Fleischgerichten mit Ente oder Rind. Diesmal fragt der Küchenchef nicht, ob ich Rinderzunge verwenden will. Stattdessen fragt er: Musst du unbedingt ein Gericht kochen, das so einen facettenreichen und intensiven Geschmack hat? Ich nicke erneut. Wenn das Rezept jetzt fertig ist, dann kannst du ja loslegen. Weil ich ihn noch fragen möchte, ob ich sein Messer ausborgen kann, schüttle ich mit dem Kopf. Mein Messer ist zu stumpf. Ich brauche ein schärferes und geschmeidigeres, Chef. Ich fühle, wie er mich durchdringend mustert.

»Nimm meins.«

Er holt einen weißen Umschlag aus seiner Tasche, der dem ähnelt, den ich ihm damals gegeben hatte, und schiebt ihn in meine Richtung. Ich werfe schweigend einen Blick darauf. Das Logo einer Fluggesellschaft ist darauf, es sieht aus wie ein Vogel im Profil. Dann frage ich ihn unvermittelt, ob er auf etwas Appetit habe. Ich habe ihm nichts zu geben oder zu hinterlassen, aber eine warme Pilzsuppe oder Spinatreisbrei kann ich schnell zubereiten. Er lacht lautlos. Wahrscheinlich kann er noch lauter lautlos lachen. Ich lasse meinen Kopf sinken. Wahrscheinlich kannst du es nicht kochen, sagt er. Ich wünsche mir ein Essen von einem Menschen, der mich liebt. Das kann ich ihm nicht bieten. Würde er sich so ein bescheidenes, einfaches Essen wünschen, wie es meine Großmutter gekocht hat – das könnte ich. Ich sage es ihm jedoch nicht. Auch nicht, dass ich es ihm ein anderes Mal kochen werde. Weil ich ein derartiges Versprechen möglicherweise nicht werde einlösen können. Stattdessen erwidere ich gereizt — als sei es das größte Problem zwischen uns gewesen —, dass er immer Gerichte von mir verlange, die es überhaupt nicht gibt. Er sagt nur noch: Wenn die Tage so heiß sind, ist es Zeit für sinnlichere Gerichte. Jedenfalls für einen jungen Koch. Ich frage ihn noch, warum das Restaurant Neun heißt. Weil das eine vollkommene und gleichzeitig unvollkommene Zahl ist, antwortet er und lächelt traurig.

Wir sitzen uns noch zehn Minuten wortlos gegenüber.

Schließlich steht er zuerst auf. Er scheint bereit für den Abschied zu sein. Ich schiebe den Stuhl nach hinten, stehe auf und schaue ihm in die Augen. Wäre ich etwas älter, würde ich gern mit so einem Mann zusammen sein, der die Entscheidungen für mich trifft. Zurzeit kann ich das allein. Ich strecke meine rechte Hand aus, aber er greift nicht danach. Er hebt seine Hand, als wolle er mir auf die Schulter klopfen, dann legt er sie sanft in meinen Nacken. Ist es sein Zeigefinger oder sein Mittelfinger? Es fühlt sich an, als würde ein sonnenwarmer Stein meine Nackenwirbel berühren. Er gleitet mit dem Finger langsam an meiner Wirbelsäule herab und murmelt dabei etwas vor sich hin. Ich verstehe nicht, was er sagt und rühre mich nicht, nicke aber immer wieder zustimmend.

Dauerte es eine Minute? Oder nur zwanzig oder dreißig Sekunden? Es war nur ein kurzer Augenblick, er kommt mir aber so lang vor wie kein anderer Augenblick unserer gemeinsamen Zeit. Ich habe das Gefühl, dass wir uns sehr lange verabschiedet haben. Unser Abschied ist ohne Tränen und ohne Lachen. Wir bedauern ihn in keiner Weise. Wir wenden uns voneinander ab, er geht in die Küche seines Restaurants, und ich verlasse es durch die Glastür.

Ich bin plötzlich aufgewacht. Inmitten des Kräuterdufts höre ich ein zartes Lied, wie ein leises Schluchzen.

34

ZUNGE MIT TRÜFFELN
Für eine Person

Zutaten:
150 Gramm frische, dunkelrote Zunge
Trüffel
zwei Stangen grüner Spargel
Lauchzwiebeln, Zwiebeln
Thymian
Rettich
Möhren
Sellerie
Weißwein
Wasser
eine Prise Salz

Für die Soße:
100 Gramm Kresse
Knoblauch
Trüffelöl
Zitronensaft

Zubereitung:

1. Zunge, Lauchzwiebeln, Zwiebeln, Möhren, Sellerie, Rettich, Thymian, Weißwein, Salz für eine halbe Stunde in Wasser sieden. (Nicht in kochendes Wasser legen, da die Zunge sonst stark an Volumen verliert.)
2. Wenn die Zunge erkaltet ist, die dünne Haut, die sich nicht von allein abgelöst hat, gründlich entfernen.
3. Den Ofen auf 200 Grad vorheizen.
4. Die Zunge im Ofen für ca. 15 Minuten garen.
5. Die gegarte Zunge in etwa ein Zentimeter dicke Scheiben schneiden.
6. Den unteren Teil der Spargelstangen abschneiden, anschließend entweder dämpfen oder in Olivenöl braten.
7. Alle Zutaten für die Soße vermischen. (Die abgetropften grünen Pfefferkörner werden vor der Verwendung fein gemahlen.)
8. Zuerst die Soße servieren, darauf die geschnittene Zunge anrichten. Einige Scheiben der geschnittenen Trüffel in die Mitte der Zunge legen. Serviert wird mit dem Spargel auf einer Seite des Tellers.

Varianten:

Die gekochte Zunge kann man auch mit etwas Olivenöl in einer Pfanne braten, statt sie im Ofen zu garen.

Sollte das Aroma der Soße zu stark sein, kann man statt der Kresse im Verhältnis 3:2 feingehackte Petersilie und Knoblauch verwenden.

Sollte die Zunge nicht ganz frisch oder etwas verdorben sein, hilft Muskatnuss in der Soße, den Geschmack zu kaschieren.

35

Trüffel sind für mich kein Symbol der Liebe mehr. Bei Gewitter bekommt die Liebe Risse, Trüffel jedoch gedeihen auch bei Gewitter. Die einzige Gemeinsamkeit liegt darin, dass beide nicht einfach zu haben sind. Trüffel sind schwer zu finden, also wird ein Trüffelschwein zu Hilfe genommen, um sie aufzuspüren. Dadurch gleicht die Trüffelsuche eher einer Jagd als dem Sammeln. Trüffel sehen aus wie im Ofen vergessene, verkohlte Kartoffeln. Schon ihr bloßer Geruch wirkt anregend und verschafft Sinnenfreude. Neben Kaviar und Foie gras sind Trüffel die von Feinschmeckern am meisten geschätzte Delikatesse. Sie werden auch als »schwarze Diamanten« bezeichnet, sind aber empfindlicher als Glas und schwer zu verarbeiten. Bei übermäßigem Verzehr wirken sie wie ein Aphrodisiakum, so wie Gewürznelken und Muskatnuss. Die professionellen Sammler müssen beim Ausgraben sehr vorsichtig vorgehen und die Trüffelknollen äußerst behutsam aus der Erde herausheben. Auch die Köche müssen mit Behutsamkeit vorgehen, der Umgang mit Trüffeln setzt sehr viel Geschick und Erfahrung voraus. Manche decken die Stellen, an denen sie Trüffel vermuten, mit

Ästen ab, um die Erde konstant feucht zu halten. Im Sommerregen werden Trüffel schnell faul, Herbstregen jedoch gibt ihnen neues Leben. Gesammelt wird vor allem im Oktober und November. Manchmal denke ich, dass nicht der eigenartige, erdige Geschmack der Grund für ihre Beliebtheit ist, sondern die Tatsache, dass sie so schwer zu finden und unmöglich zu züchten sind. In einem exquisiten Gericht dürfen Trüffel normalerweise nie fehlen. Ich hole das Glas mit dem Trüffel heraus, den ich im Mai über den Küchenchef besorgen konnte und in Olivenöl aufbewahrt hatte. Um einen Höhepunkt auskosten zu können, muss alles perfekt sein.

Er macht einen gerührten Gesichtsausdruck, noch bevor ich den Hauptgang serviert habe. Das muss an diesem Trüffel liegen. Wie bei den Feinschmeckern, die jede Quälerei zuließen, um so zu einer Delikatesse zu kommen, leuchten seine Augen, und die Haut, die bei einer Obduktion mit dem Messer zuerst berührt wird, ist prall vor Erregung. Um ganz sicherzugehen, fragt er noch einmal:

»Und du meinst es wirklich so, dass dies unser letztes gemeinsames Abendessen sein soll?«

Ich hatte gesagt, dass ich mich danach nie wieder melden würde. Nachdem ich ihn mit dem gleichen Anliegen ungefähr siebenmal angerufen hatte, sagte er endlich zu und kam heute zu mir. Ich lege den Trüffel ab und wende mich ihm zu. Er ist es, dem ich das Beste hatte geben wollen. Immer, wenn ich ihn anschaute, hatte ich mich als ein besserer Mensch gefühlt. Das Festmahl heute Abend ist das Letzte, was ich ihm werde geben können. Ich antworte mit einem Lächeln:

»Natürlich. Ich sagte doch, dass ich dich dann nie wieder anrufen werde. Ich halte mich an das, was ich einmal gesagt habe.«

»Danke.«

»Wofür? Wir haben noch nicht zu Abend gegessen. Aber was ist aus Sae-jon geworden?«

»Bitte?«

»Ich habe es von Mun-ju gehört. Sie soll ja verschwunden sein, ohne eine Nachricht zu hinterlassen?«

»Nein, ganz so ist es nicht.«

»Wie ist es dann?«

»Sie will sich eine Auszeit nehmen. Wenn sie ihr Kochstudio eröffnet, hat sie ja keine Zeit mehr für so etwas. Das ist alles.«

»Ach so ... Hat sie sich denn schon gemeldet?«

»Ja, vor ein paar Tagen.«

»Und wo ist sie jetzt?«

»Warum bist du so neugierig? Ich dachte, du magst sie nicht.«

»Das stimmt nicht. Ich habe meine Meinung geändert.«

»Ach ja?«

»Natürlich. Durch sie habe ich doch erkannt, wie wichtig du mir bist.«

»Das höre ich nicht gern.«

»Wann will sie denn zurückkommen?«

»Bald.«

»Bald?«

»Ja.«

»Na, sie wird wohl bald wieder da sein. Als ob nichts gewesen wäre.«

Er wechselt das Thema: »Du siehst gut aus, zufrieden.«

»Oh, das liegt vielleicht an meinem Traum.«

»Welchem Traum?«

»Ich habe von einem Umber mit einem goldenen Kopf geträumt.«

»Einem Umber mit goldenem Kopf?«

»Der Fisch wird im Mittelmeer gefangen. Auf der Stirn hat er ein goldenes Muster, das wie eine Mondsichel aussieht. Es ist sehr selten, dass dieser Fisch gefangen wird.«

»Wenn du von solch einem kostbaren Fisch geträumt hast, wird dir sicher etwas Gutes widerfahren.«

Ich stehe mit den Schuhen, die die Perle in der Sohle haben, und einer adretten, weißen Kochjacke in meiner Küche. Es gab Zeiten, in denen es für mich nichts Schöneres gab, als in meiner offenen Küche das Abendessen für den Menschen vorzubereiten, den ich liebte und der mir auch noch gegenübersaß. Warum erscheint mir alles, was vorbei ist, so weit weg, als würde es nie wieder zurückkommen? Und warum kommt es tatsächlich nicht zurück? Ich sehe über die Arbeitsplatte zu ihm hinüber. *Zum Glück habe ich inzwischen das Gefühl, dass sich mein Herz nach diesem Abend langsam von dir wird lösen können, Sok-ju.* Ich tunke meine Fingerspitzen, die langsam warm werden, kurz in Eiswasser.

»Ich fliege morgen nach Italien.«

»Ach, wirklich?«

Er kann seine Freude nicht verbergen. *Ja, diese Unachtsamkeit haben die beiden gemeinsam.* Ich öffne den Kühlschrank und nehme die Zunge heraus, von der ich vorher die Sehnen und Muskelfetzen entfernt habe. Ich muss mich jetzt mit meinen wieder kalten Fingerspitzen auf diese dunkelrote Zunge konzentrieren. Ich rolle das Messer zwischen meinen Händen. Ich habe ein gutes Gefühl. Das merke ich daran, wie gut das Messer in meiner Hand liegt. Das ist es auch, was die Fleischverarbeitung für mich so reizvoll macht. Ich schenke ihm noch ein Glas Champagner ein, den ich als Aperitif vorbereitet habe. Dann flüstere ich ihm freundlich zu:

»Du darfst dich noch nicht betrinken. Ich habe vor, dir ein Abendessen zu kochen, das deine Zunge zum Schmelzen bringen wird.«

Er wirkt zerstreut. Vielleicht liegt das an seiner Erwartung oder daran, dass ich ab morgen nicht mehr in diesem Land sein werde. Wenn sich in einer Partnerschaft ein Mensch verändert hat und der andere nicht, dann wird dessen Liebe trostlos, unwandelbar und grausam. Es wäre besser, nicht über Vergangenes zu reden. Aber heute ist vielleicht wirklich der letzte Tag, an dem ich ihm in unserer Küche ungestört gegenübersitze und mit ihm esse. Statt mich elend zu fühlen, werde ich nur etwas sentimental.

»Erinnerst du dich an jenen Tag?«

»An welchen?«

»Als du wieder zu Bewusstsein kamst.«

»Ach so, das meinst du.«

»Das war erst sechs Monate danach.«

»Ja, stimmt.«

»Ich kann mich an jedes einzelne deiner Worte erinnern, nachdem du deine Augen wieder geöffnet hattest.«

Er sagt nichts.

»Da hast du meine Hände ganz fest gedrückt.«

»Ist das Abendessen bald fertig?«

»Du sagtest, dass wir uns nie wieder trennen wollen. Dass du Angst hättest, mich nie wiederzusehen. Dass du das selbst in deiner Bewusstlosigkeit empfunden und darunter gelitten hast. Deswegen hättest du versucht dir einzureden, dass alles nur ein Traum sei.«

»Wir haben doch ausgemacht, dass du nicht wieder davon anfängst. Du hattest gesagt, dass ich einfach nur zum Essen kommen soll.«

»Ich litt damals nicht, als ich dich bewusstlos da liegen sah. Der Mensch, der den Unfall verursacht hatte, war ums Leben gekommen, und ich wusste, dass du irgendwann zu dir kommen würdest. Schon allein um meinetwillen.«

»Wenn du so weitermachst, gehe ich.«

»Ich koche doch das Abendessen. Warte. Es dauert nicht mehr lange. Wenn du jetzt gehst, kann es sein, dass ich dich wieder mit Anrufen belästige, ohne von hier wegzuziehen. Das willst du doch nicht, oder? Dann schweig lieber.«

»Was ist heute der Hauptgang?«

»Natürlich ein Fleischgericht, das du magst. Aber für heute habe ich es etwas feiner geschnitten.«

»Wieso?«

»Weißt du, warum die Leute angefangen haben, das Fleisch vor dem Kochen in kleine Stücke zu schneiden?«

»Nun sag schon.«

»Weil sie es unzivilisiert fanden, ein ganzes Tier auf den Tisch zu stellen. Sie hatten Appetit auf Fleisch, aber ein ganzes Tier auf dem Tisch fanden sie unappetitlich. Deswegen begannen sie, es in immer kleinere Stücke zu schneiden. Auf diese Weise hatten sie auch nicht mehr das Gefühl, sich mit einem Tier zu vereinen. Aber ist das nicht irgendwie lächerlich? Denn das Fleisch ändert sich dadurch ja nicht.«

»Ich habe Hunger. Beeil dich mit dem Essen.«

»Du willst einfach nur schnell wieder gehen, oder?«

»Nein, ich möchte wirklich schnell etwas essen. Was riecht denn so lecker?«

»Es muss in deiner Genesungsphase gewesen sein. Bei einem Spaziergang sagtest du, dass du so glücklich wärest wie nie zuvor. Mit einer Hand hast du Polly gestreichelt und mit der anderen meine Hand genommen. Mir kamen vor Glück die Tränen. Ich fand es so schön, dass du aufgewacht warst und mir sagen konntest, wie glücklich du bist. Es war unglaublich schön. Ich roch aufgeblühten Thymian. Der feine Kräuterduft breitete sich überall aus wie aufplatzendes Popcorn.«

»Hast du mich heute herbestellt, um mir das zu erzählen?«

»Nein, nein, nun ist es gleich fertig. Ich serviere zuerst eine kalte Suppe.«

Er setzt sich, leicht resigniert. Ich stelle einen weißen

Teller mit einem Tsugaru-Apfel vor ihn auf den Tisch. Den Apfel habe ich ausgehöhlt in die Tiefkühltruhe gelegt, und anschließend mit einer kalten Fleischbrühe aus Apfel, Butter und Zucker gefüllt. Sie ist süß und wird sanft die Kehle hinuntergleiten. Ich habe mich für diese Suppe entschieden, weil sie zu dem Gericht mit der zähen, intensiv schmeckenden Zunge am besten passen wird. Wie vermutet, huscht nach dem ersten Löffel ein Strahlen über sein Gesicht.

»Sie ist wunderbar, süß und cremig. So muss der Apfel der Erkenntnis geschmeckt haben.«

»Adam und Eva haben sich geliebt, nachdem sie den Apfel gegessen hatten.«

»Wie bitte?«

Das war der Apfel, den ich unter ihre Achsel geklemmt hatte. Sinnliche Menschen mit einem guten Geschmackssinn können sich an dem Schweißgeruch ihrer Geliebten berauschen. Beim Auslöffeln der Suppe kratzt er sogar den Boden des Apfels aus. Ihr Geruch wird ihn beruhigen. Zumindest bis diese Mahlzeit beendet ist.

»Jetzt kommt der Salat.«

Ich serviere einen Rucolasalat mit Grapefruit. Gleich kommt der Hauptgang. Jetzt muss ich langsam seinen Geschmackssinn wecken. Die süßsaure Grapefruit und der bittere Rucola werden seine Geschmacksknospen sanft wie ein Frühlingswind in alle Richtungen wiegen.

»Einfach, aber sehr delikat.«

»Gut, ich werde jetzt einen anderen Wein reichen. Weil jetzt der Hauptgang kommt.«

Ich hole zwei langstielige Kristallgläser, die wie eine Tulpe kurz vor dem Aufblühen aussehen. Als Wein für das heutige Festmahl habe ich einen Barolo Zonchera ausgesucht. Dieser Wein passt gut zu kräftigen Fleischgerichten. Er hat ihn bestellt, als er zum ersten Mal ins Nove gekommen ist. Damals habe ich an der Theke gelehnt und ihn heimlich beobachtet, wie er über dem von mir gebratenen Steak alles um sich herum vergaß.

Ich schenke mir auch einen Barolo ein. Die zubereitete Zunge lege ich in die Mitte eines weißen, großen Tellers, darauf kommen drei hauchdünn geschnittene Trüffelscheiben und an den Rand in T-Form der frisch gebackene Spargel aus dem Ofen. Das Dunkelbraun der Zunge, das noch dunklere Grau des Trüffels und der beruhigend grüne Spargel vermitteln schon vor dem ersten Bissen ein Gefühl des Vertrauens. Wusstest du, dass Schimpansen das Gehirn ihrer Artgenossen essen, weil die Seele darin wohnt? Die menschliche Seele wohnt hier, in der Zunge. So, und nun musst du sagen, wie es schmeckt.

Ich dimme die Beleuchtung in der Küche.

Ich hole ein weißes, mit feiner Spitze gesäumtes Tuch aus einem Schubfach.

Ich hebe den Teller mit beiden Händen vorsichtig hoch und stelle ihn auf den Tisch.

»Baudelaire, dein Lieblingsdichter, hat gesagt: Trinkt Wein. Trinkt Gedichte. Trinkt die Unschuld!«

Beim bloßen Anblick des Tellers geht ein breites Lächeln über sein Gesicht, und er erwidert:

»Soll ich die Unschuld essen?«

»Ja, nimm einen Bissen.«

Ich lege ein weißes Tuch über seinen Kopf und flüstere ihm ins Ohr: Man sagt, dass es bei Ortolan auch so üblich gewesen sei. Mit einem Tuch über dem Kopf wurden in der Dunkelheit Brust, Flügel, Knochen und sogar die Eingeweide des Vogels mit knackendem Geräusch gekaut, um auf diese Weise das ganze Leben des Vogels spüren zu können. Man wusste, wie man einen Geschmack am besten auskostet, nicht wahr? Er greift gehorsam nach Messer und Gabel. Fächerartig, in perfekter Symmetrie, liegen die Zungenscheiben auf der Soße aus Knoblauch, Zwiebel, Thymian, Champignon und Kresse. Er nimmt mit der Gabel das größte und schönste Stück aus der Mitte. Ich rühre mich nicht und beobachte ihn, wie er das Stück in den Mund nimmt und mit geschlossenem Mund langsam zu kauen beginnt. Schließlich geht wieder ein Strahlen über sein Gesicht.

»Wie schmeckt es dir?«

»Wie soll ich es beschreiben? Es ist sehr fest, ein gutes Kaugefühl. Zwischen den Backenzähnen ist es sogar knackig, wie ein hartes Gemüse. Ist das wirklich Rindfleisch?«

»Ja, selbstverständlich.«

Er steckt wieder ein Stück Zunge in den Mund und kaut.

»Wie kann ein so köstlicher Geschmack entstehen?«

»Meine Gerichte haben doch immer etwas Besonderes.«

»Es fühlt sich an, als würden zwei starke Menschen in meinem Mund kämpfen. Es ist jedoch kein blutiges Duell, sondern eher ein harmonisches Ringen oder so etwas. Eine Art Ringen des Geschmacks.«

»Wirklich?«

»Ja, es fühlt sich an – als wäre der Geschmack lebendig und würde auf meiner Zunge hin und her hüpfen.«

Der Geschmack trügt nicht. Seine Pupillen werden weit. Er kaut vorsichtig ein Stück nach dem anderen und schluckt. Sein Gesicht rötet sich, als wäre es von einem Heiligenschein umgeben, und auf seine Stirn treten Schweißperlen. Er vertieft sich immer mehr in mein neues Gericht. Von Ferne höre ich die Katzen über den Hof laufen und den Regen in die Regenrinne tropfen. Ein Festmahl ist der perfekte Abschluss für einen Tag. In Stille und Vertrautheit, so wie jetzt. Wie Reisende, die gemeinsam an einem Ziel ankommen wollen. Der Boden unter meinen Füßen beginnt langsam und friedlich zu schwanken, als ruhte er auf Wasser. Ein Taumeln überkommt mich wie ein Schwindelanfall. Ich unterbreche das Rühren des Wassermelonen-Sorbets:

»Wollen wir uns noch einmal, nur noch einmal küssen?«

Ein letztes Mal.

Seine Augen zucken für einen Moment. Ich fasse ihn fest an seiner rechten Hand, in der er die Gabel hält.

»Weil du wirklich eine hervorragende Köchin bist. Nur aus diesem Grund. Aber das ist wirklich das letzte Mal.«

Wir kommen uns langsam näher und legen unsere Lippen vorsichtig aufeinander, so wie man im Winter sein Gesicht an eine mit Eisblumen zugefrorene Fensterscheibe legen würde. Nicht heiß, nicht leidenschaftlich, sondern scheu und sanft wie beim ersten Kuss.

Ich öffne meine Augen wieder und schaue ihn an. Ein Mann und eine Frau. Wie in jeder Liebesgeschichte gab es glückliche Zeiten und den ersten Moment der Verzauberung. Aber jetzt ist es an der Zeit, an unsere Plätze zurückzukehren. Um noch mehr fühlen und noch mehr erinnern zu können. Wir sind endlich an den Ausgangspunkt zurückgekehrt. Aber vielleicht sind wir jetzt zwei voneinander getrennte Bäume, die nur unterschiedliche Töne aufnehmen können. Die Erde ist voller Lebewesen, aber alle beginnen schon ab dem Augenblick der Geburt zu sterben. Manches gedeiht, manches verfällt, manches wird wiedergeboren, manches fließt. Alles Lebendige ist in ständiger Veränderung begriffen. Nicht das Ziel ist wichtig, sondern die ständige Bewegung. In der Dunkelheit wische ich schnell eine Träne fort, nehme ein Stück Zunge mit der Gabel auf und schiebe es sanft zwischen seine Lippen.